DUMONT

In ›Jeder hier nennt mich Frau Bauhaus‹ erzählt die Architektin und Schriftstellerin Jana Revedin die Lebensgeschichte der Ise Frank, deren Name heute vergessen ist. Doch sie war weit mehr als die zweite Ehefrau von Walter Gropius und Sekretärin der berühmten Architektur- und Designschule. Als Journalistin und Autorin bestimmte sie den emanzipatorischen Kurs des Bauhauses entscheidend mit. Ise Frank, nur scheinbar Randfigur, tritt in diesem biografischen Roman erstmals in den Mittelpunkt.

Jana Revedin, geboren 1965 in Konstanz, ist Architektin und Schriftstellerin. Die Verfasserin von Standardwerken der Architekturtheorie hat sich auf die Reformarchitektur der Moderne spezialisiert. Nach ihrem Studium in Buenos Aires, Princeton und Mailand promovierte und habilitierte sie an der Universität Venedig. Heute ist sie ordentliche Professorin für Architektur und Städtebau an der Ecole spéciale d'architecture Paris. Sie lebt in Venedig und in Wernberg, Kärnten. www.revedin.com

JANA REVEDIN

JEDER HIER NENNT MICH FRAU BAUHAUS

DAS LEBEN DER ISE FRANK

Ein biografischer Roman

DUMONT

Für Tanja, meine Schwester
* 1. August 1959 † 1. August 1959

Kapitel 1

TECHNISCHE HOCHSCHULE HANNOVER, 28. MAI 1923

Es war schon fast sieben, als der Vortrag endete. Ise schaute aus den hohen Fenstern des Festsaals in den Innenhof der Hochschule, die im Welfengarten außerhalb der Stadtgrenzen Hannovers untergebracht war, einem Areal mit kilometerlangen Lindenalleen und einem Schloss, das mehr einer Trutzburg als einer Familienresidenz glich. Es war die Sommerresidenz der Hannoveraner Könige, ein Bau, der im selben Jahr fertiggestellt worden war, in dem die Preußen sie entthront hatten. Ein finsteres Reich aus Bogengängen und Wehrtürmen, das Ise bisher noch nie betreten hatte.

Es lagen Schatten auf den Fenstern, und der Abendhimmel im Geviert des »Osthofs«, sicher nicht sein ursprünglicher Name, doch dem neuen Mieter, der größten Technischen Hochschule Deutschlands, in seiner trockenen Präzision durchaus angemessen, war aprikosenrot. Das gab einen schönen Kontrast zu den beleuchteten Arkadengängen und dem Schattenriss der Doppeltürme, die den Hof auf der dem Festsaal gegenüberliegenden Seite begrenzten – wohl die einstige Schlosskirche.

Ise war zwar nicht vom Fach, hatte nur ein paar Semester Germanistik studiert und arbeitete jetzt im Buchhandel, doch für Licht und sein Spiel mit dem Raum hatte sie schon als Kind eine Schwäche gehabt. Sicher wegen ihrer Mutter.

Sie war an diesem Wochenende auf Drängen ihrer Freundin aus München nach Hannover gekommen. Lise, in eine Berliner Architektendynastie hineingeboren, genoss das Privileg, das Familien-Handwerk studieren zu dürfen, und hatte Ise zum Besuch des heutigen, so außergewöhnlichen Vortrags überredet.

»28. Mai 1923: an diesem besonderen Tag und nach diesem besonderen ersten Jahr *ganz allein* bleibst Du mir nicht allein in München!«, hatte sie ihr geschrieben, und Ise hatte das rührend gefunden.

Es war ihr sehr recht gewesen, aus München wegzukommen. Nicht wegen der Buchhandlung. Ihre neue Arbeit liebte sie. Im Organisieren von Lesungen und in den damit verbundenen Autoren- und Kundengesprächen, aber auch im Kritikenschreiben für den Hausverlag hatte sie endlich ihre Berufung gefunden. Schreiben konnte Ise gut, ja, es fiel ihr nicht schwer, sondern geschah ganz natürlich, jeden Tag. Sie spielte mit den Worten, seit sie ein Kind gewesen war. Nein, also nicht der Buchhandlung wegen war sie froh gewesen, für ein paar Tage aus München wegzukommen, sondern wegen ihrer Mutter. Und wegen dieser Geschichte mit Hermann, einer Liebesgeschichte, die keine war.

Der Vortrag war jetzt zu Ende, der Referent trat zwei Schritte zurück und verbeugte sich leicht. Ein kurzer Applaus füllte den Festsaal des Welfenschlosses. Solchen Applaus kannte Ise von den Lesungen in der Buchhandlung. Er blieb kurz, weil Fragen im Raum standen, die die Zuhörer dringend und unbedingt stellen wollten, und man mochte dem Redner keinesfalls signalisieren, er könne jetzt schon gehen. Der Referent wandte sich aber zur Seite und suchte mit dem Blick die Eingangstür in der Mitte der langen Saalwand, da wurde der Applaus lauter, ja beinahe tobend. In einer Hochschule!

War man hier nicht gewohnt, dezent auf die Schreibpulte vor den Sitzreihen zu klopfen?

Die Fragen an den Referenten, den Architekten Walter Gropius, der hier vor ihnen stand, begannen, doch weder einer der anwesenden Professoren noch der Rektor traten zum Pult, um zu moderieren. Er war auf sich allein gestellt, und sein Blick haftete weiter an der Tür, während er auf das erste Handzeichen wartete. Das kam jetzt aus dem rechten Flügel der Menge, also genau aus Gropius' Blickrichtung. Eine sehr kleine, sehr blasse Dame stand auf. Eine Historikerin oder vielleicht eine Denkmalpflegerin?

Sie sah nach den lichtlosen Gängen eines verstaubten Archivs aus und würde garantiert eine Frage stellen, die keine Frage war, sondern eine vorweggenommene Antwort. Im schlimmsten Fall sogar eine unterschwellige Beleidigung, die jeden Dialog im Keim ersticken würde. »Bauhaus« habe der Herr Gropius, sie sagte betont: »Herr Gropius«, ohne jeglichen akademischen Titel, seine Lehranstalt in Weimar genannt? Sei das nicht ein banaler Name, er klinge nach »Bauhütte«, »Baustelle«, »Baukasten«, eben nach einem dieser typisch deutsch zusammengesetzten Technik-Begriffe, für die wir in der Welt nicht, wie viele Landsleute annähmen, bewundert, sondern oft belächelt, ja sogar ausgelacht würden?

Gropius verharrte einen Augenblick, dann trat er vom Pult herunter, das drei Stufen höher als das Publikum auf einer Empore installiert war. Eine kluge Entscheidung, Bewegung statt Erstarrung!

Er trat zu ihnen allen hinunter, machte sich »gemein«, sah aber trotz dieser versöhnlichen Annäherung an seine Zuhörer weiterhin aus wie ein Rittmeister in Zivil, nicht so, wie man sich einen Architekten vorstellte, dem ja immer etwas Abenteuerliches, Verwegenes, Halbseidenes anhaftete. Nein, Herr Gropius musste aus ausgezeichneter Familie stammen und keine materiellen Probleme kennen, erst recht nichts Halbseidenes. Er trug einen dunkelgrauen Kammgarnanzug ohne Weste, dafür mit schlichtem rindsledernem Riemengürtel, wie ihn Reiter trugen, ein weißes Oxfordhemd, eine weinrote Seidenfliege, eine schöne, sichtlich ererbte goldene Armbanduhr.

Ises Freundin Lise, die für sie beide Plätze in der vierten Reihe ergattert hatte, gleich hinter der versammelten Lehrerschaft, war noch viel eleganter herausgemacht. Sie hatte ihren besten schwarzen Hosenanzug angezogen! Ihr neuer Tick, denn seit Fotos von der schwedischen Schauspielerin Greta Garbo bei den Dreharbeiten zu *Gösta Berling* in den Gazetten aufgetaucht waren und man die junge Diva dort ausschließlich in Herrenkleidern sah, trug auch Lise nur noch Hosen. Und sie himmelte diesen Gropius an. Einen alten Mann! Einen aus dem letzten Jahrhundert!

Sie folgte seinen Bewegungen, als wäre er ein Filmstar oder Opernsänger, ohne jeglichen Abstand, ohne jegliche Kritik. Dabei war der Vortrag hier eher konfus gewesen. Alles, was Ise im Vorfeld über diesen Walter Gropius und sein Bauhaus gelesen hatte, war klarer strukturiert gewesen als diese knappe Stunde Ex-cathedra-Präsentation!

War Lise von Sinnen? Etwa in ihn verliebt?

Doch immerhin, wenn auch der Vortrag schwach gewesen war, so musste man zugeben, dass sich Gropius jetzt, von dieser blassen Dame angegriffen, gut zu verteidigen wusste. Seine »neue Lehre« begann sich anscheinend von selbst zu ordnen, sobald er in einen Dialog trat.

»Das Haus, das sich des Baus annimmt, habe ich ›Bauhaus‹ genannt. Ganz einfach«, sagte er und blickte sich nach weiteren Handzeichen um, um klarzumachen, dass er das Thema für erschöpft hielt. Er hatte die Lage plötzlich wieder im Griff, nachdem er seinen Bauhaus-Baukasten hier mit betont akademischer Zurückhaltung feilzubieten versucht hatte und ihm das nicht gelungen war.

Doch warum hatte er das überhaupt versucht? Warum hatte er überhaupt akzeptiert, hier in der Hochschule zu sprechen, nicht im Rathaus oder in der Stadthalle, wo Bürger, Arbeiter, Jugendliche und Politiker sein Publikum ausgemacht hätten?

Einer, der das Studium an zwei Universitäten abgebrochen und kein Diplom, geschweige denn einen Doktortitel in der Tasche hatte, musste sich doch nicht mit allwissenden Halbgöttern messen?

Ise konnte die Angst nachfühlen, die er vor diesem Auftritt

in einer der renommiertesten Hochschulen des Landes gehabt haben musste. Ihr wäre es ähnlich gegangen, hätte man sie an die Berliner Universität eingeladen, die sie zu Kriegsbeginn verlassen hatte.

Sie blickte zu Lise hinüber. Die fand diesen Mann schlichtweg toll, das war nicht mehr zu leugnen. Seit Monaten hatte sie nur mehr von ihm geschrieben, Ise Zeitungsartikel geschickt, sie zum Anhören der *Radiostunde*, die man auf Tante Hannahs nagelneuem Radiogerät zu Hause in Berlin schon empfangen konnte, verdonnert. Ise hatte sich in diese Berichte zum »Neuen Bauen« und zur »Weimarer Reformschule« eingearbeitet, so gut sie konnte. Sie waren voller Technik-Latein und neu erfundener Begriffe zum Thema Gestaltung, doch sie hatte sie brieflich für Lise zusammengefasst und sich dabei eine ganze Liste von zugegeben ungewöhnlichen Fachwörtern angelegt, die sich exakt mit den Ausdrücken deckten, die dieser Gropius jetzt hier gebraucht hatte. Wer also, wie Ise, seine Lehre schon kannte, sich in seine Gedankenwelt eingelesen hatte, fand sich gut in seinen Wortschöpfungen zurecht. Erneuerung entstand ja immer zuerst in der Sprache.

Ein Paradigmenwechsel stand an. Man warf alte Begriffe über Bord und verkehrte sie ins Gegenteil. War die Erneuerungswelle eine echte, erfand sie neue Begriffe, oder sie setzte alte erfrischend anders zusammen. War sie eine schwache, die bald verebben würde, beschränkte sie sich auf »Post-« oder »Neo-« oder »Pro-« oder »Konter-«, Präfixe, die keinen kreativen Inhalt trugen und die nichts wagten als die Verneinung oder die Fortsetzung des schon Bekannten.

Auf die zweite Frage hin, die ein aufgeweckt aussehender junger Mann gleich vor ihnen jetzt stellte – »Mein Assistent in *Bühnenbau*, ein tolles Fachgebiet …, mein neues Steckenpferd«, zischte Lise herüber –, fasste Gropius seine Reformlehre noch einmal zusammen. Er hatte während der Frage, die sehr kollegial formuliert gewesen war, kurz bockig verharrt, anscheinend sich über sich selbst ärgernd, weil diese Frage klarmachte, dass der Inhalt seines Vortrags auch für den wohlwollendsten Zuhörer vage geblieben war. Technisch geschulte Köpfe wie die dieser Hochschule verziehen sicher ungern, wenn Thesen nicht stringent durchargumentiert wurden, sondern andeutend, ja verschleiernd oder sogar mystifizierend daherkamen.

Gropius musste sich blitzschnell eingestanden haben, dass er heute Abend ziemlich unvorbereitet, ja sogar abgelenkt gewirkt haben musste und diesem Publikum in keiner Weise angemessen erschienen war. Hier in Hannover hatte man eine wissenschaftliche Methodik zu seiner Lehre erfahren wollen, keine esoterisch angehauchte »Wie wunderbar ist's bei uns in Weimar«-Duselei!

Er riss sich also zusammen, Ise konnte den vertikalen Kniff zwischen seinen Schulterblättern sehen, als er sich zur Tafel drehte. Er nahm ein Stück Kreide und zeichnete so schwungvoll einen Kreis auf den Schiefer, dass es durch den ganzen Saal quietschte. In die Mitte des Kreises schrieb er das Wort »BAU«, in Großbuchstaben. Im Haus, das sich dem Bau widme, deshalb Bauhaus, wie schon gesagt, entstehe der Bau, kollektives Ziel vieler Gewerke. Dies geschehe in den folgenden

Phasen und in genau dieser Reihenfolge – er schrieb dazu unter BAU: »Bauplatz, Versuchsplatz, Entwurf, Bau- und Ingenieurwissen«. Um diesen BAU-Kreis herum zeichnete er einen zweiten, größeren Kreis, es quietschte wieder. In diesen Kreis schrieb er die Material-Ressourcen des Bauens, die die Lehrbereiche bestimmten: »Ton, Stein, Holz, Metall, Glas, Farbe, Gewebe«.

Das war präzise und dennoch anschaulich, fand Ise, geradezu perfekt! Unter Druck lief dieser Gropius zur Hochform auf!

Könnte sie sich etwa noch für diese Welt der Raumgestaltung erwärmen? Etwa beginnen, ihre Mutter zu verstehen, die sie für's Theater, für Sprache und Licht im Raum, für den fiktiven Raum als Welt in der Welt verlassen hatte?

Der Referent schloss mit erneut aufgekommenem Schwung, der Reiter bog auf die Mittellinie und nahm seine Zielgerade: Es fielen nochmals die Begriffe »Gesamtkunstwerk«, »Experimentelles Entwerfen«, »Wesensforschung«, »Form-Gestalt«. Er ging nochmals, doch jetzt klar verständlich, ja geradezu selbstverständlich auf die Struktur seines Lehrplans ein. Die Hauptlehre, die Naturstudium, Material- und Werkzeugkunde, Stoff-, Raum-, Farb- und Kompositionslehre sowie Konstruktion und Darstellung vereine, baue sich auf einer allgemeinen Entwurfs-Vorlehre auf. Man werde im Bauhaus erst Geselle, dann Meister, wie in den Gilden seinerzeit, doch im Auftrag der »neuen Gesellschaft«. Architektur sei eine gestalterische, doch gleichwohl soziale, ja politische Mission!

Eine schöne Titelzeile für ein Interview, hatte Ise Zeit zu denken, da fuhr er schon fort, jetzt ganz mühelos: Gestalterisch sei das Neue Bauen die Abwendung von der »eitlen Salon-Baukunst«, die sich in Reproduktionen vergangenheitsverliebter Formen und Dekore selbst ersticke.

Ise musste unweigerlich schmunzeln, da sie diese Zeile an Hermann und seine Sezessionistenbande erinnerte, die in ihrer ebenso eitlen Salon-Kunst ja nur sich selbst gefielen.

Politisch aber sei das Neue Bauen die Abwendung von sämtlichen Werten der Rechten, von reaktionär königstreuer, ja jedweder nationalistischen Gesinnung.

Das sagte er hier, im Welfenschloss zu Hannover, vor der versammelten hochrenommierten Professorenschaft? Deren Altersdurchschnitt an die siebzig war und die demnach notgedrungen königstreu sein mussten, weil zu Kaisers Zeiten groß geworden?

Ise sah sich in den ersten drei Reihen um, in denen die Lehrstuhlinhaber inmitten ihrer Institutsgefolge saßen, sicherlich nach genauer Rangordnung platziert. Nach zukunftsweisend, nach sozial oder demokratisch sah hier nicht ein Einziger aus! Chapeau also, Herr Gropius!

Ise kam aus dem Schmunzeln gar nicht mehr heraus, dieser Mann wagte was!

Doch war sein Rebellentum glaubhaft? Oder war es ein gekonnt aufgelegter Spieler-Trick?

Hier sprach ein Patrizier von der Abwendung von sämtlichen Werten der Rechten. Gut, es war wahr, Ise hatte das ja im Zuge ihrer Radiomitschriften für Lise recherchiert, er hatte gegen

Ende des Krieges gemeinsam mit seinem Königsberger Kollegen Bruno Taut eine geheime Vereinigung aus Nachwuchsarchitekten, die *Gläserne Kette*, gegründet, die sich Zeichnungen und Streitschriften, im Schützengraben oder im Bunker gefertigt, in versiegelten Briefen im Kreis herum gesendet hatten. Auf den handkolorierten Blättern waren Auftrag, Struktur und Form eines Bauens »für jedermann« definiert worden. Bruno Tauts Bruder Max, Hans Scharoun, die Brüder Luckhardt und Carl Krayl hatten neben dem Maler Hermann Finsterlin zu dieser *Kette* gehört, und eine Zeile unter einem Taut-Aquarell war Ise aus dem Studium jener Briefe im Gedächtnis geblieben. Jetzt, wo sie Gropius persönlich erlebte, wurde ihr klar, wie sehr diese Zeile die gesamte Vision seines Bauhauses zusammenfasste: »Eine Größe hat unsere Zeit: Besseres wollen.« Die nummerierten Nachdrucke dieser zauberhaften Aquarelle hatten neben ihrem ethischen auch einen unbestreitbaren künstlerischen Wert. Und so war es kein Wunder, dass sie in Ises Buchhandlung inzwischen zu Fantasiepreisen gehandelt wurden.

Gropius hatte sich dann in der Novembergruppe und im revolutionären »Arbeitsrat für Kunst« engagiert, Vereinigungen, die den sozialen Umbruch im Land durch die, wie sie postulierten, »Annäherung von Kunst und Volk« vorantreiben wollten. Mit Martin Wagner, dem Schöneberger Stadtbaurat und bekennenden Sozialisten, hatte er erste Siedlungstypen entworfen, mit Ernst May, seinem Frankfurter Kollegen und bekennenden Kommunisten, Vorfertigungs-Module für den Wohnbau. Erwartungsgemäß waren er und seine suspekten Mitstreiter seit Kriegsende als »linkes Gesindel« verschrien. Umso verwunderlicher war es also, dass man ihm die staatliche Gewerbeschule Weimar als Experimentierstätte seines neuen Lehrkonzepts anvertraut hatte.

Ise musste ihr anfängliches Urteil revidieren, irgendetwas war an diesem Mann.

Waren es seine hellblauen Augen? Fuchsaugen. Die waren auf Eroberung aus. Und gleich danach auf Flucht.

Oder war es dieser herbe, ja leidende Zug um den Mund? Die vier Kriegsjahre an der Westfront und die Trennung von seiner ersten Frau hatten ihm zugesetzt, das sah man ihm an. Diese Alma Mahler hatte ihn mit Franz Werfel betrogen, die Wiener und Berliner Spatzen hatten es von allen Dächern gepfiffen und die venezianischen Möwen weit über das Markusbecken geschrien.

Ise resümierte, während Gropius wieder von der Tafel hinunter zum Publikum schritt: Sohn aus bestem Hause, kriegsbewährter Kavallerieoffizier, Frauenheld, zwar Studienabbrecher und ohne festes Einkommen, doch neuerdings als Reformschuldirektor erfolgreich, sucht möglichst begüterte, möglichst verheiratete Frau zwecks erneuten Ehebruchs. Und die würde er sicher bald gefunden haben, so wie er jetzt auf der untersten Treppenstufe des Podiums stand. Denn dieser Mann schien Erfolg haben zu können, wenn er nur wollte.

Die Weimarer Lehranstalt, die er mit seinem Konzept des Mischens von altem Bauhüttengeist, Handwerkskönnen und frisch zu erprobender industrieller Produktionstechnik übernommen hatte, war in kürzester Zeit in aller Munde gewesen. Die Presse hatte sein Konzept hoch gelobt, und die Lehrpläne der alteingesessenen Technischen Hochschulen wie dieser hier in Hannover hatten sich tunlichst entstauben müssen, um keine Studenten zu verlieren. Für das interdisziplinäre Curriculum, das Gropius sich in den Kopf gesetzt hatte, hatte er Handwerker finden müssen, die keine Stubenhocker waren, und Techniker, die Gestaltungsverstand hatten.

Wie hatte er die entdeckt? Und wo?

Nicht am normalen Arbeitsmarkt sicherlich, sondern in den Nischen und Ritzen einer vom Krieg geschwächten, ja zerrissenen Gesellschaft.

Wie viele waren versehrt von der Front zurückgekehrt? Wie viele labil, depressiv oder unrettbar verrückt?

Der Mann musste also neben einer gewissen Fortune auch Gefühl haben. Und eben Wagemut. Er hatte seine Schule einfach eröffnet und jeden angenommen, der sich einschrieb. »Eine schräge Bande aus Universitätsverweigerern und Weltverbesserern«, wie Lise anfänglich, noch gar nicht begeistert, geschrieben hatte. Doch die Mischung musste explosiv genug gewesen sein, um in nur vier Jahren nie gesehen vielseitige und gleichwohl namhafte Lehrer an seine Bauhaus-Werkstätten zu binden.

Und genau das war die abschließende, knappe Frage des Rektors, der sich jetzt in der ersten Reihe erhob und stehen blieb, hiermit andeutend, dass die Fragestunde beendet sei: »Ihre Lehrbeauftragten noch, Herr Gropius?«

Auf diese Frage hatte Gropius gewartet. Lise strahlte ihn an, während er die Liste seiner Mitlehrenden wie nebenbei herunterleierte: »Lyonel Feininger, Gerhard Marcks, Paul Klee, Johannes Itten, Oskar Schlemmer …«, begleitet von den unvermeidlichen Ahs und Ohs des Publikums. Den letzten seiner Meister nannte Gropius erst nach einer kleinen Pause, in der er auf den Rektor zuging und sich sehr nahe neben ihm platzierte. Schulter an Schulter mit dem eine knappe Generation älteren und schon am Stock gehenden Rektoren-Kollegen machte er selbstverständlich eine glänzende Figur, und das wusste er genau.

»Dann ist, zu unser aller Überraschung, noch Wassily Kandinsky nachgekommen.« Es sollte nebensächlich klingen, doch zwischen den Zeilen stand der schiere Triumph.

Im begeisterten Geraune, das den Festsaal jetzt füllte, kamen Ise wieder Zweifel.

Was, wenn dieser Gropius doch nur ein Blender war? Und die hier versammelten, vielleicht gar nicht so ewig gestrigen Akademiker recht hatten mit ihren Bedenken gegen seine neue Lehre? Was, wenn er in Wahrheit ein aufgeplusterter Gockel und Frauenverächter war wie Kandinsky?

Kam hier, am Punkt der Vorstellung, an dem er wieder Oberwasser gewonnen hatte, nicht ein gefährliches Ich-bin-eben-unwiderstehlich-Gehabe durch, das nur Menschen eigen ist, die die Selbstkritik verloren haben?

»Dann ist … noch Wassily Kandinsky nachgekommen« – dieser letzte Satz stand wie ein Paukenschlag im Raum. Der alte Herr neben Gropius fiel einige Zentimeter in sich zusammen.

Kandinsky war aber nicht der großen Idee Bauhaus nachgekommen, das war einfach nicht wahr! Ise hatte in den letzten zwei Jahren mit Hermann, und zumindest in dieser Hinsicht war ihre Beziehung ja sinnvoll gewesen, einen ziemlich guten Einblick in die Münchner Künstlerszene gewonnen. Dieser selbstherrliche Widerling von Kandinsky war keineswegs aus beruflichen, sondern aus privaten Gründen aus der Stadt verschwunden. Er war nicht etwa nach Weimar nachgekommen, nein, er war, nach mehreren Fluchten aus Deutschland weg nach Russland und wieder zurück, seiner Münchner Lebensgefährtin *entkommen*, einer wunderbaren Künstlerin, die ihre ganze Existenz, ihr eigenes Talent und ihr Vermögen in diesen Kerl und in ihre gemeinsame Blaue-Reiter-Idee investiert hatte.

»Denn welcher Mann kann solche Last ertragen?« Ise flüsterte die Frage anscheinend ziemlich laut vor sich hin, denn Lise drehte sich böse zu ihr her.

Keiner. Da flohen sie wohl lieber …

Ise gab acht, von jetzt an den Mund zu halten. Und Lise hatte den Einwurf auch sofort vergessen, sie sonnte sich erneut in ihrer Verliebtheit, hatte die Arme verschränkt und wiegte ihre blinde Begeisterung hin und her wie ein friedlich schlafendes Neugeborenes.

Nie, dachte Ise zu diesem Anblick, niemals würde sie so enden wie die vermeintlich einigen, sich in Wahrheit aber untereinander zerfleischenden Blauen Reiter! Nie würde sie sich einer sogenannten Idee unterordnen, die abstrakt war und immens, ungreifbar und ohne Grenzen. In deren Scheinwerfern sich die sonnten, die gut im Sichverkaufen waren, während die, die tagtäglich an der Umsetzung und Weiterentwicklung arbeiteten, namenlos blieben. Von der Geschichte verschluckt.

Sie nahm sich das vor, so wie sie hier saß. Sie würde sich an diesen Abend erinnern, sollte sie jemals aus grenzenloser Ideen-Begeisterung gegen sich selbst entscheiden.

Im selben Moment hob der Schlussapplaus an, die Studenten in den hinteren Reihen standen auf und machten sich zum Rennen auf den Referenten bereit. Es sah ganz so aus, als ob das Weimarer Bauhaus im nächsten Semester auf viele Neueinschreibungen zählen könnte. Gropius beschwichtigte den Applaus, wieder eine kluge Geste, als ob er ihn nicht verdient hätte, hier ja nur stellvertretend für seine Idee und seine Mitstreiter stünde. Er lud stattdessen in der wiedereingekehrten Stille noch zur Eröffnung der ersten Bauhaus-Ausstellung am 15. August nach Weimar ein. Das erste Bauhaus-Musterhaus sei dann fertiggestellt und man biete darin eine Präsentation der Arbeiten aller beteiligten Werkstätten.

»Auf Wiedersehen in Weimar«, konnte er noch in die Menge rufen, dann wurden von den hinteren Rängen erneute Fragen einfach in den Raum geschrien, der Saal heizte sich auf, eine Stimmung machte sich breit, die mehr dem Beginn eines Volksfests als dem Ende einer Ex-cathedra-Vorlesung glich. Der betagte Rektor neben Gropius zog sein Taschentuch aus der Westentasche und tupfte sich die Stirn.

»Muches Wabenbau – Sie ließen einen Studenten planen?«

»Im Radio nannten Sie es ›Baukasten-im-Großen‹ – was meinten Sie damit?«

»Wie wird gebaut? Welche Struktur? Welche Materialien?«

Der Rektor trat jetzt die Flucht nach vorne an, er ging zwei

Schritte auf seine aufgebrachten Studenten zu, wiegelte die Fragen mit einem weiten Schwung seiner Rechten ab und schrie: »*Silencium!*«

Er wandte sich zu Gropius zurück, dankte ihm für sein Kommen, er sagte bewusst nicht »Kollege« und gab ihm auch nicht die Hand. Dann erklärte er den Vortrag für beendet.

Kapitel 2

EIN SEIFENKISTENRENNEN?
Lise war kaum zu halten. Wie sollte sie es anfangen, an diesen Mann heranzukommen, wo ihn sofort eine Traube von Menschen umgab?

Sie stellten sich an. Es dauerte. Im Saal wurde es wärmer und wärmer.

Gropius hatte auch nicht vorgesorgt, weder hatte er Flugblätter dabei noch ein Programm oder Visitenkarten seiner Schule, er stand weiter auf der letzten Stufe des Podiums, von allen Seiten von gestikulierenden Studenten umgeben, und sah plötzlich hilflos aus. Als ob ihm von einem Moment auf den anderen alle Energie, alle Spannung abhandengekommen wäre, schien er jetzt nur noch eins zu wollen: raus hier.

Da keiner ihm zu Hilfe kam – lustigerweise fehlte von den Professorenkollegen jede Spur, sie hatten sich genauso wie der Rektor in Luft aufgelöst –, hatte Ise eine Idee. Sie wies Lise an, stehen zu bleiben, wo sie war, am Ende der Studententraube, würde selbst aber zur Tür vorausgehen. Lise solle dann auf ihr Zeichen aufgeregt mit den Armen winken und Gropius zur

Tür weisen, und Ise würde ihn dort erwarten und aus dem Getümmel führen.

Es klappte, Gropius verstand in Sekundenschnelle und lief auf die Tür und auf Ise zu, als überbrächte sie eine wichtige Botschaft oder eine dringende Programmänderung.

Lise kam unauffällig nach, und alle drei rannten sie im Laufschritt durch die schummrigen Gänge des Schlosses wie Verschworene. Zwischen den Säulen der Arkaden stand malvenblau der Abendhimmel.

Als sie über die monumentale Freitreppe der riesigen Empfangshalle vor dem Eingangsportal angekommen waren, hielten sie kurz an. Gropius wies durch das offen stehende Tor hinaus in den Park und machte die Geste des Lenkradlenkens. Dazu legte er fragend den Kopf schief. Ein Schuljunge verführte seine Kameradinnen zu einem eigentlich verbotenen Seifenkistenrennen im Park. Er rollte mit den Augen dazu, es sah drollig aus, geradezu zum Schreien!

Konnte einer, der fähig war, so lustig und unverhofft ein Gefühl der Vertrautheit zu schaffen, ein Gockel sein wie Kandinsky?

Ise und Lise nickten gleichzeitig, er würde sie also in seinem Wagen mit zurück in die Stadtmitte nehmen, und das war Lise selbstverständlich nur recht.

Kapitel 3

»GESTATTEN SIE? WALTER GROPIUS, REBELLENARCHITEKT.« Vor dem Portal warteten natürlich keine Seifenkisten, sondern der Chauffeur der Stadt Hannover in seiner mausgrauen Mercedes-Benz-Limousine. Beim Anblick des Referenten sprang er aus dem Wagen und öffnete Gropius und den jungen Damen den hinteren rechten Schlag. Sie stiegen alle drei auf die Rückbank und die Fahrt ging los, unter den duftenden Lindenalleen der Nienburger Straße hindurch bis zum Ende des Welfengartens, auf's Leibnizufer und an der Leine entlang Richtung Altstadt. Beim vierspurigen Friedrichswall angekommen fuhr der Wagen eine Linkskurve, die Georgstraße hinauf und hielt an der Kreuzung des Theaterplatzes, vor dem Café Kröpcke.

»Die Damen begleiten mich doch?«, fragte Gropius jetzt, und Ise fiel auf, dass er die ganze Fahrt lang geschwiegen hatte.

War er verärgert über die Flucht des gesamten Professorenkollegiums? Oder hatte er, durch die Fragen aufgehalten, seinen Zug verpasst und musste im Kopf einen neuen Heimfahrplan schmieden?

»Mein Zug nach Berlin geht erst um Viertel vor neun, das ließe uns Zeit für ein Glas.«

»Keiner begleitet Sie zum Bahnhof?« Lise war fassungslos. »Von den Herren Professoren?«

Er kräuselte säuerlich den Mund, dann lachte er laut, ein kurzes Lachen, das aufgesetzt wirkte. »Nein, nach Hannover eingeladen hat mich ja Ihr Oberbürgermeister Leinert, nicht die Hochschule. Wir waren Mittagessen, ein aufgeschlossener Mann! Das Gegenteil Ihres Rektors, möchte man meinen … Doch hat er bei der anhaltenden Putschfreudigkeit rund um den Ruhrkampf gerade keinen leichten Stand.«

Jetzt schien er sich zu besinnen, dass sie alle drei einander noch nicht vorgestellt, sondern nur wie alte Freunde aus dem Festsaal-Tumult geflüchtet waren, also setzte er sich gerade auf die Sitzbank und richtete in Sekundenschnelle mit einer präzisen Bewegung beider Hände seine Fliege.

»Gestatten Sie? Walter Gropius, Rebellenarchitekt«, sagte er mit dem Augenrollen des Seifenkistenjungen von vorhin. Er gab erst Lise, die neben ihm in der Mitte saß, einen Handkuss, dann beugte er sich zu Ise herüber.

Komisch konnte er sein, dieser Mann mit dem herben Zug um den Mund!

»Ise Frank«, sagte Ise, »ich bin gar nicht vom Fach, also kein *Fan,* tut mir leid, aber meine Freundin hier …«

»Lise Schmieden«, sagte Lise, sonst nichts.

Sie ließ den Namen wirken.

Gerade als Gropius »Ach« sagte, öffnete der Chauffeur auf Ises Seite den Schlag, und sie stiegen alle der Reihe nach aus dem Fond des Wagens aus. Gropius verabschiedete sich vom Fahrer, er werde von hier zu Fuß zum Bahnhof gehen, er lasse den Herrn Oberbürgermeister nochmals grüßen und ihm danken. Der Chauffeur salutierte, stieg wieder ein und fuhr den Wagen an. Passanten blieben stehen und schauten, die Limousine des Bürgermeisters, überhaupt jedes auf Hochglanz polierte Automobil erregte in der kleinen Stadt Hannover augenscheinlich immer noch ein gewisses Aufsehen. In Berlin, dachte Ise, wo inzwischen Zehntausende Kraftfahrzeuge registriert waren, war ein Serien-Mercedes keinen Blick mehr wert. Vor dem Adlon konnten zehn Limousinen mit den exotischsten Nummernschildern und verrücktesten Ausstattungen stehen und keiner sah sich mehr nach ihnen um.

Adolphe, der Chefkellner des Kröpcke, sprach Lise, als die drei ins Café eintraten, mit der gewohnten »Guten-Abend-das-schöne-Fräulein«-Begrüßung an, die Ise nur allzu gut kannte. Hier war der Herr Gropius aus Berlin nur ein Statist, und die Hauptrolle spielte Lise, die sich in den vergangenen Monaten ihres Gastsemesters in Hannover sozusagen im Kröpcke eingemietet hatte. Adolphe nahm allen die Staubmäntel ab, brachte dann aber keine Karte, sondern fragte: »Das Übliche, Mademoiselle?«

»Mir ein Bier«, sagte Gropius trocken. Er war jetzt, wo die Bauhaus-Verkaufsveranstaltung vorbei war und sein Zug nach Berlin in greifbarer Nähe, wohl schlagartig müde und gab das zu. Ise nickte ein »Mir auch« zu Adolphe hin, wozu Lise ihr einen Seitenblick schickte. Sie wusste, warum ihr nicht nach

Sekt zumute war. Heute jährte sich der Tag, an dem Ises Mutter verunfallt war.

Adolphe bonierte die zwei Bier und das Glas Sekt noch im Stehen auf seinem schmalen Block, sprich: auf Lises Hauskonto, während die Damen jetzt auf dem theaterroten Ecksofa Platz nahmen. Gropius wartete, bis sie saßen, und griff sich dann das Sesselchen ihnen gegenüber.

»Jederzeit fluchtbereit«, dachte Ise.

Waren Architekten das von Haus aus?

Eigentlich eher nicht. Sie brauchten doch einen langen Atem und eine Eselsgeduld, wo ihre Werke sich über Monate planten und über Jahre bauten!

Dann Jahrhunderte bestehen bleiben sollten, egal, wie die Ansprüche der Gesellschaft sich veränderten!

Dieser Gropius war sicher kein Geduldesel. Doch in Verbindung mit beharrlichen, wenn nötig auch mal sturen Kollegen brachte er garantiert Schwung in ein Team. Sein Bauatelier wäre die ideale Kaderschmiede für Lise. Und jetzt dämmerte es Ise: Das also war der Grund für ihre Anhimmelei! Er war für sie die beste nur denkbare Karrierepartie!

Und er kam ja trotz seines Alters noch ganz passabel daher, Körperspannung, Aufmerksamkeit, Gewandtheit der Bewegungen, das manchmal aufkommende Blitzen im Blick, all das war, trotz des etwas abgekämpften Gesamteindrucks, ja noch da!

Ise würde dem Sichbeschnuppern der beiden also für ein Weilchen zusehen und sie dann hier sitzen lassen, die Straßenbahn nehmen und zurück nach Herrenhausen fahren. Es war Frühling, ein sehr warmer Frühling dieses Jahr, die Vögel würden noch singen, wenn sie durch den Georgengarten zurück zum Anwesen ihrer Mutter spazierte, dem weiß gekalkten Hof am Ende der Parkanlagen. Er lag einsam in einem weiten Birkenhain nahe des Kräutergartens, in dem einst die Essenzen der königlichen Apotheke gezogen worden waren. Gleich dahinter begannen die Teiche.

Der Hof war seit Jahren verwaist. Denn auch als Ises Mutter ihren Mann und die Kinder in Berlin verlassen und sich hier wieder angesiedelt hatte, war es gewesen, als huschte ein Geist durch die Alleen. Unfähig, sich eine Mahlzeit oder selbst einen Kaffee zu kochen, war sie stets außer Haus gewesen. Mit Vorliebe bei den Teichen. Bis zu ihrem letzten Tag.

Weiterhin jederzeit fluchtbereit rückte Gropius sein Sesselchen jetzt so weit vom Tisch weg, dass er im Reitersitz Platz nehmen konnte, mit kerzengeradem Rücken und perfekt im Lot platzierten Absätzen. Er hatte so den Überblick über das ganze Lokal. Ise bemerkte die sehr eng geschnittenen Hosenbeine mit hohem Aufschlag. Seine Hände legte er ordentlich auf die Tischkante des kleinen Gusseisentischs, die Ellenbogen blieben angelegt – kein vom Reitlehrer unter die Arme geklemmtes Buch wäre bei diesem ehrgeizigen Schüler je auf den Boden gefallen!

Er atmete aus und verschränkte die Finger auf der Marmorplatte. Das waren große Hände! Die traute man ihm gar nicht zu! Hände, die nach Wärme und Geborgenheit aussahen, ganz im Gegensatz zu den Fuchsaugen und dem herben Mund.

»Lise Schmieden«, nahm er die Unterhaltung von vorhin in der Limousine wieder auf, »ich kann nur annehmen, dass Sie etwas mit Heino Schmieden zu tun haben?«

»Nicht direkt, ich bin nur … eine Großnichte.« Lise wurde ein wenig rot, und das sah zu ihrem neuen Pagenschnitt und den scharlachroten Lippen ganz entzückend aus.

»Ich nur ein Großneffe«, schmunzelte Gropius, während er begann, mit dem Blick im Raum nach einer Uhr zu suchen. Als er sie über dem Kaffeesieder gefunden und sich versichert hatte, dass diese erst Viertel vor acht anzeigte – niemals hätte er wohl in Anwesenheit zweier junger Damen auf seine Armbanduhr geschaut –, entspannte er sich erstmals und lehnte seinen Reiterrücken an die Lehne seines Thonetsesselchens.

»Sie müssen wissen, Fräulein …«, er machte zu Ise gewandt eine kleine Pause, um mit »Fräulein« sicherzugehen, »… Frank, nicht wahr?«

Ise nickte.

Er nickte: »Die Frankfurter Linie?«

»Die Berliner Linie.«

»So! Und noch immer in Berlin zu Hause?«

»Zurzeit in München«, sagte Ise, und zum Glück kamen gerade die Getränke, denn sie hatte keinesfalls vor, hier die Konversation an sich zu reißen. Sie würde mit den beiden anstoßen, ein paar gute Schlucke trinken, sie hatte wirklich Durst nach den Stunden in diesem überfüllten Welfenschloss-Saal, und dann wären die beiden sie los.

»Sie müssen also wissen, Fräulein Frank, der Großonkel Ihrer Freundin und mein Großonkel begründeten ein seinerzeit ganz gut gehendes Berliner Architekturbüro, Gropius & Schmieden.« Er prostete Lise zu, dann auch Ise.

»Beide Schüler von Karl Friedrich Schinkel«, warf Lise leise ein.

Das hatte sie Ise noch nie erzählt!

»Andere Zeiten …«, winkte Gropius ab.

War das Bescheidenheit? Oder Wehmut?

»Doch Ihr Herr Onkel – Heinrich, nicht? – ist ja weiter aktiv?«, fragte Gropius jetzt nach.

»Oh ja, und er kann es kaum erwarten, mich im Büro zu haben. Allein … er ist ausschließlich mit Kliniken und Ambulatorien und Erziehungsanstalten befasst, nicht gerade meine Passion.«

»Und die wäre?«

»Theater!«

Theater? Das hatte sie Ise noch ebenso wenig erzählt!

Es entfuhr ihr ein: »Sag bloß …«

»Du weißt das noch nicht, Ise, aber ich habe in Berlin, noch vor meinem Gastsemester hier, einen experimentellen Kurs in *Episches Bühnenbild* belegt, und das hat mich hingerissen … Deshalb kam ich hierher nach Hannover. Wir sind nur eine Handvoll in *Psychische Raumgestaltung* … und es lässt uns Dinge über uns selbst entdecken, die man nie geahnt hätte! Dinge, die ich bald in Bühnen, in le-ben-di-ge Bühnen übersetzen will!«

»Wie schön …«, Gropius nahm einen ellenlangen Schluck, »muss das sein, Nachfahren zu haben, die … etwas können.«

»Vorfahren zu haben, die etwas können!« Lise hatte eine tolle

Beziehung zu ihrer liberalen Großfamilie, und es war gut, dass sie das auch so sagte.

Ise nahm einen beinahe ebenso ellenlangen Schluck, während die beiden sich über Elternsein und Kindsein zu unterhalten begannen. Und dass man in das eine wie das andere hineinwuchs.

Natürlich, das ging Gropius an, er war ja schon Vater! Während seiner Ehe mit Alma Mahler, die ein öffentliches Ereignis gewesen war, die Gazetten hatten regelmäßig berichtet, hatte sie zwei Kinder geboren. Doch vielleicht war nur das erste von Gropius selbst gewesen, ein Mädchen, das ihm wohl sehr ähnelte. Die Gazetten hatten Fotos der glücklichen Mutter mit ihrer Tochter abgedruckt, die blöd dahergeredet hatte, wie stolz sie sei, endlich ein arisches Kind zu haben, nach ihrer, wie sie gerne sagte, »Judenbrut« mit Gustav Mahler. Das zweite Kind, einen Buben, hatten die Gazetten nicht mehr Gropius, sondern schon Almas neuem Liebhaber Franz Werfel zugeordnet. Das arme Kind, mit Wasserkopf geboren, hatte kein Jahr überlebt. Ohne Ansehen der Umstände hatte Gropius aber beiden Kindern die Namen seiner Vorfahren gegeben. Manon wie seine Mutter. Martin wie sein berühmter Großonkel.

Es musste ihm viel an Familie liegen.

Viel an Familie liegen ... Ja, auch Ise würde viel an Familie liegen. Wenn sie noch eine Familie hätte.

Plötzlich schossen ihr die Tränen in die Augen. Ihr Atem stockte. Sie spürte den Puls im Hals, als ob sie jemand von hinten würgte.

Was war denn bloß los? Es war ein richtiger Anfall, sie musste den Blick abwenden und sich im Lokal umschauen, um sich abzulenken. Sie versuchte, gleichmäßig ein- und auszuatmen. Adolphe sah aufmerksam vom Tresen zu ihr herüber. Sie nickte unmerklich zurück.

Sie musste sich fangen! Das war ja lächerlich, sie war das ganze letzte Jahr über, ja die ganzen letzten Jahre über nicht so überfallsartig sentimental geworden wie hier in Begleitung dieses Herrn Gropius!

Ihr Vater war am Herzen erkrankt, als die Mutter endgültig das Haus verlassen hatte, im Sommer vor Beginn des Kriegs. Die Familie hatte, den Dienstorten des Vaters folgend, zunächst in Köln, dann in Hannover gelebt, woher auch Ises Mutter stammte. Mit der Berufung des Vaters ans Berliner Ministerium waren sie dann alle nach Berlin gezogen, denn in Grunewald stand die Villa der Frank-Familie, in der Tante Hannah, die Schwester von Ises Vater, wohnte. Der Zeitpunkt hatte sich gut gefügt, im selben Jahr sollte Ise, nach einem Auslandsschuljahr in England, ins Lyzeum kommen, und so fiel ihr der Umzug von Hannover leicht. Die Mutter, seit jenem Jahr ständig, doch ohne eigentlichen Grund, zwischen Hannover und Berlin unterwegs, hatte wohl nur so lange bei Ise und ihren drei kleineren Schwestern die Stellung gehalten, bis Ise ihr Abitur bestanden hatte und die Schwestern in dasselbe Lyzeum aufgenommen worden waren.

Dann war sie weg gewesen. Für immer.

Zu Tante Hannah, die ihrerseits nie geheiratet und sich neben ihrer Turnierreiterei seit jeher um die Töchter ihres Bruders gekümmert hatte, hatte sie gesagt, die Kinder seien »alt genug jetzt«.

Die Frank-Villa in Berlin sah Ises Mutter nach ihrer endgültigen Abreise nach Hannover nie mehr. Ihre Kinder ebenso wenig. Bis zu dem Tag im Frühjahr vor zwei Jahren, als Ise in München angekommen war. Da hatte sie sie schon erwartet.

Sie hatte in der Bar der Kammerspiele gesessen, einem wie ein Wiener Kaffeehaus eingerichteten Lokal mit Eingang von der Maximilianstraße, in dem sich die Schauspieltruppe von Intendant Falckenberg traf. Dort hatte sie allabendlich gewartet, bis Ises Buchhandlung geschlossen hatte, sie die zwei Straßen hergegangen war und sich zu ihr setzen konnte. Dann hatte sie erzählt.

Ise hatte über zahllose Abende, während die Schauspieler und Regieleute kamen und gingen, einem ganzen Leben zugehört, das so nie geschehen war. Sie sei dem Theater verfallen, hatte die Mutter erzählt, schon als junges Mädchen. Sprache und Licht im Raum, Raum als Welt in der Welt, das sei ihre Passion gewesen. Sie habe die Stuttgarter Schauspielschule besuchen wollen. Oder die Berliner. Oder die Münchner. Oder die Wiener.

Sprechtheater! Die Macht des Wortes!

Sie hätte ihr Talent gern durch beste Ausbildung fundiert, ihre Eltern, obwohl nur die Stadtapotheker von Hannover, einer Provinzstadt, doch einer Hofstadt immerhin, hätten sie dabei voll unterstützt. Sie sei das einzige Kind gewesen, sie habe allen Rückenwind gehabt, sie hätte sicher reüssiert.

»Warum dann einen Mann heiraten? Und vier Kinder in die Welt setzen? Warum dieser Aufwand um ein vermeintlich heiles Familienleben?«, hatte Ise irgendwann entnervt gefragt, als ihr klar geworden war, dass diese Frau, die ihre Mutter war, hier Märchen erzählte, augenscheinlich in einer Traumwelt gelebt hatte, die von Kindermädchen und Waschfrauen und Hausdienern und Kutschern ermöglicht worden war, Gesinde, das ihr Vater unterhalten und Tante Hannah angeleitet hatte, um den Kindern ein standesgemäßes, ein *wirkliches* Leben zu ermöglichen.

Denn die Mutter war entkommen, wann immer sie gekonnt hatte. Sie war schwimmen gegangen im Halensee. Wenn sie zurückkam, hatte sie vom Wasser erzählt, von seinem Lichtspiel, seiner samtenen Wärme, seiner trüben Tiefe …

Ise trank einen letzten Schluck und stellte das Glas ab, es war Zeit für sie zu gehen.

»Herr Gropius, ich muss Sie jetzt leider verlassen. Danke, Lise, für die Einladung.« Sie sah Gropius bewusst nicht an.

Mit einem »Morgen also zum Tee« zu Lise stand sie aus ihrer Nische auf, und Adolphe kam umgehend mit dem Mantel.

»Was? Sie gehen? Und ich weiß noch nicht einmal, was Sie so können, Fräulein Frank, wenn schon nicht … Architektur?«

Gropius war aufgesprungen und hielt sie am Handgelenk fest. Er tat ihr fast weh. Diese Hände hielten fest, was sie interessierte.

»Ise kann … lesen und schreiben«, sagte Lise seelenruhig. Sie hatte das »schreiben« noch nicht fertig ausgesprochen, da merkte sie, wie komisch es klang, was sie da sagte. Alle drei sahen sie sich wie auf Befehl über den Kaffeehaustisch an und mussten lachen.

Ise konnte lachen! So plötzlich, wie sie gerade einem Weinkrampf nahe gewesen war!

Adolphe sah sie prüfend von der Seite an und lachte mit.

»Vielleicht … nein besser: hoffentlich!«, konterte sie und ließ sich in den Mantel helfen. »Doch jetzt wünsche ich den Architekten einen guten Abend! Ich muss zu meiner Mutter.«

Warum log sie hier? Ihre Mutter war tot.

Nein, sie log ja gar nicht. Sie musste tatsächlich zu ihrer Mutter. Sie musste tatsächlich in dieses stille Haus, das die Welfen einst dem jeweiligen Stadtapotheker zugestanden hatten und das Ises Großvater im richtigen Moment, nach der Übernahme durch die kaiserlich-preußische Verwaltung, erstanden hatte. Der Mutter war es zum Fluchtort aus ihrem irrealen Familienleben innerhalb ihres noch irrealeren Schauspielerinnenlebens geworden.

Für Ise war es eine Boje, ein Wendepunkt. Es würde ihr helfen, dieses erste Trauerjahr um ihre Mutter abzuschließen. Und vielleicht auch, zwischen ihren beiden möglichen Leben in München zu entscheiden: einem Leben allein mit Hermann oder einem Leben allein ohne Hermann.

Morgen, vor ihrer Rückfahrt, würde sie den Tag an den Teichen verbringen, am Wasser, das die Mutter so geliebt hatte, ob in Berlin oder hier in den Gärten ihrer Kindheit. Wasser, das trüb war und sanft, das auf dem Körper Spuren hinterließ beim Schwimmen, dem man entstieg wie eingehüllt. Im

Trüben hatte die Mutter ein Leben lang gelebt. Im Trüben war sie auch gestorben. Man hatte sie am Ufer der Teiche gefunden, heute genau vor einem Jahr. Es war Ise immer noch ein Rätsel, wie das hatte geschehen können.

Kapitel 4

IN DEN HERRENHÄUSER GÄRTEN

Die Tram hielt quietschend an der Kröpcke-Uhr. Ise stieg ein, setzte sich aber nicht, sondern betrachtete die abendlichen Straßen, durch die sie fuhren, im Stehen. Sie würde nur drei Haltestellen weit fahren, und gesessen hatte sie heute schon lange genug. Durch die hochgeklappten Seitenfenster drang der Lindenduft der Langen Laube herein.

Die Tram fuhr zwar langsam, war aber schnell bei der nächsten Haltestelle, nicht wie in Berlin, wo die minutenlangen Wege zwischen Halt und Halt eine Straßenbahnfahrt zu einem Aufbruch nach Nirgendwo machen konnten. Hannover war eine kleine Stadt geblieben, man erreichte hier noch alles zu Fuß. Wenn man Gehen liebte und gewohnt war wie Ise. Nicht nur quietschte der Doppelwagen bei jedem Halt, sondern er bimmelte eine kurze Melodie, den Beginn des Big-Ben-Geläutes, *ding-dang-dang-dong*, wohl eine Erinnerung an die glorreichen Zeiten der Hannoveranerherrschaft über das ganze Königreich Großbritannien.

Nach dem Steinernen Tor hielten sie am Königsworther Platz, dann an der Haltestelle Welfenschloss, genau da, wo die Bürgermeisterlimousine mit ihnen, den drei Verschworenen im Fond, aus dem Hochschulareal auf die Nienburger Straße eingebogen war. Das war knapp eine Stunde her, doch kam es Ise vor, als wären Tage, ja Wochen vergangen. Und das war merkwürdig.

Es hatte sich ein Zeitsprung eingestellt, ein Phänomen, das sie nur von früher aus ihrer Kindheit erinnerte. Zeitsprünge, nach denen das Vorher weit, weit zurücklag und das Jetzt vertraut war wie schon hundert-, ja tausendmal erlebt.

Wie an den langen Winternachmittagen mit Gussie, die in der Oberstufe ans Lyzeum nachgekommen und Ises beste Freundin geworden war. Gussie liebte die Natur und konnte wunderbar Klavier spielen. Wenn Ise mit ihr nach langen Klavierstundennachmittagen aus dem Kantorsaal der Grunewaldkirche auf die Lassenstraße getreten war und es draußen schon dunkelte, war es ihr jedes Mal erschienen, als wären sie wochenlang aus dieser Welt weggereist gewesen und gerade wieder im Heißluftballon über dem verschneiten Grunewald gelandet.

Nur mit Gussie hatten solche Zeitsprünge je stattgefunden, eigenartigerweise nie mit Lise oder mit Ises kleineren Schwestern. Sie lebten getrennte Leben, sie waren drei und vier und sieben Jahre auseinander, hatten nie dieselbe Schule besucht, keine gemeinsamen Freunde oder Beschäftigungen, abgesehen vom Schwimmengehen mit der Mutter. Doch auch das war immer getrennt geschehen, die Mutter hatte einmal Ise und einmal eine der anderen mitgenommen. Meistens aber war sie allein gegangen und erst zurückgekommen, wenn es Abend war und die Mädchen schon im Bett sein mussten.

Ise stieg an der Haltestelle Welfenschloss aus und dachte auf dem Weg durch die Gärten über das Phänomen dieser Zeitsprünge nach.

Warum stellten sie sich ein? Und wann genau?

Vielleicht hatte sich ein Zeitsprung, wie jetzt gerade eben, als ihr die Zeit nach der Fahrt zum Café Kröpcke altvertraut vorgekommen war, die Zeit zuvor aber wie Ewigkeiten her, ein paarmal auch mit ihrem Vater ereignet: Wenn er sie vor dem Krieg mit in die Ostgebiete, nach Marienburg oder Allenstein oder Königsberg mitgenommen hatte, wo er als Regierungsrat für die Entwicklung ländlicher Gemeinden durch das Erbauen von Wohn-, Gesundheits- und Bildungseinrichtungen zuständig gewesen war. Dort fuhr man noch mit dem Gespann. Und ihr Vater fuhr gut.

Wenn Ise irgendwann in ihrem Leben eine Idee von Erwartetwerden erlebt hatte, dann vielleicht in jenen Tagen, in denen sie von frühmorgens bis spät in die hellen Sommerabende über Land gefahren waren und Schulen und Kindergärten und Krankenstationen und Arbeiterhäuser und Markt- und Waschhallen inspiziert hatten, die der Vater hatte errichten lassen und für deren Betrieb er verantwortlich war. Die Heimkehr am Abend ins örtliche Gasthaus war immer ein Nachhausekommen gewesen, für Ise ein ganz neues Gefühl. Ein Zeitsprung, jedes Mal. Menschen aus dem Dorf oder dem Städtchen hatten sie erwartet, sich zu ihnen an den Stammtisch gesetzt, kleine Aufmerksamkeiten oder Dankesschreiben, manchmal sogar einen frisch gefangenen Fisch oder einen ganzen Schinken mitgebracht.

Was Erwartetwerden hieß, hatte Ise erst hier kennengelernt. Denn in der Villa im Grunewald war keiner gewesen, der sie wirklich je erwartet hätte. Die Mutter war geistig verreist gewesen, der Vater dienstlich unterwegs, Tante Hannah sehr mit dem Haushalt beschäftigt oder auf Turnieren und die Schwestern bei den Nachbarskindern der aus Warschau hergezogenen Musikerfamilie, bei der offene Türen herrschten und so ziemlich alles erlaubt war.

Von der Nienburger Straße kommend, die gut erleuchtet war, musste Ise sich jetzt an das Dunkel der Jägerstraße gewöhnen, die durch die Feuchtwiesen bis zu den Herrenhäuser Gärten führte und in den Schotterweg an der Graft überging, einer ehemaligen Kutschstrecke, die, am königlichen Wassergraben entlang, um das gesamte Schlossareal führte.

Die Jägerstraße war nur von sehr wenigen Laternen erhellt, doch gingen einige Pärchen zur Stadt zurück, und die Herren leuchteten ihren Damen mit kleinen, weiß blendenden Batterie-Taschenlampen oder flackernden Feuerzeugen den Weg. Sie kamen aus den Schrebergärten, die sich linker Hand in vielen Reihen bis zur Leine zogen, oder aus dem Hockeyclub, den man in den ehemaligen Remisen entlang des Schlossgrabens eingerichtet hatte. Nach dem Clubgebäude wurde es ganz finster auf dem Weg und Ise konnte nur noch nach der Erinnerung gehen. Gewohnte zweihundert Schritte später begann es fahl zu riechen, das hieß, sie musste den Wassergraben, der sich um den riesigen Heckengarten zog und der jetzt im Mai voller blühender Lilien war, gleich erreicht haben.

Und da war er, der Kutschweg an der Graft, der zum Hof führte. Sie bog rechts ein und ging an den Beeten des einstigen königlichen Kräutergartens entlang, die heute unbewirtschaftet als Wiese gehalten wurden und zum Rasenhockey dienten. Dennoch war der Kräutergarten in der Erinnerung immer noch präsent, er schien hier einfach nicht ausziehen zu wollen, denn den ganzen Weg entlang duftete es abwechselnd nach Kamille, nach wilder Minze oder Maikraut. Jetzt noch mal zweihundert beinahe blinde Schritte bis zum Birkenhain und sie stünde vor dem Hof. Doch da begann der Wassergraben das allerletzte Abendlicht zu spiegeln, und so konnte Ise wieder besser sehen und schneller gehen.

Warum also der Zeitsprung zwischen dem Bauhaus-Vortrag und ihrem Aufbruch aus dem Café Kröpcke?

Als Gropius das Bier bestellt hatte. »Mir ein Bier«, hatte er gesagt, und in seinem Ton war die Tiefe gewesen, die Nachhausekommen ausmacht. Er war müde gewesen und hatte das nicht versteckt. Ise war traurig gewesen und hatte das nicht versteckt. Sie hatte ihr »Mir auch« zu Adolphe hin genickt, und für die wenigen Minuten, die sie dann noch dort im Kröpcke gesessen hatte, war um Gropius und sie ein unsichtbarer Raum im Raum gewesen.

Das war Unsinn!

Es gab keine unsichtbaren Räume im Raum! Solche Gespinste waren für weltferne Fantasten, die sich um obskure Führer scharten, wie beispielsweise die sich in Paris formierenden Surrealisten um diesen André Breton. Surrealismus kam der Wahrheit nicht nahe, er lief vor der Wahrheit davon! Und Ise hatte an ihrer Mutter gesehen, dass Davonlaufen nirgendwohin führte.

Vielleicht war der Vollmond schuld, und Ise hatte sich da an der Haltestelle Welfenschloss in ihrem Zeitsprung-Gefühl vertan, denn was betrafen sie Zeitsprünge mit einem alternden, sich durch die deutsche Hochschullandschaft kämpfenden Architekten?

Wenn, dann könnte der nur für Lise infrage kommen, aber ausschließlich beruflich, denn alles Private müsste man ihr, bei seinem ruinösen Ruf und ihrem Talent – eigentlich unglaublich, wie sie sich jetzt, genauso wie einst Ises Mutter, ins Theater verliebt hatte! –, dezidiert ausreden. Man stelle sich vor, Lise würde so enden wie Gussie, die bei jedem von Ises Besuchen in Hannover die gleichen zwei Ausreden hatte, bei sich zu Hause in Köln zu bleiben: ihren beinahe doppelt so alten Mann und ihre Jahr um Jahr geborenen Kinder!

Entweder war sie gerade zur Niederkunft oder unpässlich, da schon wieder schwanger. Leider war ihr erstes Kind, kaum geboren, gestorben. Das war natürlich fürchterlich. Doch das zweite, der kleine Paul, lebte und beschäftigte sie rund um die Uhr. Keine Rede mehr von der Ausbildung zur Landschaftsgärtnerin, die sie sich immer erträumt hatte und die sie genau hier, in Herrenhausen, an der Gartenbauschule erwartet hätte. Einen Steinwurf vom Haus von Ises Mutter entfernt, gleich hinter dem Heckengarten.

Sie hätte hier wohnen können!

Es war ewig schade um sie. Ise sagte sich diesen Satz beim Gehen laut vor.

»Es ist ewig schade um sie.«

Um beide »sie« nämlich. Sowohl um Gussie. Als auch um ihre Mutter.

»Um Gussie. Und um meine Mutter.« Ise sagte das mehrmals vor sich hin.

Doch da war ein Unterschied. Gussies Leben fing gerade erst an, es konnte sich noch viel entwickeln und ergeben. Das Leben ihrer Mutter war vorbei.

Ab morgen würde Ise also Lise diese Gropius-Anhimmelei austreiben, denn sie wäre womöglich fähig, für diesen Mann, einen genauso »gebrauchten« Mann wie der von Gussie, der sie an Haus und Kinder ketten würde, ihre Architektenkarriere hinzuschmeißen.

Wer weiß, wie der Abend für die beiden verlief? Saßen sie immer noch zusammen? Nahm Gropius sogar einen späteren Zug?

Irgendetwas fehlte Ise, bemerkte sie beim Weitergehen, es war ihr wie hohl im Magen. So musste es sich anfühlen, etwas oder jemanden zu vermissen. Das war ein neues Gefühl. Wenn man sich, wie sie, zu einem auf sich selbst gestellten Leben erzogen hatte, ließ man Schwachwerden dieser Art nicht zu.

Was fehlte ihr? Was war es genau?

Das Verstehen, das beinahe wortlose, selbstverständliche Verstehen in dem kurzen Gespräch mit diesem Mann. Und sein Humor.

Warum fehlte Hermann ihr nie?

Weil da kein Dialog war, trotz aller familiärer Nähe, trotz aller Kenntnis seiner Schaffenswelt? Weil weder Reibung entstand im blinden Vertrauen? Noch Spannung aufkam, wenn sie sich gegenseitig lange Leine ließen? Und es zwischen ihnen eben keinen, aber auch gar keinen Humor gab?

Da stand das Haus. Sein Weiß schillerte in einem breiten Lichtstreifen, der plötzlich aus dem Wassergraben heraufstrahlte. Ise drehte sich nach links, dem Graben zu. Hinter den hohen Heckenspalieren des Schlossgartens stand der Vollmond. Sein Licht war so weiß wie das Weiß der Taschenlampenkegel vorhin auf der Jägerstraße. Nur war es unendlich stärker. Konnte der Mond so blenden? Oder war da eine Spiegelung in der Luft, die der Dunst der Wassergräben an so warmen Frühlingstagen auslöste?

Die Vögel hatten zu singen aufgehört, für sie war es, sobald der Mond aufgegangen war, Nacht. Ise ging auf das Haus zu, und wie jedes Mal, wenn sie die Schritte vom Gartentor bis zur Haustür machte, fiel ihr die letzte Unterhaltung mit ihrer Mutter ein.

Am Tag vor ihrem Tod war sie noch in München gewesen, sie hatten einen langen Abend in der Kammerspiele-Bar verbracht, wo die erste Kostümprobe zu Brechts *Trommeln in der Nacht* lautstark und fröhlich gefeiert wurde. Otto Falckenberg hatte alles umarmt, was weiblich war, vor allem seine neue Muse, eine Bildhauerin, aber auch alle seine Schauspielerinnen.

Ise und ihre Mutter, die an ihrem üblichen Tischchen am Fenster gesessen hatten, wurden in der allgemeinen Festtagslaune zum langen Künstlertisch eingeladen. Sie hatten den

Abend mit der gesamten *Trommel*-Besetzung verbracht, zu der neben den Schauspielern eine ganze Menge Menschen gehörte, die man sonst nie sah: Lichttechniker und Kostümbildner, Souffleusen und Tonkünstler, Bühnenbauer und Choreografen. Eine kleine Welt in der Welt, man war aufgehoben an so einem Tisch wie überhaupt nur selten. Und in der Erinnerung spürte Ise, es war die gleiche Wärme wie in den Gasthäusern im Osten gewesen, wenn sie mit ihrem Vater über Land gefahren war, die gleiche Wärme wie am Kröpcke-Tischchen mit Gropius vorhin.

Schluss jetzt mit diesem Gropius! Ise musste ihn aus ihren Gedanken verbannen, er hatte mit der Erinnerung an ihre Mutter überhaupt nichts zu tun!

»Siehst du, Ise, was mich immer ans Theater gefesselt hat?«, hatte die Mutter am Ende jenes Abends in der Kammerspiele-Bar gefragt. Ise hatte die Antwort natürlich nicht gewusst.

»Diese wunderbare Dimension: ein Schicksal anzunehmen, das nicht unser eigenes ist. Und dabei allen anderen zu zeigen, wie sich das anfühlt.«

Die perfekte Beschreibung ihres imaginären Doppellebens, allerdings!

Doch diesem eher kühlen Satz war noch ein leiserer nachgefolgt, schlussendlich gehe es um den Dialog mit Menschen, die einem später fehlen.

Vor einem Jahr noch war Ise dieser Satz skurril erschienen.

Heute, jetzt, da sie die Eingangstür mit der schön geschmiedeten Eisenklinke öffnete, in diesem Augenblick, den kühlen Griff in der Hand, verstand sie ihn.

Sie hatte gerade eben auf dem Kutschweg erkannt, wie das ist, wenn jemand einem fehlt. Was Vermissen ausmacht. Es war das zarteste, doch auch das einsamste Gefühl, das sie je gefühlt hatte.

Kapitel 5

»NUR IM HIMMEL WACHSEN BIRKEN, GEWISS.«
Ein Haus wie dieses könnte sie sich für ihr Leben vorstellen, dachte sie, als sie das Licht im Vestibül andrehte, dann die Steh- und Tischlampen im Vorraum, in der großen Küche, im Schreib- und im Kaminzimmer. Ein Haus wie dieses, so weiß, so still, der Blick aus den Fenstern voller Birken.

Jetzt, bei beginnender Nacht und bei diesem Vollmondlicht schienen die Birken eben auf die Erde geschwebt. Und das war nicht surreal, sondern folgerichtig. Denn nur im Himmel wuchsen Birken, gewiss, hatte Ise schon in der Mittelstufe bei Rilke gelesen, und seither fielen sie in ihrer Vorstellung dann und wann wolkenweise auf bewohnte Planeten, um dort das Mondlicht einzufangen.

Ise musste über diesen letzten, zugegeben schon immer kitschigen Gedanken schmunzeln, doch im Ernst, vielleicht könnte sie dieses Haus halten? Sie müsste nur in der Buchkritik oder mit dem Schreiben generell reüssieren, dann könnte sie sich eines Tages ansiedeln, wo immer ihre Schreibmaschine stand.

Ihr Blick fiel auf ihre silbergraue Seidel-&-Naumann-Reiseschreibmaschine auf dem Küchentisch, das tragleichte Modell hieß »Ideal«. Ise hatte sie sich von ihren ersten vier Gehältern abgespart und fand, dass der Name ein perfektes Omen sei. Hier am Küchentisch schrieb sie, wenn sie im Haus ihrer Mutter war, denn da hatte sie mehr Licht im Raum als im Schreibzimmer, das nach Norden lag. Sie hatte sich einen Rezensions-Auftrag mitgebracht, und die Besprechung lag schon fertig neben der Maschine, sie hatte sie heute Nachmittag, bevor sie zum Vortrag ins Welfenschloss aufgebrochen war, in einem Zug heruntergeschrieben.

Das konnte sie, einen Gedankenschwung in die Maschine tippen, ohne abzusetzen. Beim Durchlesen morgen würde sie sicher siebzehn Tippfehler finden, aber keinen einzigen krummen Satz.

Manchmal wunderte sie sich, wie das Schreiben sie so überkommen konnte und welche Wege und Mittel es dazu wählte. Ideen und Wendungen schrieb sie stets per Hand, auf lose weiße Papierbögen, doch sehr bald dann fügten sich ganze Paragrafen aus diesen Zeilen, und die wollten auf getippten Blättern stehen. Ein neuer Bogen wurde eingespannt und die Reise über die Maschinentasten begann. Diese Ordnung allein, das ruhige und schön gesetzte Schriftbild, das nach wenigen Zeilen sichtbar wurde, gaben Ise den Schwung für den jeweils nächsten Paragrafen, die jeweils nächste Seite. Und genauso wie sie im Ungewissen und Diffusen nicht denken konnte, konnte sie dort auch nicht einschlafen. Sie brauchte einen Abschluss, ein Ergebnis, an jedem einzelnen Tag. Manchmal saß sie bis drei

Uhr früh und hörte schon die ersten Amseln singen, bevor sie mit dem Tippen so weit war, dass sie zufrieden sein konnte, und sich dann bis halb acht zum Schlafen legte.

Es war noch nicht spät, nur dunkel draußen, trotz dieses fahlen Weißes, das der Mond auf die Wiesen warf. Sie könnte etwas schreiben.

Nur was? Ihre Rezension von Colettes *La maison de Claudine* war abgeschlossen – bis auf die Letztkorrektur. Den nächsten Text, den sie lesen musste, wollte sie sich für die morgige Zugfahrt zurück nach München aufheben. Ein schwieriges Buch zu einem Thema, das sie selbst zu sehr betraf, als dass sie es an einem Abend wie diesem hätte zu lesen beginnen wollen. Stefan Zweig porträtierte in *Amok. Novellen einer Leidenschaft* Lebenslinien, die an obsessiven Leidenschaften brachen. Schicksale, die sich in Selbstbetrug und Selbstverleumdung erschöpften, ja nicht mehr herausfanden aus dem Gewirr ihrer fein geknüpften Verstrickungen.

Als ob er die Geschichte ihrer Mutter beschrieben hätte! Es würde für Ise keine leichte Lektüre werden.

Sie zog ihren Staubmantel aus und ging zurück in den Windfang, um ihn aufzuhängen. Sie würde heute gar nichts mehr lesen oder schreiben, entschied sie jetzt. Sie würde sich an den Küchentisch setzen und in den Garten schauen, so, wie sie manchmal beide hier gesessen hatten, ihre Mutter und sie, wenn sie in ihrem letzten Lebensjahr zu Besuch gekommen war. Denn über die exakt zwölf Monate vor ihrem Tod hatten ihre Mutter und sie sich erstmals wirklich kennengelernt, und trotz ihrer bedenklichen Wunderlichkeit war diese Frau, das war nicht zu leugnen, für Ise immer interessanter geworden.

Sie konnte glasklar denken und war gebildet, nahm sich aber selbst nicht ernst dabei. Sie war im Umgang mit Menschen staubtrocken, ja linkisch, doch gerade deshalb in gewisser Weise rührend.

Und sie war komisch! Sie war fähig, fundamentale Wahrheiten in einem Nebensatz vor sich herzusagen, zum Beispiel, dass die einzig berechtigte menschliche Angst ja wohl die vor dem Tod sei: Von hundert Menschen stürben hundert. Ise musste auch jetzt, mit dem Garderobenbügel in der Hand, wieder laut über dieses Bonmot lachen.

Ihre Mutter hatte im Augenblick gelebt, »im Dialog, im Spiel«, wie sie oft gesagt hatte. Oder, besser, sie war so vollkommen in jede Situation eingetaucht, wie sie gerne auch in jede Rolle eingetaucht wäre – wäre sie je Schauspielerin geworden.

Strategisch entworfene Lebenslinien oder konstruierte Charaktere hatten sie nie interessiert. Sie hatte »wahre Zustände verkörpern« wollen, so hatte sie es genannt. Und wenn sie Ise dieses *Zuständeverkörpern* zu erklären versucht hatte, »nur so ist und bleibt man als Schauspieler lebendig«, war es glaubhaft und schlüssig gewesen. Dieser Abend gehörte ihr.

Zurück in der Küche setzte Ise Teewasser auf und bereitete die alte Minze-Melissen-Mischung der Hofapotheke, die noch heute verkauft wurde, in der Silberkanne ihrer Großmutter zu. Der säuerliche Duft stieg ihr in die Nase und schrieb das Wort »Afrika« in ihren Kopf. In allen Sahara- und Karawanengeschichten trank man Minztee mit eingemischten Essenzen, und Ise hatte mit Gussie zum Abitur fest ausgemacht, eines Tages dieser Teespur nachzufahren, wegen der Oasen-Gärten und ihres einmaligen Dufts.

Ausgemacht … Beim diesem Wort fiel Ise ihr Stück wieder ein. Dieses Stück, das ihr kein Glück gebracht hatte. Ein paar Monate vor dem Tod ihrer Mutter nämlich hatte sie mit einem Text begonnen, aus dem langsam, aber sicher ein Sprechtheater für zwei Personen entstanden war. Ein Sprechtheater, das jegliche Handlung durch eine Reihung von Zuständen, wie sie ihrer Mutter so lieb gewesen waren, ersetzt hatte. Der Text, hunderteinundsiebzig sauber getippte Seiten, lag jetzt in einer verschlossenen Schublade am Salvatorplatz. Er tat Ise zu sehr weh und musste wahrscheinlich einige Jahre dort warten, bevor er wieder ans Licht geholt werden konnte.

Allein der Gedanke an ihn schmerzte, denn es war dieser Text gewesen, der sie vor einem Jahr daran gehindert hatte, ihrer Mutter gleich nach dem Abend mit den *Trommel*-Schauspielern nach Hannover zu folgen. Am Tag danach nämlich, einem Freitag, hatte Ise ein Gespräch mit Erwin Piscator, dem Berliner Regisseur, *ausgemacht*, ein professionelles Rendezvous in den Kammerspielen. Also etwas für sie ganz Außergewöhnliches, verliefen ihre Tage und Wochen sonst doch nach dem gänzlich unaufgeregten, immer gleichbleibenden Rhythmus, der dem Verlagshaus eigen war und in dem man sich geborgen fühlte.

Dieses Rendezvous hatte der Verlagsgründer und ihr Chef ihr vermittelt, nachdem er verfolgt hatte, wie lange sie neuerdings nach Ladenschluss im Haus blieb und in ihrem Kontor im Dachgeschoss die Schreibmaschine weiterklapperte. Piscator hatte sich zur zweiten *Trommel*-Bühnenprobe in der Stadt angesagt, und ein kurzes Treffen mit ihm wäre für Ise eine einzigartige Gelegenheit gewesen, ihr Stück vorzustellen, ja es vielleicht sogar gemeinsam besprechen zu können. Ise hatte es *Dialog mit einer Unbekannten* genannt, es ging um eine ältere Frau, die ständig floh, und eine jüngere, die ihr nie schnell genug folgte. Ein beklemmendes Stück, das die Mauern der Einsamkeit, den Stacheldraht nie geheilter Verletzungen durch die einzig mögliche Haltung überwand: die unbedingte Aufmerksamkeit für den anderen.

Es war ein Stück mit offenem Ende, und vielleicht las man die stetig nagende Angst vor einem möglichen tragischen Ausgang zwischen den Zeilen.

Was nämlich, wenn sich diese Aufmerksamkeit auch nur einen einzigen Moment lang nicht als *unbedingt* genug erwies, wenn eine Kleinigkeit, eine minimale Zeitentgleisung ihr fragiles Gleichgewicht stören und eine irrationale, nicht mehr ins Lot zu bringende Reaktion hervorrufen würde?

Besser, dass Ise das Stück sofort weggeschlossen hatte, nachdem das Gespräch mit Piscator gar nicht zustande gekommen war.

Es war Freitagmittag gewesen, als sie aus den Kammerspielen, wo sie erfolglos gewartet hatte, zurück in der Buchhandlung eine Nachricht gefunden hatte, die seinen Besuch in der Stadt absagte. Technische Probleme in seinem Berliner Central-Theater, die Reise zu den Brecht-Proben sei um eine Woche verschoben worden. Da hatte sie kurzerhand entschieden, sich den

Nachmittag frei und den nächsten Zug nach Hannover zu nehmen. Irgendetwas hatte sie hierher, in dieses Haus gerufen, und als sie angekommen war, es war ziemlich genau zur gleichen Zeit wie heute gewesen, sie hatte den Weg im Dunkeln genau wie vorhin gefunden, wusste sie auch, was es gewesen war.

Der Hof war schon von der Gendarmerie versiegelt und zwei Kriminalbeamte waren damit befasst, alle Fenster und Türen nach Einbruchsspuren abzusuchen. Es musste von einem tätlichen Verbrechen ausgegangen werden oder von einem Raubüberfall, denn »die arme Frau ist ertrunken wie ein Sack voll Steine«, wie die Beamten Ise sagten. Dass diese »arme Frau« Ises Mutter war, hatten sie nicht erfragt.

Als sie es erfuhren, war sie ins Haus gelassen worden. Der Kommissar war zur abendlichen Stunde noch einmal zurückgekehrt, sie waren gemeinsam die Räume im Erdgeschoss abgegangen, in denen sich die Mutter immer aufgehalten hatte, und außer einer kleinen Briefkarte auf dem Küchentisch war beim besten Willen und auch nach erneuter Durchsuchung am Folgetag nichts Auffälliges zu finden gewesen. Keine erpresserische Korrespondenz, keine Spuren von Einbruch, Diebstahl oder irgendeiner Art von Gewaltausübung. Auch kein Abschiedsbrief. Nur diese Briefkarte mit ihren flüchtig notierten vier Worten …

Der Fall hatte die Gerichtsmedizin, dann die Behörden noch beinahe das ganze Jahr über beschäftigt, bevor die Akte als »Unfalltod ohne Fremdeinwirkung« geschlossen wurde. Denn die Notiz, die auf dem Küchentisch gefunden wurde, befand der Untersuchungsrichter als eine »übliche Nachricht einer Mutter an ihr Kind«. Auf der Karte, die Ise bei Freigabe des Beweismaterials vom Oberlandesgericht Hannover zurückgesandt bekam und die seither in der Abdeckhaube ihrer Ideal steckte, stand: »Ise, ich brauche Dich.«

Kapitel 6

IM ZUG HANNOVER–MÜNCHEN, 29. MAI 1923

Es war ein langer Tag an den Teichen gewesen. Ise hatte sich nach einem ausgedehnten Morgenspaziergang auf den Steg gesetzt und diesen Stefan-Zweig-Text mit im Wasser baumelnden Beinen gelesen, so war die Arbeit getan und sie könnte auf der abendlichen Zugfahrt nur noch vor sich hin denken.

Lise hatte sie nicht mehr gesehen, sie war nicht, wie am Vortag ausgemacht, zum Tee bei ihr vorbeigekommen, so hatte sie den 16-Uhr-Zug erwischen können und käme zu nicht allzu später Stunde in München an. Umso besser, morgen früh ging es im Verlag mit der Redaktionsbesprechung um Punkt neun los.

Lesen war im Verlag Pflicht, Schreiben Kür. Der alte Verlagsgründer hatte Ises Lust am Schreiben schnell erkannt und sie für die Verlagszeitung eingesetzt, für die sie Autoren-Interviews führen und Neuerscheinungen besprechen musste. Das Rezensieren in verschiedenen Längen und Tiefen, je nach Bestellung der Redaktion, hatte sie schon im Lyzeum, im Deutschunterricht von Frau Dr. Klocke hervorragend gekonnt. Es gelang ihr in raschen Würfen, mit immer erneut aufkommendem, geradezu sportlichem Eifer. Dafür, und das hatte sie von Anfang an gespürt, musste sie sich für das Lesen und Recherchieren zuvor umso mehr Zeit nehmen.

Sie konnte wochenlang mit einem Roman oder einem Theaterstück und der Vita des jeweiligen Autors leben, bevor sie ihre Vier-, Sechs- oder Achthundert-Wörter-Texte flüssig herunterschrieb, frühmorgens in ihrem Kontor im Dachgeschoss, mit wenig Geräuschen im Haus und frischem Morgenlicht vor den Fenstern. Autor und Erscheinungsdaten, Handlung, Protagonisten, Thematik und strukturierter Verlauf machten die Beschreibung aus. Dann kam die Kritik: Inhalt, Sprache und Stil, Schlüssigkeit, Verständlichkeit, begründete eigene Meinung zur Gesamtaussage. Schließlich ein Schluss, der neugierig machte, ja sogar Fragen aufwarf.

Wer diesen Fragen weiter nachgehen wollte, müsste das Buch jetzt eben … lesen!

Das In-die-Sprache-eines-anderen-eintauchen, das Einen-Inhalt-sich-bauen-sehen, um ihn dann nachzuerzählen, ja möglichst knapp zusammenzufassen, sah sie als Training für ihre eigenen Texte, die sie außerhalb der Arbeitszeiten schrieb. Dazu gehörte aber noch mal mehr an Lesen und Recherchieren. Ihre Wochenenden verbrachte sie demnach mit einem Picknickkorb voller Bücher im Englischen Garten.

Im altehrwürdigen Münchner Verlagshaus war sie glücklich, und es war eine Ehre gewesen, dass sie der Eigentümer persönlich aufgrund ihres Bewerbungsschreibens und einer Reihe von

Buchbesprechungen, die sie zuerst für die Schul-, dann für die Unizeitung verfasst hatte, ohne Probezeit oder sonstige Reserve in sein Unternehmen berufen hatte. Von einem Tag auf den anderen hatte Ise hierfür vor ziemlich genau zwei Jahren Berlin verlassen. Es hatte sie ja auch niemand mehr dort gehalten.

Lise war in ihr Studium eingetaucht und traf nur noch Architekten oder Künstler. Gussie hatte sich von diesem alten Mann heiraten lassen und war in ihre Heimatstadt Köln zurückgekehrt. Und die Frank-Villa im Grunewald war ein trauriger Ort, denn Ises Vater war beinahe auf den Tag genau ein Jahr nach Kriegsende gestorben.

Auch war Ises Studium eine Enttäuschung gewesen, die Vorlesungen in Philosophie und Germanistik, die sie so erwartungsvoll belegt hatte, hatten sie erschreckt, so weit weg vom wahren Leben waren sie, so abgehoben wurde Literatur betrachtet und seziert, die sie doch Hände reichen wollte von Mensch zu Mensch.

Das einzig Gute am Krieg, der im Monat ihrer Immatrikulation begonnen hatte, war, dass die Berliner Universität ab dem folgenden Frühjahrssemester schloss und dass ihr Vater, als Kavallerie-Reserveoffizier eingezogen, sie als Hilfsschwester ans Rote Kreuz vermitteln konnte. Bei Kriegsende und nach vier Jahren wahren Lebens in den Feldlazaretten der Westfront, die Ise mehr beigebracht hatten als jeder Dozent, war sie nach Berlin zu Tante Hannah zurückgekehrt. Der Vater war erst Monate später geistig verwirrt heimgekehrt und im darauffolgenden Spätherbst gestorben. Die Mutter hatte die Familie ja schon Jahre zuvor verlassen.

Die letzten Tage der Menschheit waren in diesen hoffnungslosen Nachkriegsjahren also auch für Ise angebrochen, Karl Kraus war ihr Lieblingsautor geworden, und sie hatte die Vorabauszüge von Bertolt Brechts *Trommeln in der Nacht*, die von Lion Feuchtwanger im ganzen Land gelobt wurden, mit angehaltenem Atem verfolgt.

Und da stand die Stellenanzeige im *Tageblatt*! Ise erinnerte sich noch heute genau an den Moment. Tante Hannah hatte die Abendausgabe auf dem Teetablett in die Gartenlaube gebracht, wie jeden Tag gegen fünf im Sommer. Und da war es zu lesen: »Feste Stelle als Nachwuchskraft, Verlagsbuchhandlung, München, ab sofort auf Bewerbung.«

München, so sagte man, sei die schönste Stadt Deutschlands und da herrsche kein Hunger wie immer noch in Berlin!

Und noch dazu kam aus München jener Cousin, Hermann, der sein Kunststudium wegen seines wohl maßlos altmodischen Vaters abgebrochen hatte und der Ise bei den Berliner Familienfesten vor dem Krieg, wo sich die neue Generation der Berliner, der Frankfurter, der Münchner und der Pariser Franks regelmäßig getroffen hatte, immer sympathisch gewesen war.

Ise lehnte sich in ihrem Erste-Klasse-Fauteuil zurück. Der Fernzug zischte auf den Schienen dahin, sie fuhren nach den kurzen Aufenthalten in Göttingen und Kassel jetzt durch das hügelige Hessen, draußen wurde der Himmel wie gestern Abend aprikosenrot und bis Nürnberg kam keine Haltestelle.

Man konnte die Augen schließen.

Wohin sollte dieses Jahr, ihr siebenundzwanzigstes Lebensjahr, denn eigentlich führen? Das war die Frage, die anstand, und auf die sie an diesem Wochenende fern von München eine Antwort zu finden gehofft hatte.

Was fing sie an mit diesem Hermann-Cousin und seinen düsteren Gouachen? Mit seinen altertümelnden Motiven, der tragischen Stille im Atelier?

Ise hatte ja nichts gegen Harfenspieler, Hamlets und Walküren, verwaiste Kathedralen und zugige Loggien, die genauso trist waren wie die finsteren Bogengänge des Welfenschlosses gestern, doch wie sollte sie mit denen tagaus, tagein leben? Wie sollte sie mit einem verkappten Künstler leben, in seinem steten Zurück- statt Nachvorneschauen?

In Berlin bei den Frank'schen Festen zu Besuch, hatte er immer lebensfroh und leicht gewirkt, sich aufgeschlossen, ja revolutionär gegeben, doch in München angekommen hatte Ise seine Künstlerfreunde kennengelernt, die die Nächte in verrauchten Brauhäusern und die Tage in hallenden Atelierkellern verbrachten. Eine wahre Sekte, diese Sezessionistenbewegung, der er sich verschrieben hatte und in der jedes Wort wie Blei wog und jede Geste »Bestimmung« war. Eine Wichtigtuerei, die Ises moderner Erziehung, aber ganz einfach auch ihrer Art widersprach.

In München hatte sich die Beziehung mit Hermann eigentlich zufällig ergeben. Er kam von seiner neuen Arbeit als Juniordirektor der Frank'schen Eisenhammer beinahe jede zweite Woche in die Stadt zurück. Sie hatten sich regelmäßig getroffen, und bald hatte er daraus eine »Lebensgeschichte« gedichtet, die erwartungsgemäß Bestimmung war. Da gab es keine Zweifel, kein befreiendes Abrücken oder Diskutieren, keine offene Konfrontation, keine Versöhnung. Alles war höherer Wille, alles war himmelsschwebend oder höllentief oder heldengolden oder todgeweiht. Hauptsache, Gefühle wurden behauptet, nicht gelebt. Nach zwei Jahren Verlobung war Ise bei all der unausweichlich mitgelieferten Wagnermusik und Samtdekorschwüle einfach der Schwung ausgegangen. Nur – wie aus dieser Affäre wieder herauskommen? Das Ihnloswerden, das Wiederalleinsein war schwer zu erreichen! Denn ihre Verbindung mit Hermann war in der Familie eine gern gesehene, wenn nicht gar vorbestimmte.

Zur Beerdigung von Ises Vater, die in Berlin ein gesellschaftliches Ereignis gewesen war, aber auch zur stillen Verabschiedung ihrer Mutter war Hermann ganz selbstverständlich an ihrer Seite erschienen. Und keiner der Großonkel und -tanten hatte das verwunderlich gefunden, nein, es war ganz normal, der natürliche Lauf der Familiengeschichte. Bei den Franks blieb man gern unter sich, und allseits hoffte man schon auf ein halbes Dutzend kleiner Berlin-Münchner-Frank-Nachkömmlinge.

Komisch, jetzt, als Ise die zwei letzten Jahre vor ihrem geistigen Auge abspulte, wurde sie ein wenig melancholisch. Denn Hermann hatte ja auch seine guten Seiten. Er ließ sie machen. Sie konnte arbeiten, sich entfalten, er fragte nicht, wohin sie ging oder wann sie nach Hause käme. Er fragte sowieso kaum je etwas. Er lebte in seinen Bildern und vertraute ihr. Wie sie ihm.

War das nicht eine Gnade?

Er würde sich als malender Unternehmer verwirklichen und sie sich als Autorin. Spielte da Leidenschaft, das Vom-ersten-Augenblick-an-voneinander-begeistert-Sein, ja Füreinander-gemacht-Scheinen eine so große Rolle?

Vielleicht nicht. Denn Freiheit war für Frauen in diesem Deutschland, in dieser blutjungen und mit allen Kinderkrankheiten behafteten Weimarer Republik noch keine Selbstverständlichkeit. Freiheit hatte zweifelsohne ihren Wert, der vielleicht höher war als der leidenschaftlicher Liebe.

Als sie nach einem etwas längeren Halt von Nürnberg losfuhren – draußen war es jetzt schon Nacht –, hörte man ein Schiebewägelchen durch den Gang von Ises ziemlich leerem Waggon bimmeln. Ein livrierter Page öffnete die Abteiltür und goss ihr ungefragt ein Glas Sekt ein. Es sei die hundertste Fahrt dieser neuen Ferndurchgangszüge Hannover–München, sagte er mit knappem Diener, ein guter Grund, ein Gläschen auf die Freiheit zu trinken, die die Reichsbahn durch diesen modernen Komfort ermögliche!

Ise nahm das Gläschen dankend entgegen. Auf die Freiheit also! Man musste die Feste feiern, wie sie fielen, vor allem die ganz und gar zufälligen!

Zufällig hatte sich nicht nur die Beziehung zu Hermann ergeben, sondern auch die einzigen zwei weiteren Freundschaften, die in ihrem Leben bisher eine Rolle gespielt hatten. Die mit Lise. Doch vor allem die mit Gussie.

Lise war Ise am ersten Schultag der Untersekunda über den Weg gelaufen. Oder besser: Sie hatte ihr im Weg gestanden!

Beim Einlass in den spätsommerlich durchsonnten Hof des Lyzeums hatte dieses Mädchen so überraschend im Torbogen angehalten, dass Ise es förmlich überrannt hatte. Ebenso schnell, wie es ihr so aufgefallen war, hatte sie es auch schon als mögliche Freundin verworfen. Blond und blauäugig, einfach gekleidet und frisch durchwindet, als käme sie vom Land, hatte Lise sich auch nach ihrem Zusammenstoß keinen Zentimeter weiterbewegt. Wie ein verschrecktes Fohlen hatte sie sich zwar schüchtern umgesehen, aber weder den Weg freigemacht noch mit jemandem gesprochen. Erst recht nicht mit Ise. Offenbar war sie neu in diesem Stadtteil und mit niemandem bekannt. Ise hingegen, aus jüdischem Haus und mit dunklem Haar und ebensolchen Augen, war schon viel größer gewachsen und die Selbstsicherheit in Person. Denn sie war schon in der Mittelschule immer Klassensprecherin gewesen, also der natürliche »Chef« einer Mädchentruppe.

Unter der wadenlangen Schulschürze »ordentlich angezogen«, wie Tante Hannah gerne gesagt hatte, mit wippendem Schottenrock und nagelneuen Knöpfstiefelchen, hatte sie das blonde, stocksteife »Landkind« stehen gelassen, wo es war, um die Reihen der weiteren Mitschülerinnen abzuschreiten und diejenigen untereinander vorzustellen, die sich augenscheinlich noch nicht kannten. Und das waren einige gewesen, denn die Schule war für ihren religionsübergreifenden, liberalen Unterricht und die Förderung künstlerisch und wissenschaftlich begabter Mädchen bekannt. Man hatte Klassenkameradinnen aus dem ganzen Reich.

Beim Läuten der Schulglocke war die frisch zusammengewürfelte Klasse der Lehrerin in ihr neues Klassenzimmer gefolgt. Sie hatte sich als Frau Dr. Klocke, ihre Deutsch- und Klassenlehrerin, vorgestellt und an ihr Pult gesetzt. Die Plätze waren schnell verteilt gewesen, nur Lise und Ise waren übrig geblieben, die eine, weil sie keinen kannte, die andere, weil sie in der kurzen Zeit des Im-Hof-Wartens schon so gut wie alle kennengelernt hatte. So hatte Frau Dr. Klocke die beiden ungleichen Mädchen kurzerhand an die Bank am Fenster zusammengesetzt, gleich vor ihr Lehrerpult. Schon in der ersten Pause hatte Ise, die gerne und viel sprach, in den Andersartigkeiten, die sie von Lise trennten, ein schier endloses Reservoir an Gesprächsthemen ausgemacht. Die beiden hatten einen Dialog begonnen, der bis zum Abitur nicht abgerissen war.

»Ise-Lise«, wie man das ungleiche Gespann bald überall nannte, hatten ihre letzten Schuljahre in immer gleichbleibendem Takt und einer fröhlichen Kontinuität bestanden, die sich aus gegenseitigem Anspruch nährte, aber auch aus einer Art amüsierter Güte, die der Respekt für den anderen in seinem Anderssein entstehen lässt. Zwischen der Schule, Lises Pensionszimmerchen im Grunewaldkolleg gleich um die Ecke und der Frank-Villa, die, die Königsallee hinauf, links in der Erdener Straße nahe den Ufern des Halensees lag, pendelten sich immer gleiche Wege ein, die man die beiden gemeinsam gehen sah.

In der Unterprima war dann Gussie dazugekommen, die ihre bisherige Schulzeit im urkatholischen Rheinland verbracht hatte. Gussies protestantische Mutter war froh, ihre Tochter endlich in einem aufgeklärten Lyzeum aufgehoben zu sehen, und kam regelmäßig aus Köln zu Besuch. Sie logierte dann in ihrer elterlichen Wohnung am Gendarmenmarkt.

Nie zuvor hatte Ise ein so kultiviertes Stadthaus gesehen. Es gab keine Wand ohne Bücher! Alles andere, die Möbel, die Teppiche, die Bilder, war schön, aber sichtlich gelebt und einfach … einfach! Nichts schien hier glänzen zu müssen, nichts wurde hergezeigt oder gar angepriesen!

In Gussie war Ise vom ersten Augenblick an nahezu verliebt. Wie ihre Mutter hatte sie eine sehr helle Haut, beinahe durchscheinend, dazu rotbraunes, lockiges Haar und jadegrüne Augen. Sie sprach immer leise. Ihre Klaviergriffe spielte sie trocken auf dem Esstisch nach, ohne den Konversationsfaden zu verlieren. Und sie liebte den Wald, ja die Natur schlechthin. Die Bäume und Kräuter, Moose, Sträucher und Blumen, denen sie auf ihren gemeinsamen Wegen begegneten, konnte sie beinahe blind benennen.

Wenn Lise im Nachmittagskolleg Latein nachholen musste oder Französisch oder Englisch, denn Worte gingen ihr, im Gegensatz zu Zahlen, schlecht in den Kopf, wanderten Gussie und Ise weit in den Grunewald hinein oder gingen im Halensee schwimmen. Über die Wintermonate, wenn der Schnee durch die Alleen pfiff, verzogen sie sich dann in die Grunewaldkirche, und Gussie übte ihre Liszt- und Chopin-Partituren am großen Flügel des Kantorsaals.

Mit Lise war Freundschaft von Anfang an ein interessiertes Anderssein gewesen – schiere, sportlich ausgetragene Konkurrenz. Mit Gussie hingegen war sie ein wortloses Einigsein, eine stille Übereinkunft, die kein Drama kannte und keine Distanz.

Wo gegen Lise ein Ziel erreicht, eine Markierung genommen, eine Note erkämpft werden musste, konnte man sich auf Gussie einfach verlassen. Sie stritt um nichts. Wenn Ise von Gussie träumte, von ihren Ausflügen in den Wald und um den See und von ihrer Rückkehr in die Grunewald-Sträßchen, aus denen sie, wie es schien, vor Wochen abgereist waren, dann erwachte sie jedes Mal mit einem Lächeln.

Kapitel 7

SALVATORPLATZ, MÜNCHEN, 21. JULI 1923

Der Verlagschef erschien in der offen stehenden Tür, nachdem Ise sein eher symbolisches Klopfen am Türrahmen mit einem »Hmmm?« beantwortet hatte. Es war der vorletzte Samstag im Juli, nach Ladenschluss, und hier oben im Verlagskontor stand die Sommerhitze zwischen den behäbigen Balken des barocken Dachgestühls. Kein Luftzug ging, und man konnte nur arbeiten, wenn alle Mansardenfenster und die Bürotüren zur Querlüftung geöffnet waren.

Von Anfang Mai bis in den Spätsommer hinein lebte man hier oben in einem großen Gemeinschaftsraum, sprach kaum, und wenn, dann leise, und kochte Kaffee immer gleich für alle mit, denn jede Art von Duft hielt sich stundenlang in den hohen Firstgiebeln.

Der alte Herr atmete schwer, von seinem Büro im ersten Stock bis hier hinauf waren es zwei steile Treppenläufe und zehn Grad Temperaturunterschied.

Ise war erst gegen sechs wieder von der Buchhandlung heraufgekommen und hatte sich an ihren Schreibtisch gesetzt, wo sie die unvollendete Seite des heute früh begonnenen Textes, eingespannt in ihre Verlagsschreibmaschine, erwartete. Es war das neue AEG-3er-Modell mit Kippwagen, Ise war begeistert gewesen, als sie letzte Woche geliefert worden war. So begeistert wie von dem Buch, das sie zu rezensieren hatte.

Diese Kritik war die erste auf der neuen Maschine, aber auch die erste, die Ise wirklich umgetrieben hatte. Man konnte sie nicht einfach so herunterschreiben. Für Ise ganz ungewöhnlich, trug sie allein die Inhaltsangabe des Romans seit einer geschlagenen Woche mit sich herum. Doch der Text musste Montagfrüh, Punkt neun zur Redaktionssitzung, fertig sein. Es wurde also höchste Zeit!

Dieses Buch sträubte sich aber gegen jede Art von Zeitplan. Es war nicht zu fassen, es entkam, kehrte zurück, machte sich wieder frei. Es ließ Ise nicht los. Und wie ihr ging es wohl halb München.

Heute war zum Vorzugsverkaufstag ein Kommen und Gehen in der Buchhandlung gewesen, wie man es in diesen letzten zwei Inflationsjahren, in denen das Geld immer weniger wert wurde und die Deutschen nur noch Nahrungsmittel und das Notwendigste einkauften, nicht mehr gesehen hatte. Papier war durch das massive Nachdrucken von Banknoten Mangelware geworden, ein Buch zum Luxusartikel, der den nach dem Krieg festgesetzten »Friedenspreis« von zehn Mark inzwischen gerne um das Fünftausendfache überstieg.

Das ziegelrote Büchlein, bei S. Fischer erschienen, hatte in sieben hohen Stapeln auf dem langen Verkaufstresen im Erdgeschoss der Buchhandlung gelegen, es hatte von der Ladentür aus den Eindruck gemacht, als hätte man Lawrences *Sieben Säulen der Weisheit* aus zarten Terracottafliesen aufgeschichtet.

»Die Weisheit hat ihr Haus gebaut, ihre sieben Säulen behauen« war Ise unwillkürlich dazu eingefallen.

Der Verkaufspreis, der auf den halbhohen Schauvitrinen, die den Tresen einrahmten, in gotischen Lettern auf den weißen Kartons der Artikelankündigung »Vorzugsverkauf: Hermann Hesse: *Siddhartha*« zu lesen war, schien trotz seiner Absurdität niemanden abzuschrecken: »69.900 Mark!«

Die aufgewühlte Kundschaft, auch Gymnasiasten und ältere Herrschaften darunter, hatte sich um die Sitzplätze am rechten und linken Ende des Tresens, wo man wie an einer Bar auf hohen Hockern Probelesen durfte, gerissen. Denn in dieser Buchhandlung konnte man zwischen Büchern wohnen – und sie auch ausprobieren. So wie die Mitarbeiter wie in einer Familie aufgehoben waren, so waren es auch die Kunden.

Vielleicht war das das Erfolgsrezept des Verlagsgründers?

Doch ein Tag wie heute brachte das System an die Grenzen, bei der Registrierkasse angefangen. Schon vor der Mittagspause waren ein halbes Dutzend Kartoffelsäcke voll mit Geldscheinen, und keiner wusste, wohin damit, da die Hausbank erst wieder am Montagmorgen öffnen würde. Die älteren Kolleginnen waren ganz außer Atem, und so hatte Ise beim Nachmittagsverkauf ausgeholfen, eine gute Gelegenheit, sich mit den noch zögernden Probelesern und den schon brennend überzeugten Käufern, die das Buch immer gleich in mehreren Kopien mitnahmen, auszutauschen.

»Unerhört«, hatten die ersten abwartend geraunt, »einen Buddha zu schaffen, der den historischen Buddha übertreffen will!«

Die Kritik war, wie in den vergangenen zwei, drei Jahren leider regelmäßig, gleich darauf nationalistisch geworden: »Steht so ein Buch einem Deutschen zu Gesicht?«

Ein benachbarter Probeleser hatte nachgelegt: »Was heißt hier deutsch, dieser Hesse? Er ist ein verkappter Russe und Franzosenfreund!«

»So ein … Friedensprophet …«, hatte seine dickbeinige Begleitung gewusst, sicherlich eine jener Deutschlehrerinnen, die mit ihrem Fach auch die »deutsche Gesinnung« hochhielten, eine obskure Mischung aus Untertanentum und geistiger Unfreiheit, die in Deutschland wohl kaum auszurotten war.

»Nicht umsonst widmet er das Buch dieser Memme von Romain Rolland!«

»Bolschewik ganz einfach«, war es harsch von der anderen Seite der Theke gekommen. »Exilgesindel!«, wurde aus dem Hintergrund nachgelegt.

Um Himmels willen, da in der rechten Ecke bei der Treppe stand Dietrich Eckart, der Chefredakteur des *Völkischen Beobachters*!

Wie hatte man den in den Laden lassen können?

Erbaulich waren hingegen die Kommentare der Käufer gewesen, die untereinander vor Ises Registrierkasse ganz andere Meinungen ausgetauscht hatten.

»Etwa ein neues Neues Testament?«, hatte sie hören können, oder: »Welch ein Rezept: Sanftes Aufbegehren gegen jede Art von Autorität!«

Ein sehr alter, blasser Herr war zum Zahlen an der Reihe gewesen, er hatte seine Vorgänger leise kommentiert und Ise dabei direkt in die Augen gesehen:

»Leider verträgt sich Sanftheit mit allem, nur nicht mit Dummheit, nicht wahr, mein Kind?«

Er hatte Mühe gehabt, seine zehn erstandenen Exemplare in den Griff zu bekommen, auch wenn sie von Serge, dem mindestens genauso alten und noch um Längen blasseren Hausdiener sorgsam verschnürt und mit einem Tragehenkel versehen worden waren. Ise war also aufgestanden, hatte den Tresen umkreist, sich zwischen den Probelesern einen Weg gebahnt und dem alten Herrn die Ladentür aufgehalten. Der, der zuvor das »neue Neue Testament« in den Raum gestellt hatte, war ihr aus der linken Ecke des Verkaufsraums, da, wo die Nachmittagssonne durch die Arkaden zum Salvatorplatz in den Laden fiel, zu Hilfe gekommen. Er musste dort gewartet haben. Er war groß und unerhört mager, trug einen leichten Gehrock aus apfelgrüner Shantungseide und eine silberne Nickelbrille. In Anbetracht seines dynamischen Ganges – Schwimmer gingen so oder Wanderer oder Langläufer – hatte Ise für einen Moment gedacht: Das ist Hesse selbst!

Da hatte er dem alten Herrn schon die Bücher abgenommen und ihn bei sich untergehakt. Sie hatten die Arkaden passiert und waren nach links um die Salvatorkirche herum in Richtung Theatinerstraße abgebogen. Die zahllosen samstagnachmittäglichen Spaziergänger auf diesem sonnigen Platz ohne Fahrverkehr hatten die beiden nach Sekunden verschluckt.

Viel mehr als an die aktuelle politische Lage, die man an diesem Vorzugsverkaufstag in der Buchhandlung wie auf einer Bühne dargestellt erleben konnte, hatte Ise dieser Roman aber an Hermann erinnert. Denn der war seiner Künstlermission nicht gefolgt, sondern den Karrieredogmen seines Vaters. Nicht wie Siddhartha, Hesses junger Held. Für Ise war es deshalb eine schöne, doch auch traurige Lektüre gewesen, denn sie betraf ihr Leben und ihren Gemütszustand direkt.

Nach ihrer Rückkehr aus Hannover hatte sie nämlich die Verlobung mit Hermann gelöst. Zwischen einem Leben allein mit Hermann und einem Leben allein ohne Hermann hatte sie sich für Letzteres entschieden. Sie hatte keinen anderen Plan für sich gehabt und keine weiteren Aussichten, nur sich selbst finden wollen und Zeit für die Arbeit, die sie begeisterte.

In dieser inneren Gefasstheit, ja dieser Dankbarkeit für einen Lebensauftrag, den sie beinahe ohne ihr Zutun gefunden hatte, hatte sie ihre Wahl getroffen – und das Leben allein ohne Hermann hatte sich einfach eingestellt. Bei einem Kaffee und ohne jegliche Rührung hatte er »Geh zum Teufel« gesagt.

Allein, an den Wochenenden, die diesem »Geh zum Teufel« gefolgt waren – es war Sommer und die ganze Stadt saß in schattigen Biergärten oder fuhr ein, zwei Tage hinaus aufs Land –, hatte er ihr manchmal gefehlt. Mit Hermann wäre sie ins Miesbacher Bauernhaus seiner Tante gefahren, sie wären in der Schlierach baden gegangen oder hätten am Hof Kirschen und Himbeeren gepflückt. Seine Nähe hätte Ises wenige Lebensmomente ohne Lesen und Schreiben mit einer gewissen Aktivität gefüllt.

Seine Nähe …

Welche Nähe?

Ise hatte mit Hermann nie eine echte, ergreifende Nähe gefühlt!

Eher die Abwesenheit von Alleinsein, einen natürlichen Respekt, der zwar immer etwas trist und düster dahergekommen war, dafür aber nie fordernd.

Eigentlich die Nähe eines Bruders …

Dieser Vergleich hatte sich in ihre Gedanken eingependelt und immer wieder schaukelnd wiederholt. »Eigentlich …«, die Schaukel schaukelte hoch, man gewann Überblick, »die Nähe …«, der Höhepunkt war erreicht, man hatte einen Moment lang ein Loch im Bauch und hielt den Atem an, »eines Bruders …«, Abfahrt ins Schaukeltal, man war wieder in der Wirklichkeit angekommen und ein ganz klein bisschen klüger.

Eigenartig, in solch einem Schaukel-Rhythmus dachte Ise doch sonst nie? Woher kam dieses Hin- und Hergeschwinge? Wahrscheinlich aus dem Buch. Nein, sicher sogar aus dem Buch! Siddhartha, der dachte und sprach so! Sein Alter Ego Hesse, auch ein Buchhändler übrigens und Ise allein deshalb sympathisch, hatte das große Indien, seine uralte Weite, seine Ströme und Berge und Tiere und Menschen auf den Reisen der letzten Jahre studiert und brachte dem Leser diese fremde Kultur in ihrem ganz eigenen, uns so ungewohnten Rhythmus nahe.

Eigentlich … die Nähe …, begann Ise gerade wieder zu denken, als das Klopfen am Türrahmen sie unterbrach.

Ihr Chef räusperte sich, er wusste, dass er störte.

»Fräulein Frank, verzeihen Sie bitte, nach solch einem Tag!«

»Hundert solcher Tage!«, lächelte Ise, noch ohne aufzuschauen, und ließ mit einem schon gut geübten Klaps ihrer Linken den Kippwagen der Schreibmaschine auf die nächste Zeile springen. Die Inhaltsangabe war fertig, Siddhartha, der Brahmane, der sich auf die Reise zu sich selbst macht und als Samana, als Bettler erkennt, man könne nicht durch Lehre Buddha werden, sondern müsse dieses Ziel mittels eigener Erfahrungen erreichen; Siddhartha, der erfolgsgeblendete »Kindermensch« dann; Siddhartha, der Fährmann; Siddhartha, der Vater; Siddhartha, der Erleuchtete schließlich, der Einsicht in die wahre Natur der Dinge gewinnt.

Wenn sie jetzt ein Gespräch begänne, wäre der Faden gerissen und sie müsste mit der Kritik und ihrer eigenen Meinung zur Gesamtaussage morgen weitermachen, sie könnte ja gleich am Vormittag wieder herkommen, sie hatte ohnehin nichts anderes vor.

»Es ist nur – Sie haben Besuch.«

Der alte Herr zog jetzt eine weitere Gestalt in den Türrahmen. Dieser zweite Herr war kleiner als der Verleger, hielt sich aber merklich gerader. Er trug einen Strohhut mit schwarzem Borsalino-Band und einen schlammfarbenen Leinenanzug, dazu eine sehr schmale, schwarz-weiß gestreifte Fliege. Kokett!

Da er den Kopf gesenkt hielt, wohl hatte er sehr gut verstanden, dass man Ise hier störte, war sein Gesicht nicht zu erkennen. Doch Ise fiel der Riemengürtel auf. Reitergürtel. Einer von der Kavallerie also.

Unter seinem linken Arm klemmten fünf ziegelrote, von Serge verschnürte *Siddhartha*-Bände, und die hochgeraffte Manschette gab eine schöne, alte Armbanduhr preis. Schwarze römische Ziffern auf weißem Email, fein von Gold gerahmt.

Jetzt war das Bild komplett. Dies war der Mann aus Hannover! Walter Gropius, der Rebellenarchitekt.

Kapitel 8

»ICH STÖRE HIER.«

Es ging alles ganz schnell. Ises Chef verschwand lautlos, wie er gekommen war, und Gropius lehnte sich in den Türrahmen, nahm den Hut ab und hielt ihn mit der Rechten vor seine Brust. Er sah Ise dabei immer noch nicht an.

Sein rechtes Bein spielte sich einen halben Schritt nach vorne frei, das »Rührt euch!« nach dem »Habt acht!«.

Ise kannte diese Bewegung auswendig, wie oft hatte sie ihren Vater nach Hause kommen sehen und wie oft hatte er sich genauso in den Türrahmen des Klavierzimmers gelehnt oder in die hohen Flügelfenster des Wohnzimmererkers, auf der Schwelle zum Garten, um Ise, die Klavier übte oder las oder schrieb, vom Tag zu erzählen. Und sie saß, fiel ihr auf, genau gleich da, wie ihr Vater sie damals immer vorgefunden hatte, am Klavier oder am Gartentisch des Pavillons sitzend, stets die Hände in einer konzentrierten Beschäftigung vor sich.

Hier und heute, in dieser neuen Heimat am Salvatorplatz, war es ihr Arbeitstisch im Dachkontor. Alle ihre zehn Finger verharrten über der Leertaste der Schreibmaschine.

»Sie haben zu tun«, sagte Gropius, »ich störe hier.«

Ise schloss die Augen und schüttelte den Kopf in einem verneinenden »Ach wo«, nahm die rechte Hand von der Schreibmaschine und hielt sie ihm hin. Von der Tür zu ihrem Tisch waren es nur vier, fünf Schritte, doch Gropius brauchte eine kleine Ewigkeit, bis er auf sie zukam.

Ise schaute inzwischen kurz an sich herunter. Was hatte sie eigentlich heute an? Es war Sommer und ziemlich heiß, wahrscheinlich den quer gestreiften kurzen Wickelrock aus Leinenbatist, dazu ihre ärmellose weiße Piquetbluse. Weiter nichts Besonderes. Die Kostümjacke im Kaftanschnitt musste am Kleiderständer nahe dem Fenster hängen, dahin hatte sie sie vorhin, nach den hitzigen Verkaufsstunden im Erdgeschoss zum Lüften gehängt. Keine Strümpfe natürlich und die wildledernen Pumps aus Berlin, die perfekt zu der umschlagförmigen Pochette passten, die Tante Hannah ihr nach München mitgegeben hatte. Sie war demnach zwar nicht taufrisch zurechtgemacht, doch ganz präsentabel für einen Samstag Ende Juli. Sie könnte ohne Weiteres mit Gropius auf die Straße gehen.

Was hieß hier »mit Gropius auf die Straße gehen«?

Selbst wenn sie ein Rendezvous mit Erwin Piscator gehabt hätte, hätte sie sich nicht anders angezogen!

Kleidung war Ise nicht wirklich wichtig. »Das Haar und die Schuhe, die müssen sitzen«, sagte Tante Hannah immer, und von ihr hatte sie einen Stil entlehnt, der ganz und gar ihr eigener geworden war. Groß gewachsen und mit »guten Schultern«, wie Tante Hannah immer sagte, standen ihr alle Arten von Jagd- und Reiterjacketts. Dazu trug sie nicht ganz knielange

Röcke, bevorzugt in leichten, fließenden Stoffen, die ihre Beine zur Geltung brachten, anliegende Blusen und gut gefertigte Schuhe. Das war's.

Jetzt im Sommer waren Leinen und Crêpe de Chine dran, ihre Garderobe bestand aus genau vier Kostümen von Warmgrau bis Schwarz, doch die kombinierte sie untereinander. Anscheinend mit einem gewissen Erfolg. Der alte Verlagschef nannte sie, wenn er glaubte, sie könne es nicht hören, die »schöne Fee, die durchs Haus schwebt«.

Doch jetzt dieser Duft! Gropius hatte sich zum Handkuss zu ihr heruntergebeugt, und Ise roch sein herbes Rasierwasser. Es war, als schüttelte sich ein regennasser Laubbaum durch die Fenster herein!

Alles Sonnige und Sommerliche war aus dem Dachboden und Ises Gedanken gewichen, und sie zog spontan die Hand zurück. Etwas zu früh. Er schaute auf. Und zum ersten Mal sah sie direkt in diese Fuchsaugen, die heute nicht blau waren, sondern verhangen grün, wie das Regenwetter, das dieser Mann wohl in sich trug.

»Kommen Sie«, sagte sie und löste ihre übereinandergeschlagenen Beine, eine schlechte Angewohnheit beim Schreiben, sie wusste das, doch sie musste für einen Text »gut dasitzen« und konnte sich nur so konzentrieren. Sie stand auf.

»Sie machen Feierabend?«, fragte Gropius beinahe tonlos vor Schreck.

»Nein, ich komme wieder her. Das Schreiben, wissen Sie, hat keine Stundenpläne.«

»So wie das Denken?«, fragte er.

»Oder das Vermissen.«

Damit war schon viel zu viel gesagt. Doch, komisch, das war Ise bei diesem Mann vollkommen egal!

Sie, die seit über einem Jahr, seit dem Tod ihrer Mutter hier in München als Einsiedlerin lebte und jetzt, nach der Trennung von Hermann, gar als Nonne, die kaum je mit der vielbeschäftigten Lise korrespondierte und erst recht nicht mit der kinderwickelnden Gussie, konnte mit diesem wildfremden, regengrünen Rittmeister das Wort »Vermissen« in den Mund nehmen, ohne auch nur eine Sekunde nachzudenken!

Die Worte ihrer Mutter fielen ihr ein, ihr Schlusssatz in der Kammerspiele-Bar, bevor sie ein letztes Mal nach Hannover aufgebrochen war. Ihr letzter Satz zu Ise überhaupt. Schlussendlich gehe es um »den Dialog mit Menschen, die einem später fehlen«.

Auf dem Herrenhäuser Kutschweg zum Apothekerhaus bei den Teichen hatte Ise erstmals verstanden, was das heißen könnte, wenn jemand einem fehlt. An jenem Abend, nach Gropius' Vortrag im Welfenschloss vor zwei Monaten, hatte sie »Vermissen« zu fühlen begonnen. Es war ihr einsam vorgekommen, schrecklich einsam und schrecklich gefährlich für jemanden, der sich allein aufrecht im Leben halten musste, so wie sie. Aber auch zart. So zart wie das Vogelflattern im Park, wenn sie beim Lesen eine Buchseite umblätterte und damit die Pickrouten der Meisen durcheinanderbrachte. Oder wie das Pferdeschnauben im Stall, wenn der Morgen noch blass am Himmel stand, der Knecht unter ihrem Fenster mit dem Hafersack ging und von Box zu Box der Tag begann.

Kapitel 9

DIE THEATINERSTRASSE HINAUF

Sie verließen den Verkaufsraum im Erdgeschoss, in dem Serge die letzten Säcke voller Geldscheine wegräumte, die am Montagmorgen schon um viele Prozente weniger wert sein würden als heute Abend.

»Verrückte Zeiten«, sagte Gropius, indem er Ise die Tür aufhielt. Dann wandte er sich nochmals in den Raum zurück und sagte laut, damit Serge, der beinahe taub war, es hören konnte: »Guten Abend auch Ihnen!«

Das war sehr aufmerksam, fand Ise, denn die meisten Kunden, auch wenn sie den Laden hier seit Jahren kannten, behandelten den alten Serge nicht mit solchem Respekt. Tatsächlich richtete der sich vom Zubinden der Jutesäcke auf und rief laut durch den Raum: »Herr Architekt, Fräulein Frank, immer zu Diensten!«

Sie gingen durch die Hausarkaden auf die Salvatorkirche zu und bogen dann, als wäre es eine Selbstverständlichkeit, nach links in Richtung Theatinerstraße ein. Ise hatte die Buchhandlung nie anders verlassen, es war ihr Weg »nach Hause«, die Theatinerstraße hinunter, durch den Hofgarten und am Englischen Garten entlang bis zu ihrem Zimmer in der Reitschule.

Dank Tante Hannah, die ja weiterhin auf Turniere ging und im ganzen Land ihre Dressurreiterfreundschaften unterhielt, hatte sie in der Dependance der Reitanlage am Englischen Garten ein ehemaliges Kutscherzimmer mieten können. Das beinahe unglaublich günstige Arrangement war Vollpension inklusive, die sie zwar kaum je nutzte, die Mittage verbrachte sie im Verlag und auch die Abende wurden dort, seit sie fast ausschließlich für Rezensionen eingesetzt wurde, immer länger. Doch das Wichtige war, beim Nachhausekommen in der Hofküche bis Mitternacht noch die Köchin, einen der Reitlehrer oder der Pferdeknechte antreffen zu können, ein paar Takte zu reden und dabei in der Speisekammer auf die Suche zu gehen. Ein Omelett oder ein Krautsalat waren dann immer schnell gemacht, und sie konnte ins Bett fallen und sich auf den Morgen freuen, wo es ab sechs warme Brötchen mit Butter und Honig und dazu Milchkaffee gab. Allein der Duft, der jeden Morgen in der hellblau-weiß gekachelten Küche schwebte, machte den ganzen beginnenden Tag.

Wenn nicht direkt nach Hause, ging sie nach der Arbeit gerne die Theatinerstraße hinauf in die Perusa- und Maximilianstraße bis zur Kammerspiele-Bar. Auch nach dem Tod ihrer Mutter konnte man sie dort regelmäßig bei einem Glas Weißwein antreffen, zu dem sie las oder schrieb. Der Wirt behandelte sie inzwischen wie ein gern geduldetes Tier aus einem fremden Zoo, die kommenden und gehenden Schauspieler, Regie- und Bühnenleute wie ein altbekanntes, keinen Blick mehr wertes Möbelstück.

Bei der Theatinerstraße angekommen bog Gropius fraglos nach rechts, also Richtung Maximilianstraße. Er ging mit merklichem Abstand, als wollte er Ise bloß nicht zu nahe kommen und in keinem Fall aufdringlich wirken. Ein Fremder hätte denken können, hier ginge ein sich noch ganz gut haltender Vater mit seiner Tochter nach langer Arbeitswoche auf ein Glas. Und tatsächlich sprach er zunächst von Lise. Wie ein sich noch ganz gut haltender Vater einer Tochter von einer interessanten, jungen Kollegin erzählt.

»Sie wissen, Ihre Freundin Lise ist in Berlin jetzt plötzlich sehr gefragt.«

»Ach?«

»Sie hat, noch nicht einmal mit dem Studium fertig, einen ersten eigenen Auftrag an Land gezogen.«

»Was?«

Ise kam Gropius eine Schrittlänge näher, denn sie gingen auf dem Trottoir der Theatinerstraße beinahe auf Rufweite, und das kam ihr albern vor.

»In einem Theaterprojekt, ja!«

Die Abendsonne stand tief und blendete sie beide, Gropius wechselte sein Buchpaket in die linke Hand und bot ihr seinen rechten Arm zum Gehen an. Ise hakte sich ein. Sie musste nicht weiter fragen, denn er begann umgehend zu berichten:

»Sehr erfolgsorientiert, Ihre Freundin … und das ist gut so! Ich verließ das Café Kröpcke, in dem wir uns vor zwei Monaten kennenlernten, Sie erinnern sich, ehrlich verblüfft. Sie erzählte mir, sie habe sich in Erwin Piscators Bühnenbauer-Truppe hineinreklamiert und entwerfe seine erste mobile 360°-Kulisse mit! Für die Uraufführung von Paquets *Fahnen* an der Volksbühne, in der kommenden Saison.«

»Das ist ja wunderbar!«

Ise schaute Gropius von der Seite an. Er schien sich gar nicht zu freuen. Sie kramte in ihrem Gedächtnis, hatte er in einem seiner Zeitungsinterviews mit Adolf Behne nicht Erwin Piscator erwähnt?

»Doch, verzeihen Sie«, fragte sie also nach, »hatten nicht auch Sie schon mit Piscator zu tun?«

»Nun, er fantasiert, seit ich ihn kenne, von einer eigenen Bühne, einem eigenen *totalen* Theater, das ich für ihn entwerfen soll …«

»Und jetzt schnappt Lise Ihnen den Bauherrn weg?«

»So sieht es aus.«

»Und wenn schon …«, drückte sie leicht seinen Arm.

»Ja, wenn schon! Ich kam mir an jenem Abend im Café Kröpcke ohnehin etwas alt vor.«

»Alt?«

»Nun ja, zwei hübsche junge Damen laden mich in einer fremden Stadt auf ein Bier ein, die eine flieht zu ihrer Mutter und die andere redet nur von ihrer … Karriere!«

»Meine Mutter ist tot«, sagte Ise leise. Mit diesem Gropius musste man ehrlich sein.

»Das tut mir leid.«

Er zog sie, wohl reflexartig und ohne es bedacht zu haben, an sich. So gingen sie über die Kreuzung der Perusastraße und weiter geradeaus, in die Maximilianstraße hinein.

»Es stört Sie hoffentlich nicht, Fräulein Frank«, fuhr Gropius mit der Stimme fort, mit der man spricht, wenn man von einer schlechten Nachricht ablenken will, »mit mir in eine Theaterbar zu gehen? Nur auf ein Glas. Dann bringe ich Sie zu Ihrem Text zurück.«

»Sie sind auf Durchreise?«

»Ehrlich gesagt, denn mit der *schönen Fee, die durchs Verlagshaus schwebt,* muss man bei der Wahrheit bleiben: nein.«

»Was dann?«

»Ich kam, um Sie zu sehen.«

Natürlich hatte er, wie Ise beim Weitergehen merkte, mit einer Theaterbar nicht das Residenztheater, das links von ihnen am Max-Joseph-Platz lag, gemeint und auch nicht die Staatsoper gleich nebenan, sondern die Kammerspiele. Ignaz, der Wirt, stand wie so oft vor dem Eingang, als sie das Trottoir hochspaziert kamen.

»Guten Abend, das Fräulein«, sagte er, während er mit großem Schwung die Pendeltür öffnete.

»Danke, Ignaz«, sagte Gropius und führte Ise an genau den Tisch am Fenster, an dem sie immer mit ihrer Mutter gesessen hatte.

»Ich komme ab und zu hierher, da die Arbeit von Falckenberg sowohl Piscator als auch mich sehr interessiert.«

»Wie man sich denken kann.«

»Und dann sitze ich gerne hier an diesem Tisch, in dieser Bar, in der man nicht weiß, ist man auf der Bühne … oder im Leben? Ist das Leben Bühne? Oder ist es die Bühne, die Leben ist?«

Er sah sich um, wohl um auszumachen, ob Falckenberg oder einer seiner Assistenten im Raum war.

»Hier nämlich, an diesem Tisch, Sie werden es nicht glauben, entstand Piscators und meine Idee des Totaltheaters. Und einer der Ersten, die in dieser Richtung zu arbeiten begannen, ein paar Jährchen vor Ihrer bravourösen Freundin Lise, war Bertolt Brecht.«

»Ja, die *Trommeln in der Nacht* …«

»Theater als Zustand. Theater als Lebensbedingung. Zwischen der Sehnsucht nach Kontrolle und der Sehnsucht, die Kontrolle aufzugeben … Totales Theater, das Herausfallen aus der Zeit … So wie das Schreiben, wohl? Oder das Denken? Oder, wie Sie vorhin so schön sagten, das Vermissen?«

Ignaz baute sich mit seinem runden, in eine lange weiße Schürze gewickelten Wirtsbauch neben ihrem Tisch auf und fragte: »Wie immer, Fräulein Frank?«

»Wie immer – und das zwei Mal«, sagte Gropius trocken, als hätte er nie etwas anderes bestellt.

»Und das Befinden …«, fragte der Wirt, der noch einen Moment stehen blieb, obwohl schon bestellt war, und Ise jetzt geradeaus anschaute, »… der werten Frau Mama? Die uns hier doch schon sehr abgeht?«

»Ach«, sagte Ise.

Weiter kam sie nicht. Tatsächlich, ihre Mutter war seit einem guten Jahr nicht mehr hier erschienen, und keiner von der Belegschaft wusste, warum. Sie hatte es niemandem gesagt. Es hatte bisher auch niemand gefragt.

»Leider«, antwortete Gropius, als er sah, dass Ise nach Worten rang. Er machte mit der rechten Hand eine Geste, die ein In-eine-andere-Welt-entschwunden-Sein andeutete.

Ignaz faltete spontan die Hände, senkte den Kopf und blieb einen weiteren langen Augenblick reglos stehen. An der Bar rief man nach ihm, doch er hörte nicht hin. Diese Minute galt einer Frau, die hier Spuren hinterlassen hatte.

In Ises Augen schossen die Tränen wie beim letzten Mal mit Gropius im Café Kröpcke. Und als sie wieder sehen konnte, war Ignaz gegangen und Gropius hielt, über den Tisch gestreckt, ihre linke Hand in seiner rechten.

»Fräulein Frank«, sagte er, seine Augen waren immer noch regengrün und noch um einige Grade trauriger als vorhin im Dachkontor, »was ist passiert?«

»Nun ja, sie lebte in einer nur für sie realen, parallelen Welt. In der Welt des Theaters.« Komisch, Ise konnte jetzt, diesem Gropius gegenüber, das Leben ihrer Mutter in Worte fassen, die sie bisher weder gesucht noch gefunden hatte.

»Welt des Theaters?«

»Ja, wie Sie gerade sagten – Totaltheater, ein Herausfallen aus der Zeit. Genau so. Für meine Mutter war Theater ein Zugang zur Welt, nicht die Trennung von ihr. Dafür schloss sie alle weiteren Zugänge, den zu ihrer eigentlichen Wirklichkeit, zu ihrem Leben mit uns, ihrer Familie, unwiderruflich ab. Sie lebte neben uns her. Immer auf der Flucht.«

»Doch Sie, Sie folgten ihr.«

»Zuletzt ja.«

»Zu guter Letzt.«

»Nicht gut, nicht schnell genug. Sie starb am 28. Mai … Am 28. Mai vor einem Jahr. In Hannover übrigens. Sie ertrank in den Teichen ihrer Kindheit.«

Ignaz kam mit dem Weißwein.

»Mit Verlaub, mein Beileid, Fräulein Frank«, sagte der Wirt so leise, dass Ise es gehört haben konnte oder auch nicht, je nachdem, wie sie sich fühlte.

Wie aufmerksam manche Menschen doch waren! So wenig laut und aufdringlich. Ise musste schlagartig an die hetzenden Hesse-Kommentare heute Nachmittag in der Buchhandlung denken.

»Doch heute, wie man sieht, sind Sie ja wieder in guter Begleitung«, sagte der Wirt jetzt etwas hörbarer.

»Danke«, sagte Ise und schaute zu ihm auf.

»Sie werden auf das Fräulein achtgeben, Ignaz, bis ich wiederkomme?«, fragte Gropius jetzt betont scherzhaft und schenkte den kühlen Wein aus der Karaffe in die Gläser.

»Da fange ich am besten gleich damit an«, brummte der Wirt in seinem wiedergewonnenen profunden Bass und verschwand Richtung Tresen.

»Sie starb am 28. Mai?«, begann Gropius nach langen Sekunden. »Dem Tag meines katastrophalen Vortrags im Welfenschloss? Dann war das also gleichzeitig der Todestag Ihrer Mutter? Wie viel an Missachtung da auf mich einprallte, ich war abgelenkt und nervös wie kaum je zuvor. Doch Sie … wie viel an trauriger Erinnerung Sie da durchlebt haben müssen! Und trotzdem waren Sie dort.«

Er nahm sein Glas in die Hand.

»Sie waren an jenem Abend meine Rettung, wissen Sie?«

Als er bemerkte, dass Ise wieder schwer atmete und mit dem

Blick durchs Lokal wanderte, wie um sich selbst zu beruhigen, sprach er einfach weiter:

»Ja, Fräulein Frank, es ist schon so. Vor dem Tod sind wir alle gleich. So wie vor unreflektierter Missgunst. Oder vor Enttäuschung in der Liebe. Oder auch … vor dem Bankrott.«

Bei dem Wort »Bankrott«, einem immensen, einem erschlagenden Wort, fand Ise, hatte sie sich wieder gefangen. Hier, in dem Leben ihr gegenüber, im Leben dieses Gropius schien noch lange nicht der Tod, sondern das schiere, das dringende, das nackte Überleben angesagt zu sein.

Sie stieß mit ihm an:

»Geldsorgen sind mir die liebsten, hat mein Vater immer gesagt.«

»Ha! Hervorragend!« Gropius' Augen hellten sich auf. »Da muss ich drüber nachdenken! Wohl hat er gar recht? Der muss ein kluger Mann sein, Ihr Herr Vater. Den würde ich gerne einmal kennenlernen.«

Ise trank einen Schluck, der Wein kühlte in wenigen Augenblicken den ganzen Körper ab, es war eine Wohltat. Ihr Anflug von Trauer war überwunden, und sie stellte ihr Glas mit einem gewissen Schwung auf den Tisch, dass es leicht klirrte. Im selben Zug machte sie die Geste des In-eine-andere-Welt-entschwunden-Seins, die Gropius eben zu Ignaz gemacht hatte.

Gropius stutzte.

Dann schlackerte er mit dem Kopf nach rechts und links wie ein nasser Dackel, der sich trocken schüttelt. Er sah wieder so drollig aus wie neulich, vor dem Portal des Welfenschlosses.

Sie mussten beide lachen, obwohl ja überhaupt kein Anlass dafür war, im Gegenteil!

Humor war eben ein Talent! Man hatte ihn. Oder man hatte ihn nicht. Man fand ihn in einem Gegenüber wieder. Oder eben nicht.

»Reden wir nicht vom Sterben, reden wir vom Leben, Herr Gropius! Reden wir zum Beispiel von Ihnen!«

»Sehr gut, Fräulein Frank. Doch darf ich das vorab noch sagen? Sie sind zu bewundern! Und wie alle Menschen, die zu bewundern sind, wollen Sie nicht von sich, sondern von Ihrem Gegenüber reden … Ich hingegen, ich bin gar nicht bewundernswert, aber immerhin noch am Leben. Wundersamerweise, das muss man sagen, denn an der Westfront sah es dann und wann nicht mehr danach aus. Ich bin am Leben also, einigermaßen gesund und seit geraumer Zeit alleinstehend. Ich liebe Mozart, Trakehnerpferde und Wildwestromane. Das hört sich alles ganz gut an? Schön! Leider bin ich abgesehen davon aber auch noch … bankrott!«

Sie sahen sich an. Das traurige Regengrün seiner Augen war Preußisch-Blau geworden.

In die Stille hinein, die sich auf das Wort »bankrott« einstellte, kam Ignaz mit zwei kleinen Tellern seiner herrlich duftenden Speckpfannkuchen, der Hausmahlzeit für Eingeweihte, die es sonst hier nur um Mitternacht nach gelungenen Premieren gab.

»Nur eine Vorspeise, vor der Reise«, sagte er dazu.

»Wohin fahren wir denn?«, fragte Ise schmunzelnd. Es hatte sich am Tisch ihrer Mutter die gleiche Raum-im-Raum-Verschworenheit mit Gropius eingestellt wie damals im Café Kröpcke. Sie war nur noch sehr viel spürbarer. Vielleicht, weil Lise dieses Mal nicht zwischen ihnen saß.

»Der Herr Gropius mit dem Nachtzug zurück nach Weimar, wie sonst immer, nicht wahr? Und Sie, Fräulein Frank, nun ja, in die Weite von Hesses Indien, nehme ich an?«

Dieser Wirt war ein Menschenkenner. Der noch dazu las!

Gropius hob wie ein braver Schüler das Bündel *Siddhartha*-Exemplare hoch, das er neben sich auf den Boden gestellt hatte.

»So wie ich sagte«, nickte Ignaz belustigt und ging zur Bar zurück.

Kapitel 10

»ISE, ICH BRAUCHE SIE.«

»Bankrott, wie das?«

Die Pfannkuchen waren aufgegessen und Gropius hatte eine weitere Karaffe Weißwein bestellt, es war sicher bald acht und die Bar begann sich langsam zu bevölkern.

»Nun, vom Ende des Vortrags im Welfenschloss erinnern Sie sicher meine Einladung zur Eröffnung unserer ersten Bauhaus-Ausstellung, am 15. August in Weimar? Sie zeigt die ersten vier Jahre unserer Arbeit. Ich gab dem Drängen der Thüringer Regierung nach, die unbedingt Ergebnisse sehen – und auch zeigen wollte. Ich für meinen Teil baue meine Pädagogik ja nicht auf Ergebnisse, sondern auf Prozesse auf, aber was soll's, ich wollte meine Anerkennung zeigen. An diesen kommenden Eröffnungstagen lade ich also international tätige Freunde ein, Oud wird vom Neuen Bauen in Holland berichten, Schlemmer sein Triadisches Ballett, Kandinsky seine synthetische Kunst zeigen, und Strawinsky sendet uns sein neuestes Musikspiel, die *Geschichte vom Soldaten*.«

Er sah Ise prüfend an. Interessierte sie das wirklich?

Doch Ise hörte zu wie gebannt, er sprach also weiter:

»Darüber hinaus, und um meine Raumlehre erfassbar, ja begreifbar zu machen, habe ich den Hausentwurf des jungen Muche, einer von Ittens Studenten, ein zwar sturer, aber durch und durch treuer Kerl, am Stadtrand von Weimar realisieren lassen. Doch jetzt kommt die Überraschung! Kurz vor der Eröffnung zieht die Thüringer Regierung das Budget zurück! Und nicht nur für die Restkosten der Ausstellung, der Publikationen, der Pressearbeit et cetera, nein, auch für das Folgesemester im nächsten Jahr! Aufgrund von Nationalistengeschwätz, wie Sie es sicherlich jeden Tag in Ihrer Buchhandlung hören, wenn Sie Hesse oder Stefan Zweig oder Karl Kraus verkaufen wollen: Wir unterstützten im Bauhaus *unvölkische* Arbeit! Weil ein Feininger oder Kandinsky oder Strawinsky, aber auch unsere Schüler, der junge Molnár, der junge Breuer … kein *Deutschtum* repräsentierten!«

Gropius redete sich in Rage und nahm zwischendurch einen Schluck. Das halbe Glas.

»Selbst mein bisher treuer Mäzen Sommerfeld, Sie wissen, der Berliner Sommerfeld, der mit meinem Freund Taut die wunderbaren Arbeitersiedlungen baut und der Muches Musterhaus vorfinanziert hat, hat in Anbetracht der rassistischen Propaganda kalte Füße bekommen. *Bref*: Ich werde die Schule eher früher als später aus Weimar abziehen müssen, denn wir sind für das Wintersemester 1923/24 bankrott. Bankrott, ganz einfach. Was für ein grauenhaftes Wort!«

»Geldsorgen sind mir die liebsten«, wiederholte Ise den Spruch ihres Vaters in seine Rage hinein.

Gropius musste wieder lachen, in seinen Augen blitzte, als hätte man es angeknipst, das helle Hannoveranerblau auf, an das Ise sich von seinem Vortrag im Welfenschloss erinnerte.

Vielleicht war es die letzte Abendsonne, die sich in den hohen Glasarkaden der gegenüberliegenden Fassaden der Maximilianstraße spiegelte und jetzt genau hierher auf ihren Tisch fiel?

»Sie bringen mich regelmäßig zum Lachen«, schmunzelte er.

»Und Sie mich regelmäßig zum Weinen.«

»Das tut mir leid.«

Er sagte das nach einer winzigen Pause, ganz ernst, ohne jegliche Grimasse, ohne Augenrollen oder Ohrenschütteln. Dieser Mann konnte einen entwaffnen.

Eine Gruppe von Kostümbildnern kam mit sehr schicken jungen Mädchen herein, und es gab ein lautes Hallo an der Bar. Wahrscheinlich war, was Ise jetzt sagte, kaum zu hören:

»Mir hingegen tut es gut, das Weinen. Man kann sich nämlich auch verstecken zwischen den Büchern … sogar verstummen.«

»Beim Lesen und Schreiben«, konterte Gropius ebenso leise und lehnte sich dabei über den Tisch. Er hörte nicht nur gut, er erinnerte sich an alles.

»Was man halt kann …«, musste Ise lächeln, »das kann man.«

Er sah jetzt, da nirgendwo im Raum und auch nicht auf der Straße eine Uhr auszumachen war, sekundenschnell auf seine Armbanduhr, entschuldigte sich aber umgehend.

»Verzeihen Sie bitte, mein Zug geht um neun. Dürfte ich Sie zum Verlag zurückbringen? Und bald einmal wiedersehen? Vielleicht … nächsten Samstag?«

»Und Sie machen den ganzen Weg Weimar–München für ein Glas Weißwein und einen Pfannkuchen?«

»Auch ohne Pfannkuchen.«

Er war einfach komisch!

»Wir reden dann über Geld«, bemühte sich Ise, sachlich zu bleiben, »und wie wir welches für Ihr Bauhaus finden können.«

»Sprach Ise Frank, aus der Frank Bankiers- und Industriellenfamilie.«

»Nein, ich denke da vielmehr an aufstrebende Politiker der gemäßigten Linie, die sich mit Ihrer Schule einen freigeistigen Erfolg einkaufen könnten.«

Sie dachte da an wen oder was?

An Gussie? Und deren alten Mann, der im Rheinland als Oberbürgermeister Karriere machte? Und dem sie einen brillanten Vordenker wie diesen Gropius nur wünschen konnte?

Da pokerte sie hoch! Aber sei's drum …

Gropius streckte beide Arme aus, und Ises Hände, die wie immer nebeneinander auf der Tischkante lagen, fanden sich unvermittelt in seinen wieder. Die waren, wie schon damals im Café Kröpcke, warm und gaben Halt.

»Ise«, sagte er, plötzlich ein wenig heiser, »ich brauche Sie.«

Die letzten Worte ihrer Mutter, auf der kleinen Briefkarte auf dem Küchentisch: »Ise, ich brauche Dich.«

Ich weiß, dachte Ise und schwieg. Sie nickte instinktiv, während sie den Blick senkte. Wieder war sie überfallsartig den Tränen nahe.

Kapitel 11

IM ZUG MÜNCHEN–WEIMAR, 11. AUGUST 1923

»Im Zug München–Weimar, 11. August 1923«, begann Ise ein neues Tagebuch, nach ziemlich genau zehn Jahren Pause. In ihrem Abiturjahr hatte sie mit dem Tagebuchschreiben aufgehört, denn auf das Abitur war der Studienbeginn gefolgt und bald darauf der Krieg.

Im Lazarett hatte man anderes zu tun gehabt, als mitzuschreiben.

Es war wieder Samstag, aber diesmal kam Gropius nicht, wie an den vorigen drei Samstagen, den zwei letzten im Juli und dem ersten im August, zu ihr nach München. Sie fuhr zu ihm nach Weimar.

Er hatte sie gebeten, sich die Woche der Bauhaus-Ausstellung, die am Dienstagabend mit Strawinskys Musikspiel eröffnet würde und bis Freitag dauern sollte, im Verlag freizunehmen. Das war eigentlich unerhört, hatte Ise gefunden, noch nie in den zwei Jahren hier in München hatte sie sich eine ganze Woche freigenommen.

Denn … wie sollte sie diese Ferien rechtfertigen? Im Hochsommer, wo alle ihre Kolleginnen mit Kindern Anspruch auf Urlaub mit der Familie hatten und sie eine nach der anderen im Haus vertreten musste?

Doch sie hatte eine Idee gehabt, und ihr Chef war begeistert gewesen. Sie würde für die kleine Verlagszeitung berichten. Und bei dieser Idee allein war es nicht geblieben. Der alte Verleger hatte sich bei den Münchner *Neuesten Nachrichten* dafür eingesetzt, dass Ise zusätzlich den Auftrag zu einer halbseitigen Berichterstattung bekam.

Um Himmels willen! Ise hatte es mit der Angst zu tun bekommen. Ganz München, ganz Bayern würde ihren Artikel lesen, nicht nur die vertrauten Schöngeister-Kunden der Buchhandlung! Ganz Bayern, das hieß: auch die königstreuen Vorgestrigen, vor allem aber das hirnlose Hitlerpack. Die, die einen Hesse als Bolschewiken und Exilgesindel verschrien!

Sie konnte sich den Leitartikel von Dietrich Eckart im *Völkischen Beobachter* schon vorstellen: Die Münchner *Neuesten Nachrichten* erfrechten sich, aus dem linken Schlangennest des Weimarer Bauhauses zu berichten, dessen korrosive Kräfte die deutsche Gesinnung im Speziellen und die völkischen Werte im Allgemeinen vergifteten – und so weiter und so fort.

Aber obwohl diese Reaktion vorhersehbar war, musste Ise sachlich bleiben, ohne jede Moralisierung und ohne ideologischen Unterton. Das war ihr journalistischer Auftrag. Sie würde kritisch von der »Idee Bauhaus« berichten, genau so, wie sie sie erleben würde. Sie dürfte sie weder hoch loben noch abwerten, sondern einfach nur … beschreiben.

Für die Fotos hatte der Chefredakteur einen Fotografen in Weimar ausgemacht, einen gewissen Herbert Bayer, der ein paar Jahre jünger als Ise war. Das würde sicher eine erfrischende Zusammenarbeit!

Da dieser Bayer ein Bauhausschüler aus der Meisterklasse von Paul Klee war, würde sie einen ungefilterten Eindruck von der Stimmung vor Ort gewinnen und auch unbequeme Fragen stellen können. Das authentische Erleben des Schulalltags war ja viel aufschlussreicher als große Überschriften auf Manifesten und Ausstellungsplakaten!

Sie würde diesen Bayer gleich am Montagvormittag in der Bauhaus-Mensa treffen und mit ihm einen Rundgang durch die Ateliers machen. Das Fotomaterial würden sie dann am Ende der Ausstellungstage gemeinsam sichten. Sie konnte vier Sujets für die Münchner *Neuesten Nachrichten* und nochmals vier für die Verlagszeitung wählen.

Und übrigens: Fotograf müsste man werden ... Dieser Student bekam für vier Fotos das Doppelte ihres Autorenhonorars!

Aber sei's drum, wichtig war, dass Ise als beauftragte Journalistin nach Weimar fuhr, nicht als privater Besuch des Herrn Gropius. Das beruhigte sie, denn die unmittelbare Nähe zu diesem Mann trieb sie um. Aus irgendeinem Grund, in irgendeiner Hinsicht dachte sie ständig an ihn, und das nicht nur tagsüber, sondern auch nachts. Sie träumte wieder. Sie träumte bunte Träume wie die früher von Gussie, und sie erwachte mit einem Lächeln, lange vor Morgengrauen.

Sie konnte dann nicht mehr einschlafen. Das Vermissen begann. Es schlich sich ein unter ihr Leintuch wie Sonnenwärme, und sie ließ es zu, ließ es bis an die Haut. Es war wunderbar. Sobald sie aber darüber nachzudenken begann, sich distanzieren wollte und bloß nicht gewöhnen – wer wusste, ob dieses Vermissen eines Morgens nicht mehr wiederkommen, sie für immer verlassen würde? –, ließ die Wärme nach, und es blieb nur ein Gefühl von Hohlsein zurück. Sie war innen hohl bis zum Nachhall, es echote zwischen den Schläfen, sie könnte taub werden davon, ihr könnte schwindlig werden bis zum Taumel, dem Taumel folgte das Erblinden ... sie wäre begraben in Finsternis, und zur Welt gäbe es keinen Zugang mehr.

Zum Glück wurde es dann irgendwann hell, ihre Mutter hätte gesagt: »verlässlich sogar, nämlich täglich«. Die Vogelgezwitscherarien im Park setzten ein, dann das Schnaubkonzert unten im Stall, und man konnte aufstehen, sich ankleiden und frühstücken gehen.

Seit dem zweiten Samstag mit Gropius hatte sie begonnen, auf ihren üblichen weißen Blättern zu protokollieren, was er in ihren Gesprächen über seine Schule und seine Lehre von sich gab. Da neue Mäzene für das Bauhaus gefunden werden mussten, brauchte man eine Serie guter Gründe, um sie zu überzeugen. Und solche Gründe waren nicht trockene Studentenzahlen, ungebaute Siedlungsprojekte oder einem Laien unerklärliche Patente der Gestaltungsindustrie, sondern griffige Leitsprüche, die Politiker bei Parlaments- und Festtagsreden deklamieren könnten, ohne sich zu verheddern.

Solche Leitsprüche konnte Gropius nebenbei beim Spazierengehen vor sich hersagen, ohne sich ihrer Tragweite, aber auch ihres Humors bewusst zu sein. Unsere Gesellschaft brauche, zum Beispiel, ein gutes Bild von sich selbst, und genau das zu entwerfen sei die Aufgabe des Architekten. Oder: In der Architektur komme es vor allem auf die Suche an. Architekten müssten wieder zu Entdeckern werden. Oder: Warum die Bauhaus-Designobjekte eine gewisse formelle Verwandtschaft zeigten? Weil man schlicht versuche, diese Objekte so einfach wie möglich und laut ihrer ureigenen Gesetzmäßigkeit herzustellen. Oder auch: Unser Geist sei wie ein Regenschirm, er funktioniere offen am besten.

Unbezahlbar alle miteinander! Er war der beste Verkäufer seiner selbst.

Ise hatte Gropius an ihrem zweiten Abend in der Kammerspiele-Bar natürlich zuerst, wie sie es versprochen hatte, von seinen Geldsorgen erzählen lassen. Und Geldsorgen waren, wie immer, eigentlich die Folge von politischen Sorgen.

Warum er überhaupt nach Weimar gegangen sei?

Weil Henry van de Velde ihn als Direktor seiner heruntergewirtschafteten Kunstgewerbeschule brennend empfohlen habe, darum.

Was er da vorgefunden habe?

Ein behäbiges Schulgebäude ohne Studenten. Und unter den ererbten Lehrern eine Ich-bin-ein-genialer-Künstler-Mentalität, die es auszurotten gegolten habe. Deshalb habe er bei seiner Berufung einen einzigen Leitsatz in sein Bauhaus-Manifest geschrieben, nämlich, dass allen künstlerischen Tätigkeiten wieder ein Ziel gegeben werden müsse: das Bauen selbst! »Architekten, Bildhauer, Maler, wir alle müssen zum Handwerk zurück!«

Kunst sei ja, hatte er ergänzt, als teile Ise diese Ansicht seit jeher, »nur eine mögliche Steigerung des Handwerks«. Und er sei auch heute noch von diesem ursprünglichen Vorsatz überzeugt, auch wenn er bei all den Künstlerfiguren, die er Jahr um Jahr neu an sein Bauhaus geholt habe, »weiß Gott welch ein Lehrgeld« bezahle. Schlemmer sei der einzig Normale unter all den Irren. Denn Itten kleide sich und seine Studenten, die er »Jünger« nenne, in Kutten, gehe mit den Hühnern zu Bett und esse nur bei Neumond wachsende Nachtschattengemüse, also besser gesagt: gar nichts, Klee trinke ausschließlich drei Tage abgestandenes Wasser, Marcks hingegen schwatze jedem seinen selbstgekelterten Branntwein auf, er müsse bald ganz blind sein.

Kandinsky schließlich? Eigentlich ein, nun ja … wie solle man das nennen? Es fiel ihm anscheinend kein salonfähiges Wort dazu ein. Man könne nur konstatieren, dass er sämtliche frisch eingetroffenen Studentinnen »mit System« verführe, eine nach der anderen, sie aber schon tags darauf nicht mehr auf dem Gang erkenne.

»Was soll ich Ihnen sagen, Ise?«

Seit seinem »Ise, ich brauche Sie« in der Woche zuvor hatte er, ohne zu fragen, das »Fräulein Frank« abgelegt. Er war bei »Ise« geblieben, und Ise hatte das zugelassen, denn sie siezten sich ja weiterhin.

Ebenso ohne zu fragen, hatte sie im Gegenzug begonnen, ihn »Gropius« zu nennen, was viel besser zu ihm passte als »Walter«.

Walter! Was für ein miefiger Name für solch einen Vollblüter! Georg oder Martin, die Namen seines Großvaters und Großonkels, hätten gut zu ihm gepasst. Aber egal, Ise hatte instinktiv für »Gropius« entschieden, und sie wusste schon jetzt, wie sie hier in ihrem Zugabteil saß, dass das für die kommenden Tage innerhalb des Bauhausbetriebs die goldrichtige Wahl gewesen war.

Ihre Fragen waren in der Kammerspiele-Bar dann weitergegangen, es wurde ein richtiges Interview:

Wer finanziere die von van de Velde übernommene Schule?

Die Region.

Warum nicht die Stadt Weimar – ein viel unabhängigerer und auch viel flexiblerer Träger als ein ganzes Bundesland?

»Gute Frage«, hatte Gropius geantwortet, die habe er sich selbst noch nicht gestellt.

Warum also habe er für die bevorstehende Ausstellung und das Musterhaus private Mäzene bemüht, statt um öffentliche Mittel der Stadt anzusuchen?

»Aus Gewohnheit«, antwortete er, »weil ich gut bin im Begeistern.«

»Dafür schlecht im Um-etwas-Bitten?«

Er antwortete nicht, machte stattdessen ein ernstes Gesicht und schien gleichzeitig amüsiert, ein Widerspruch, der Ise an den allerersten Eindruck erinnerte, den dieser Gropius in Hannover auf sie gemacht hatte.

Diese tragisch-komische Mischung aus Frontkämpfer und Spitzbub …

Sie waren dann auf den aktuellen Bürgermeister von Weimar zu sprechen gekommen – ob der nicht als Folgeträger der Schule infrage komme?

Oder eine andere Stadt in der Gegend? Vielleicht noch etwas näher zu Berlin? In Anhalt oder Sachsen oder sogar in Brandenburg? Städte aufkommender Industrieproduktionen und entsprechender technischer Spezialisierungen wie Magdeburg oder Halle oder Jena oder Cottbus oder Dessau?

»Wo wir dann bauen könnten? Ein Bauhaus, wie es sich gehört? Eine Denk- und Experimentierfabrik, keine düstere *Beaux-Arts*-Bude?«

Gropius war ins Schwärmen geraten und hatte begonnen, Ise die Nurglas-Vorhangfassaden und Hinterlüftungsmechanismen zu erklären, die er sich aus amerikanischen Architektur-Publikationen abgeschaut und schon ein erstes Mal erfolgreich im Fagus-Werk bei Hannover erprobt hatte. Selbst seine Freunde Taut und Mies, sonst wenig amerikabegeistert, seien an dieser Technik hochinteressiert, einer ästhetisch wie funktionell überzeugenden Revolution!

Ise hatte ihn auf einen Spaziergang durch den Hofgarten mitnehmen müssen, weil bald die halbe Maximilianstraße vor ihrem Tischchen auf dem Trottoir der Kammerspiele-Bar stehen geblieben war und sich um den laut deklamierenden Gropius eine Traube von Zuhörern gebildet hatte.

»Wenn dieser verdammte Leutheußer nächstes Frühjahr seine Volkspartei ins Landesparlament führt, können wir ganz Thüringen abschreiben!«, hatte Gropius dann etwas heiser auf dem Weg durch die Theatinerstraße resümiert.

»Dann klappern Sie eben Stadt um Stadt ab. Eine Landesregierung, und das wissen Sie genauso gut wie ich, hat keine direkte Macht über die Städte!«

»Nein«, er hatte kurz verharrt, »dann bin ich beleidigt und mache mich davon.«

»Das tun Sie nicht!«

Er war stehen geblieben, mitten auf dem Bürgersteig vor den Schaufenstern des eleganten Lange-&-Söhne-Uhrenladens. Ise war schon zwei, drei Schritte weitergegangen, hatte sich aber zu ihm zurückgewandt.

Da stand er, wie vom Blitz getroffen. Ein kleiner, bockiger Schuljunge, dem man zum ersten Mal etwas verboten hatte, womit er bisher immer durchgekommen war, und dem im selben Moment bewusst wurde, dass es von heute an und für immer verboten bleiben würde.

Ein Zeitsprung sozusagen.

»Nun«, hatte er geknurrt, die Arme vor der Brust verschränkt und sich nach rechts und links halb um seine eigene Achse gedreht. »Wenn Sie meinen.«

»Flucht ist keine Lösung.«

»Das wissen Sie … aus Erfahrung, nicht?« Seine Stimme war plötzlich weich geworden.

»Sie auch«, war Ise hart geblieben.

Einen Moment lang war es still geworden zwischen ihnen, auch wenn sich der Fluss der Passanten weiter um sie bewegte, sie aber in kleinen Bögen mied, wie man Schuhputzer auf den Trottoirs meidet oder Straßenartisten.

Plötzlich hatte er lachen müssen. Ein glucksendes Lachen.

Es war das erste Lachen, das Ise an diesem Samstag von ihm hörte, er schüttelte sich dabei, dass sein Borsalino wippte.

»Sie sehen, Ise …«

Nicht noch mal diese Formel!, hatte Ise sofort denken müssen.

Doch zu ihrer Überraschung war die tonnenschwere Erinnerung an ihre Mutter, die in der Woche zuvor bei diesen Worten noch in ihr aufgekommen war, wie weggewischt.

Als ob das Schicksal den vier Worten »Ise, ich brauche Dich« eine zweite Chance gegeben hätte, war diesmal die Bedeutung kein unabwendbarer Abschied, sondern ein Neubeginn mit offenem Ende.

Das »Nicht noch mal diese Formel« hatte sich in wenigen Sekunden in ein »Bitte immer wieder diese Formel« verwandelt.

Trotzdem und sicherheitshalber, denn solch spontane Gefühle konnten ja auch täuschen, hatte sie blitzschnell beide Hände mit zu Gropius gedrehten Handflächen gehoben und ihn zum Schweigen gebracht, dann aber die fehlenden drei Worte mit winzigen Bewegungen ihrer Hände in die Luft dirigiert.

Er hatte sie lautlos mitgesprochen.

»… ich brauche Sie.«

Als sie nebeneinander weitergegangen waren, durch den Hofgarten und auf der Königinstraße am Englischen Garten entlang, war es gewesen, als verbände sie diese kleine Szene wie eine unsichtbare Klammer. Der Raum im Raum, den Ise schon im Café Kröpcke und in der Kammerspiele-Bar um sie herum wahrgenommen hatte, war wieder da. Er war sichtbar, ja greifbar.

Sie hatten diese kleine Szene gemeinsam geschaffen, sie war ihr Geheimnis.

Einer machte ein Geständnis, gab ein Gefühl zu, und der andere wollte es gar nicht hören, in Wahrheit aber: immer und ständig hören. Deshalb hüllten sie es in Schweigen.

Sie hatten diese Szene so gut gespielt, als hätten sie sie oft geübt. Sie war jetzt jederzeit abrufbar. Man sähe sie beide auf die Bühne treten, in ihren immer gleichen Kleidungsstücken, die jedes Mal frisch aufgebügelt daherkämen und farblich harmonierten, als hätte man sie sorgsam füreinander ausgesucht. Ein älterer Mann, eine jüngere Frau, er einer, der klare Formen liebte, sie eine, die für klare Aussagen stand.

Die Szene: Eine bildschöne Münchner Straße, Abendlicht, Sommer. Das Trottoir, im Hintergrund ein Uhrenladen mit seiner Auslage zeitloser Zeitmesser. Davor die Passanten, die amüsierte Bogen schlagen um die ins Gespräch oder ins Schweigen vertieften Protagonisten.

Ises *Dialog mit einer Unbekannten* hatte sich in einen *Dialog mit einem Altbekannten* umgeschrieben, das war ihr in dem Moment bewusst geworden, als sie sich, am Ziel ihres Spaziergangs angekommen, in die Gartenlaube der Reitschule gesetzt hatten.

An jenem letzten Samstag im Juli hatten in Bayern die Schulferien begonnen, und der Verlag hatte um drei seine Tore geschlossen. Auf Ise wartete also keine Rezension, eingespannt in ihre Schreibmaschine. Sie musste nirgendwohin zurück.

Gropius' Abendzug nach Weimar ging immer erst um neun, es blieben ihnen zwischen der Theaterbar, der Szene auf der Theatinerstraße und der Zugabfahrt also noch beinahe zwei Stunden übriger gemeinsamer Zeit, und der Weg durch den Englischen Garten bis zur Reitschule hatte sich ganz selbstverständlich ergeben.

Als sie dort angekommen waren, hatte Gropius das Anwesen, die Reithalle, das Remisen- und das Stallgebäude, das Kutscherhaus und das doppelgeschossige Langhaus mit Küche, Vorratskammern, Waschküche, Eiskeller und darüber den Schlafkammern der Knechte, all das angeordnet um einen von Kastanien beschatteten Hof, sofort überschaut. Man merkte, in Kavalleriestandorten kannte er sich aus.

Er hatte den Futterknecht, der jetzt in der Abendkühle Heu und Hafer in der Schubkarre vom Remisenspeicher zum Hauptstall fuhr, gefragt, wo zwei Bier aufzutreiben seien, war ganz selbstverständlich mit ihm in den Eiskeller hinuntergestiegen und hatte in der Küche zwei Gläser aufgetrieben, während Ise sich in die Laube setzte und ihn erwartete. Er hatte die Bierkrüge, die in der Wärme herrlich schäumten, auf den runden Holztisch gestellt, den Hut auf den Stuhl neben sich gelegt, die Fliege um ein paar Millimeter gelöst und sich ihr gegenübergesetzt.

»Daran könnte man sich gewöhnen.«

Meinte er das Bier, den Spaziergang oder die Szene auf dem Trottoir?

Weil Ise nichts antwortete, hatte er ergänzt: »... ans Erwartetwerden, meine ich.«

»Erwartetwerden«, hatte Ise wiederholt.

»Das kennen Sie nicht gut, oder?«

»Nicht gut, nein.«

Ise hatte sich im Hof umgeschaut. Der letzte Samstag im Juli, Beginn der Sommerferien, selbst in der Reitschule war es leer geworden.

Eigentlich hätte sie sich einsam fühlen müssen angesichts dieses langen Sommerlochs, doch sie empfand das Gegenteil: Angekommensein.

»Eigentlich gar nicht«, hatte sie jetzt zugegeben.

Zu diesem Mann konnte sie ehrlicher sein als zu sich selbst.

»Ich kenne es auch nicht gut, so wie ich vieles nicht gut kenne. Fremde Länder zum Beispiel. Oder fremde Sprachen.«

»Was kennen Sie denn … *gar nicht*?«, hatte Ise gefragt. »So wirklich gar nicht – wie ich, zugegeben, das Erwartetwerden?«

»Zeichnen. Ich bin eine Null im Zeichnen.«

»Dafür«, hatte Ise lachen müssen, »stellen Sie jemanden an.«

»Oder …«, er hatte den Hals lang gemacht und in den Abendhimmel geschaut, »… das Gutzuhören.«

»Dafür fahren Sie immer rechtzeitig weg.«

»Dann«, seine Augen blitzten, »das Den-Kopf-Anlehnen.«

»Deshalb haben Sie den Krieg überlebt.«

Er hatte nicken müssen. »Dann also … Abwarten.«

»Schluss mit der Liste. Sie können warten!«

»Ich, warten?«

»Wenn Sie nicht warten könnten, könnten Sie das Erwartetwerden nicht ermessen.«

»Stimmt«, war er verblüfft gewesen und hatte einen Schluck genommen. Wieder beinahe das halbe Glas.

»Ja, auf meine Mutter, auf die wartete ich. Gerne. Und von ihr wurde ich auch erwartet. Es war eine Sicherheit. Es ist eine Sicherheit. Noch heute.«

Er hatte dann begonnen, von seiner Mutter zu erzählen. Als es dunkel wurde und sie beim zweiten Bier saßen, von seiner Tochter.

Als er sich schließlich verabschiedete, zum Hauptbahnhof war es ein ziemlich langer Weg zu Fuß, hatte er beim Handkuss gezielt nicht seinen Mund zu Ises Handrücken geführt, sondern seine Stirn. Für ein, zwei Sekunden hatte er so verharrt und sich dann aufgerichtet, ohne Ise anzusehen.

Seine ganze Gestalt war der Ausdruck von beginnendem Vermissen, Ise konnte es förmlich an seiner Haltung ablesen, die plötzlich beinahe zerbrechlich schien.

Beim Gehen hatte er sich vor dem Hoftor zur Königinstraße nochmals zu ihr umgewandt, sich im Rücken gerade gemacht und die Arme bockig verschränkt. Er hatte sich um seine eigene Achse nach links und rechts gedreht und lautlos, wie vorhin auf der Theatinerstraße, das »Ise, ich brauche Sie« begonnen. Ise hatte es, jetzt schon beinahe routiniert, mit den Händen fertig dirigiert. Sie hatten beide lachen müssen. Dann war er voller Schwung davongegangen.

Kapitel 12

»SIE SIND KOMISCH, ISE!«

»Im Zug München–Weimar, 11. August 1923« – weiter war Ise bis Nürnberg nicht gekommen, so tief war sie in diesen Erinnerungen versunken gewesen.

Kurz nachdem der Zug am Hauptbahnhof von Nürnberg gehalten hatte, öffnete sich die Pendeltür des Abteils und eine junge Frau, etwa gleich alt wie sie, trat ein. Ein Dienstmann trug ihr einen langformatigen Koffer und eine kleine Reisetasche hinterher und verstaute beides im Gepäckgitter über ihrem Sitzplatz. Sie gab ihm ein Bündel Geldscheine Trinkgeld und ging mit ihm zurück zur Waggontür, um am noch offenen Verschlag eine Zigarette zu rauchen. Der Duft eines ausländischen, edlen Tabaks drang bis zu Ise zurück ins Abteil.

Mit »*Quelle chaleur!*« setzte sie sich ein paar Minuten später, der Zug war schon angefahren, Ise gegenüber auf den Fensterplatz, zog sich die Kostümjacke aus und schmiss sie gekonnt nachlässig auf die zwei Plätze neben sich.

Sie stellte sich umgehend vor, was in Deutschland nicht üblich war, selbst in einem Erste-Klasse-Abteil der Reichsbahn nicht. Ise tippte also auf Amerikanerin, auch wenn ihr Französisch perfekt klang.

»Irene Hecht, Lehrling von die – oder das? – Fotografie«, sagte sie in einem entzückend zusammengewürfelten Deutsch, das keinen rein französischen, aber auch keinen englischen Akzent hatte, sondern eher nach Osten klang.

In welcher dieser Sprachen betonte man die Worte stets auf der ersten Silbe?

»Ise Frank«, sagte Ise, »Journalistin.«

Sie hatte es ausgesprochen. Zum ersten Mal hatte sie sich als Journalistin ausgegeben – und es klang gut!

»Ah! *C'est ravissant!*« Irene Hecht lehnte sich zu Ise und gab ihr die Hand. Es war eine kühle Hand, trotz der Hochsommerhitze. Und sie hatte einen guten Griff, trotz der zarten Gestalt.

»Neben der Fotografie … studieren Sie?«, fragte Ise.

»Genau! In Paris, seit drei Semester … an die Sorbonne, wissen Sie?«

»An *der* Sorbonne! Das klingt ja … ernst.«

»Ist es auch. Viel zu sehr ernst!«

»*Viel zu ernst.* Wie kamen Sie denn auf die Idee?«

»Ahh, Louis Eisenmann, Freund von meine Eltern und Kämpfer für unsere *minoritées,* hatte mich nach Paris gerufen. Doch, es tut mir leid und ich weiß es jetzt, es hat mich viel genug Zeit gekostet, mit Philosophie kann ich nicht. Ich kann nur mit das wahre Leben. Mit Menschen! Mit das Licht!«

»Mit *dem* Leben. Mit *dem* Licht, ich verstehe. Sie wechseln also den Studiengang?«

»Gleich das nächste Semester, ab September ich bin *inscrite* an die *École des Beaux-Arts*.«

»Wunderbar«, sagte Ise.

Diese Irene Hecht musste ein Glückskind sein! Den Krieg hatte sie offensichtlich im Ausland erlebt, und er war ihr nicht, so wie Ise, bleiern in die Studienjahre gefallen. Sie musste aus einer der Ostmetropolen kommen, die früher das blühende Leben gewesen waren und die sich durch die Neuordnungen nach Kriegsende teils rasanten politischen Umwälzungen ausgesetzt gesehen hatten.

Prag vielleicht? Oder Sarajevo? Oder Budapest?

Wahrscheinlich war sie Jüdin und von garantiert feinster Bildung, dabei aber mit betont schlichtem Auftreten, was Ise an Menschen immer gefiel. Es hatte so etwas Unnahbares, Geheimnisvolles.

Irene Hecht holte einen kleinen Reispapierfächer aus der Handtasche und fächerte Ise und sich selbst ein wenig frische Luft zu, während sie sich in ihrem Fauteuil zurücklehnte und begann, aus dem Fenster auf die vorüberziehende Landschaft zu schauen. Sie konnte sich so beinahe unsichtbar machen. Und sie schwieg dazu.

Das war sehr angenehm. Sie ließ Ise Zeit, sich an ihre Präsenz im Abteil zu gewöhnen …

Ise beobachtete die zarte Figur aus den Augenwinkeln und begann, in ihrem Gedächtnis zu kramen. Diese gesamte Erscheinung kam ihr doch irgendwoher bekannt vor?

Sie trug einen schwarzen Rollkragenpullover aus Seidenstrick – bei den Temperaturen! – und einen ebenso schwarzen, schmal geschnittenen Wickelrock aus Leinen. Sorbonne eben. Dazu das rotblonde Haar zum Pagenkopf geschnitten und mit frechem Pony, der ihr in die flaschengrünen Augen wippte. Wenn sie ihn nicht gerade mit der rechten Hand nach hinten streifte und ein paar Augenblicke lang mit angewinkeltem, ans Abteilfenster gestütztem Arm festhielt, eine Geste, die sie zu lieben schien und bei der ihr fein gezeichnetes Profil und ihre hohe Stirn zum Vorschein kamen.

Auch eine kleine runde Windpockennarbe über der linken Augenbraue – das zeugte von einer liberalen Mutter, die einem auch noch so hübsch geratenen Kind selbst bei Krankheiten seinen eigenen Willen gelassen hatte. Einer Mutter wie zum Beispiel … Gussies.

Und jetzt war Ise klar, warum ihr diese Irene Hecht so bekannt vorkam: Sie ähnelte Gussie! Frappierend sogar!

Dieses Profil, dieser Mund, das Aufgerichtetsein in den Schultern, diese helle, fast durchscheinende Haut! Und da war auch ihr Duft …

Vielleicht trugen sie das gleiche Parfum? Und das kam auf der Elfenbeinhaut, die beiden eigen war, einer Haut, die immer kühl aussah und gut durchlüftet, auch bei der größten Hitze, ähnlich zur Geltung?

»Wohin geht die Reise? Paris liegt genau in der entgegengesetzten … Richtung?«, war Ise jetzt neugierig.

»Aus der ich komme!«

Irene Hecht musste laut lachen, hier sorgte sich jemand um eine eingefleischte Nomadin, die die Europakarte mit größerer Selbstverständlichkeit kennen musste als jeder Außenminister.

»Doch ich verbringe die Semesterferien bei eine Freundin in Berlin. Und auf dem Weg dorthin wir treffen uns in eine Ort, berühmt für Literatur und die große Dichter, *Monsieur* Goethe. Wir werden gehen dort in eine Ausstellung *contemporaine*, der … Jetztzeit, sagt man? Es geht um Bauen und Kunst – oder um die Kunst zu bauen?«

»Das Bauhaus! Auch ich fahre dorthin!«

»Das ist ja ganz … *magnifique!* Dann sind wir schon drei! Grit, diese Freundin aus Berlin, zu der ich dann weiterfahre, Künstlerin, etwas *speziell*, Sie verstehen, erwartet uns schon dort. Was für eine Freude!«

»Sie haben wenig Gepäck für … den ganzen Sommer?«

Ise schaute vielleicht einen Hauch zu interessiert, was ihr sofort leidtat, in die Gepäckablage über ihrem Kopf.

»Meine Kamera nur und die Stative und so weiter.« Sie streckte den rechten Arm nach oben, bog den Kopf zurück und wies mit einer Geste reinster Hingabe auf ihren sperrigen Koffer.

»Und … anzuziehen?«

»Ach, wissen Sie, wenn man nur Schwarz trägt, man braucht wenig, denn immer alles passt irgendwie … miteinander!«

»Irgendwie *zusammen*«, musste Ise schmunzeln. »Was ist Ihre Muttersprache, Irene?«

»*Bon* … Ungarisch natürlich, was keiner auf der Welt versteht. Wir sind von Budapest – oder genauer … von gleich außerhalb, auf die … Land? Wir in die Familie machen Hopfen, also Bier. Seit Jahrhunderte. Bier überlebt alle Kriege …«

»Welche Sprachen haben Sie gelernt?«

»Alle Sprachen, die man in Europa muss können. Schon als Kinder. Außer Deutsch, das lerne ich erst jetzt gerade … mit Sie!«

»Mit *Ihnen*.« Ise musste jetzt laut lachen, die Fröhlichkeit dieser Irene Hecht war ansteckend.

»Und wo verbrachten Sie den Krieg?«, fing sie sich wieder.

»In Chicago bei meine Cousins. Wir in die Familie der Hechte sind viel gewandert in die letzte Generationen, echte Nomaden, wissen Sie …«

»Hechte wandern von Natur aus.«

»Ha! Wie Sie haben recht! Sie sind komisch, Ise!«

Ich brauche Sie, Ise. Sie sind komisch, Ise …

Seit Herr Gropius sich in Ises Leben hineinreklamiert hatte, nicht zu vergessen mit »Mir ein Bier!«, begegneten Ise die überraschendsten Zeitgenossen!

»Und Ihre Freundin?«, fragte Ise weiter.

»Ahh, *Mademoiselle la journaliste* beginnt mit ihre Recherche? Grit heißt die Freundin … sie macht Malerei.«

»Lernt sie noch?«

»Sie war Studentin bei Lovis Corinth, jetzt hat sie eine Atelier in Berlin.«

»*Ein* Atelier.«

»Ja, ein Atelier, danke schön.«

Plötzlich, wie aus heiterem Himmel, wurde Irene Hecht ernst. Um ihren Mund erschien ein Zittern.

»Können Sie bei mich bleiben, bitte?«

»Bei *mir* bleiben, bei wem oder was, da verwendet man Dativ.«

»Sie sehen, endlich jemand, der mich korrigiert! Diese Fälle in Ihrer – wem oder was, also Dativ – Sprache! Zwar viel weniger Fälle als bei uns in Ungarisch, aber so *totalement* … ohne Regel? Man kann sich verlieren darin …«

»Bitte nicht! Nicht verlieren, Irene! Ich bin ja bei Ihnen.«

»Sie sind ja bei mir.«

Es entstand eine kleine Pause.

»Und Sie … bleiben auch?«

Das war kein Spaß. Das Zittern um ihren Mund wurde stärker. Ise wurde unsicher, so etwas hatte sie noch nie jemand gefragt.

»Wenn Sie wollen?« Das war ihr so entfahren. Sie musste kurz nachdenken, um sich klar zu werden, was sie da gesagt hatte.

Ein Moment der Stille trat ein.

Irene Hechts Mund beruhigte sich, ihr Kopf fiel zurück an die Kopflehne und sie schloss die Augen.

War diese zauberhafte Weltenbummlerin ein bisschen verrückt?

»Da habe ich Glück« begann sie jetzt ganz nebenbei, als würde sie eine ihnen beiden altbekannte Geschichte erzählen. Sie drehte den Kopf zum Fenster und öffnete die Augen, dann sah sie minutenlang hinaus, scheinbar um die vor dem Zug fliehenden Pferde auf den endlosen Koppeln zu zählen, die an der Bahnlinie entlang die Landschaft ausmachten.

»Ich habe Glück von Natur aus, wissen Sie?« Sie flüsterte das mehr, als dass sie es aussprach. »Doch, man muss sehr vorsichtig sein damit. Man muss lernen, gut zu wählen …«

Irene Hechts flaschengrüne Augen wandten sich von den Pferdekoppeln ab und schauten Ise zum ersten Mal geradewegs an.

»Sie bleiben also? Allein schon wegen diese Sprache? Die ist doch Ihr Beruf? Und ich darf jetzt sein Ihre Schüler?«

»*Schülerin*«, gab Ise jede Gegenwehr auf. Dieser Irene Hecht, verrückt, wie sie war, konnte man nicht widerstehen.

Da kam der Schaffner herein, lüftete seine Uniformkappe, machte einen kleinen Diener und fragte nach den Fahrscheinen der Damen.

Irenes Billets waren von den französischen Staatsbahnen ausgestellt, es war eine mit einem Stoffband zusammengebundene Rolle handgeschriebener Papiere. Paris–Metz. Metz–Francfort. Francfort–Nuremberg. Nuremberg–Weimar. Jedes Mal mit Stempel, blau-weiß-rotem Siegelband und Unterschrift versehen. Die Republik Frankreich war sichtlich stolz auf sich, ganz im Gegensatz zu den deutschen Nachbarn, die einen Krieg angezettelt und verloren hatten und die in den jetzt im Ruhrkampf besetzten Gebieten eine wenig zuverlässige »Regie-Eisenbahn« aufrechterhielten, die das Land mehr schlecht als recht mit den internationalen Verkehrslinien verband.

Irenes Reise über den Rhein musste eine wahre Odyssee gewesen sein!

Der Schaffner las den Text auf all den französischen Billets mit sichtlicher Mühe, bevor er in tiefstem Bayerisch etwas, das wohl »Viel Lärm um nichts« bedeuten sollte, in seinen Stutzbart brummte. Jetzt nahm er Ises Fahrschein, ein simples Vordruckkärtchen, in die Hand und entwertete es durch einen routinierten Kniff mit seiner Lochzange.

»München–Weimar und zurück, das Fräulein?«

Als Ise nickte, ohne ihn anzusehen, fügte er hinzu:

»Nächsten Freitag. Mit dem Nachtzug … Das trifft sich, da habe ich auch wieder Dienst.«

Er bemerkte, dass er sich da im Ton vergriffen hatte und diese Anmerkung anzüglich wirken könnte, also verbesserte er sich sofort: »… da kann ich Sie dann bewachen!«

»Vielleicht aber, wer kann wissen, sie ändert ihre Reisepläne, *Monsieur*? Da ich sie entführe nach … Berlin?«, warf Irene seelenruhig und mit konzentriertem Blick auf die vorbeiziehende Landschaft ein.

Der Schaffner drehte sich ruckartig um seine eigene Achse, wie jemand, der aus dem Fettnäpfchen flieht, in das er eben getreten ist.

»Ich sehe schon, bei uns in Bayern gibt's keine interessanten Männer mehr für die Damen«, raunzte er laut, »kein Wunder auch, nur noch Hitler-Proleten unterwegs auf den Straßen …«

Er schloss die Schiebetür mit einem verdrossenen Rüttler und marschierte den Gang entlang zur zweiten Klasse.

Der Zug zischte gleichmäßig über Land.

Draußen vor den Fenstern flohen jetzt keine Pferde mehr über weite Koppeln, sondern Kühe standen auf eingezäunten Weiden im Schatten der vorbeiziehenden Streuwäldchen. Das Gras war nach dem langen, heißen Sommer hellbraun verbrannt. Es war Nachmittag. Es würde früher Abend sein, wenn sie in Erfurt ankämen und nach Weimar umstiegen.

Ise schaute hinaus. Sie war plötzlich herrlich müde.

In diese aufkommende Müdigkeit und das monotone Zischen und die in ziemlich gleichmäßigen Abständen vor dem Fenster vorbeiziehenden Sonnen- und Schattenflecken hinein fragte Irene, die sich wieder in ihr Fauteuil zurückgelehnt hatte, mit geschlossenen Augen:

»Wer bitte hier redet von Männer?«

Kapitel 13

ANKUNFT IN WEIMAR

Als der kleine Regionalzug Erfurt–Weimar, der nur aus einem einzigen Panoramawagen mit einer wild rußenden Dampflokomotive alter Machart bestand, im Bahnhof von Weimar einfuhr, waren zwei Silhouetten am Bahnsteig auszumachen. Die eine Silhouette war die von Gropius, Ise erkannte den Hut und den Staubmantel schon von Weitem. Die andere war wahrscheinlich die von dieser Grit.

Irene entschuldigte sich vor dem Aussteigen, sie müsse für ihr Gepäck auf einen Dienstmann warten und das würde einen Augenblick in Anspruch nehmen: »Doch wir sehen uns gleich, *in the field*?«

»*In the field*«, nickte Ise zurück.

Gropius war zum Bahnhof gekommen!

Bei allem, was er in diesen zwei letzten Tagen vor der Ausstellungseröffnung vorzubereiten und zu organisieren hatte, war er selbst hierhergefahren, um Ise abzuholen, und hatte keinen Assistenten oder Studenten geschickt!

Das war rührend. Ise konnte sehen, wie seine linke Hand zitterte, als er ihr Köfferchen anhob. Er war hochgradig nervös. Und das war umso rührender.

»Eine Journalistenkollegin, die da mit Ihnen ankam?«

»Nein, Fotografin. Aus Paris.«

»Wird berichten?«

»Wer weiß? Sie scheint aus besten Künstlerkreisen, die Freundin, die sie da abholt, ist Malerin.«

»Bei uns am Bauhaus?«

»Nein, schon selbstständig, in Berlin. Eine Lovis-Corinth-Schülerin, wie ich hörte.«

»Sieh da.«

»Sie kommen aus reiner Neugier, die beiden. Sie kommen wegen Ihnen, Gropius! Im nächsten Semester wird Ihre Schule aus allen Nähten platzen!«

»Kein Problem, denn da campieren wir ja sowieso schon im Wald.«

Gropius nahm ihren Arm. Er nahm hier am Bahnhof von Weimar, wo jeder ihn kannte und sicher irgendwelche Studenten oder Kollegen oder Journalisten herumschwirrten, ihren Arm!

»Wie stehen die Aktien?«, fragte Ise im Verschworenen-Flüsterton, sie war noch so aufgeheitert von Irene Hecht, dass sie die gesamte Gropius-Tragik, die da auf sie hereinbrach, im Augenblick gar nicht recht ernst nehmen konnte. Er schien das umgehend zu begreifen und eine Antwort zu suchen, die noch ein Mindestmaß an Witz hatte. Dabei zog er Ise näher zu sich heran, wahrscheinlich ohne zu überlegen. Für jeden Passanten mussten sie jetzt aussehen wie ein Liebespaar, doch das schien ihm egal zu sein.

Ise aber nicht!

Sie spürte die Muskelspannung dieses Reiterarms, während sie sich aus der Umklammerung löste. Die Aktien schienen schlecht zu stehen, wenn es überhaupt noch welche gab. Er holte zu einer Antwort Luft, schloss den Mund aber gleich wieder, schüttelte den Kopf und lachte in sich hinein.

»Ich bin schon da, Professor!«

Ein junger Mann in schwarzem Baumwollhemd ohne Kragen, sehr schmal geschnittenen hellgrauen Hosen und schwarzer Baskenmütze war auf sie zugekommen und nahm Gropius Ises Köfferchen aus der Hand. Sie erreichten gemeinsam das Bahnhofsportal, der junge Mann öffnete die monumentale Kassettentür und Gropius und Ise traten auf den weit ausladenden Vorplatz.

Es standen oder fuhren kaum Automobile darauf, Weimar schien eine Stadt zu sein, in der man noch zu Fuß ging, und umso mehr fiel der Wagen auf, auf den sie jetzt zusteuerten. Es war ein tannengrüner Alfa Romeo mit schlammfarbenem Stoffverdeck, der nach einem Modell aus den 1910er-Jahren aussah.

Ein Bild von einem Wagen! Sicher ein nummeriertes Sammlerstück!

Der Assistent öffnete den Beifahrerschlag für Ise und für Gropius, der Wagen war ein Coupé und hatte eine einzige, durchgehende Sitzbank. Ise rutschte also in die Mitte. Gleich darauf erschien der junge Mann wieder von der linken Seite, warf sich hinters Steuer wie ein Rennfahrer, startete den Motor und begann, sie beide sehr schnittig durch die Stadt zu fahren.

Tarnfarben, wie der Wagen war, schien er mehr Geländefahrzeug als für die Straße gemacht. Seine hochprofiligen Reifen schlugen einen Höllenlärm, als ob unter dem Chassis jemand auf den Wagenboden hämmerte. Gropius und Ise mussten sich anschreien, um einander verstehen zu können.

»Der legendäre RM Sport, Nummer elf von elf gebauten Exemplaren. Wurde in die Kolonien verkauft. Das hier ist das einzige in Europa zugelassene Modell, ich habe es dem alten d'Annunzio am Gardasee abgeknöpft«, schrie Gropius.

»Der konnte chauffieren?«

»Nein, aber er war vernarrt in schöne Maschinen.«

»So wie Sie? Das waren noch Zeiten, nicht …?« Ise musste lachen, in diesem exotischen Gehäuse war in Gropius für Momente der Gardeoffizier zurück, der sich an die wilden Fronten neuer Abenteuer aufmacht.

»Das *werden wieder* Zeiten, Ise! Sie zweifeln daran?«

»Ich?«, schrie Ise zurück.

Wer hier seit Wochen schwarzsah, war er!

Gropius schien etwas einzufallen, er griff über ihren Schoß hinweg nach dem Hemdsärmel seines Studenten.

»Und Sie, Marcel? Können eine Dame nicht grüßen?«

»Verzeih-ung«, brachte der junge Mann leicht stotternd heraus und nahm seine Baskenmütze ab. Er war Willkommensfahrten mit fremden Gästen sichtlich nicht gewohnt. Wahrscheinlich war er ohnehin eher ein Schüchterner: »Willkommen in Weimmar, gnädige Frau!«

»Das ist Breuer«, schrie Gropius, »einer von denen aus dem *wilden Osten*. Der hockt auf dem Maul, aber kann gut mit Holz arbeiten. Jetzt, wo er die Latten-Möbel für unser Musterhaus fertig hat, experimentiert er mit Stahlrohr. Mit Stahlrohr …«, Gropius schnaubte wie ein Pferd, »… für Möbel! Als ob es nichts Bequemeres gäbe! Ein Spinner, der Junge!«

»Woher kommen Sie?«, rief Ise. Der Assistent konnte kaum älter als zwanzig sein.

»Fünfkirchen. Bei uns in Ungarn Pécs genannt.«

»Sie sprechen fabelhaft Deutsch!«

»Ich bin schon seit ein paar Jahren hier, gnädige Frau, ich begann mein Studium in W-Wien.«

Er hatte einen lustig eckigen Kopf, ein Profil wie aus Eiche geschnitzt und weit abstehende Ohren. Seine streichholzkurzen Haare und seine Knopfaugen waren rabenschwarz. Noch ein ungarischer Jude, das war klar. Irene Hecht würde ihre Freude haben!

»Und widmen sich der Tischlerei?«

»Der Architektur, eigentlich. Aber Holz gehört dazu! So wie Stahl eben.«

Gropius schnaubte erneut, mit einem kleinen wiehernden Endakkord.

»Sie fertigen Mobiliar?«

Er nickte schlicht, sichtlich vorsichtig, im Beisein seines Meisters nicht zu viel an Meinung zu äußern.

»Was ist Ihr Konzept?«, drehte sich Ise jetzt betont zu ihm hin. Gropius schien von seinen Talenten so eingenommen, dass er sie ungern zu Wort kommen ließ.

»Nun …«, Breuer sah über Ise hinweg blitzschnell zu Gropius hinüber, um sicherzugehen, dass er sprechen durfte, »konstruktive Addition. Ich füge simple Einzelteile zusammen und lasse die Fugen, Nähte und Schraubverbindungen sichtbar. Logische Struktur ist die Rettung der Architektur.«

»Das muss ich jetzt mitschreiben …«, lachte Ise und öffnete ihre Handtasche, um ihre Schreibblätter und ihren Füller herauszuholen.

Doch da änderte sich plötzlich das Licht. Sie hatten die winzige Altstadt durchkreuzt, und vor ihnen breitete sich eine Parklandschaft aus. Der Abendhimmel darüber war von einem hellen, fast südlichen Zitronengelb, ganz ungewöhnlich für diese Breiten!

Es musste ein Dunst aus Feuchtigkeit sein, die von einer Wasserfläche aufstieg …

Und tatsächlich, Ise hatte nach der nächsten Kurve den Überblick, durch die Parklandschaft zog sich ein Fluss. Er war von immer noch apfelgrünen Weiden umstanden, was selten war für August und nach einem derart heißen Sommer. Frühlingshaft satte Wiesengründe zogen sich an den Ufern entlang und weiteten sich linker Hand, einen weich ansteigenden Hügel hinan, zu Obstgärten aus.

Der Wagen war plötzlich voll vom Duft von frisch gemähtem Gras.

Der Fluss vor ihnen musste die Ilm sein, und irgendwo an seinen Ufern, in dieser Landschaft, die jeder aus den *Wahlverwandtschaften* vor dem inneren Auge hatte, stand Goethes Gartenhaus.

»Hier sind wir schon gleich bei der Schule angekommen«, schrie Gropius, »und schräg durch den Park zeige ich Ihnen morgen das berühmte Goethe'sche Gartenhaus. Den Hügel hinauf dann, gleich hinter jenen Obstgärten, liegt unser Musterhaus, von dem wir schon in München sprachen … Der Junge hier«, er schnaubte zu Breuer herüber, »wird Ihnen sein dafür entworfenes Mobiliar zeigen. Aus nichts als Latten und Leisten gebaut.«

Zu Beginn der Allee, die den Park rechter Hand begrenzte, fuhren sie jetzt etwas langsamer an einem behäbig aussehenden Schulgebäude entlang, dann nahm der junge Breuer die letzte Kurve mit Schwung und sie standen vor dem Hotel Fürstenhof.

»Gleich gegenüber, gnädige Frau, bitte schön unsere F-Fürstengruft … und daneben das Ilm-Kloster, einst Heimat der Deutschritter«, wies Breuer beim Halten auf das Areal gegenüber dem Hotelgebäude. In einem riesigen ummauerten Garten standen steinerne Pavillons, Stelen und Denkmäler, offensichtlich ein aufgelassener Friedhof, an den eine weiß getünchte Klosterkirche grenzte.

Über die Parkmauer lehnten sich die ausladenden Äste eines ungewöhnlich breit gewachsenen *Ginkgo biloba*, Goethes Baum der Freundschaft. Sie reichten bis in die von Sandsteinfriesen eingefassten Erkerfenster des Hotels, jenseits der Straße. Ise hatte solche Ginkgos schon oft im Englischen Garten bewundert, doch niemals hatte sie ein so behäbiges und gleichzeitig lebensfrohes Exemplar gesehen. Diesem Baum hier gehörte wohl die ganze Stadt.

Kapitel 14

IM PARK AN DER ILM, 14. AUGUST 1923

Zu Strawinskys Musikspiel, der *Geschichte vom Soldaten*, das im Park an der Ilm unter freiem Himmel vor dem Goethehaus inszeniert wurde, fanden sich, obwohl es ein Dienstagabend war, fünfhundert Gäste ein.

Der Vollmond stand über den Trauerweiden, als das Stück seinem Ende zuging und alle Bauhaus-Schüler mit Lampions vom Musterhaus am Horn zum Goethehaus herunterspaziert kamen. Sie sangen den Schlusschor mit und Ise, die unter den weiteren entsandten Journalisten in der dritten Reihe saß, in Seh- und beinahe Reichweite von Gropius, musste sich in diesem Moment auf Objektivität besinnen. Die Stimmung war beinahe zu schön, um wahr zu sein.

In den vergangenen drei Tagen unter den Studenten und in den Werkstätten des Bauhauses, war ihr und Irene klar geworden, dass hier mit sehr wenig Infrastruktur und sehr bescheidenen Mitteln immens viel an Wissen und Erfahrung weitergegeben wurde. Und zwar nicht durch das sonst an Akademien übliche, auf Distanz bedachte Von-oben-herab-Dozieren, sondern schlicht und einfach im gemeinsamen Tun.

Hier durfte man ausprobieren, korrigieren, neu beginnen, besser machen, wieder korrigieren. Es gab keine Eile und keinen Zeitdruck. Jedes Projekt schien sich seine eigene Dimension zu schaffen, die aus dem Austausch von Meinungen und Erfahrungen der verschiedensten Disziplinen entstand – dem fachübergreifenden Dialog, den Gropius so vehement zwischen Lehrern und Studenten einforderte. Es war, wollte Ise einen Vergleich für ihr eigenes Metier finden, wie Texteschreiben im Kollektiv, und zwar mit einem Traumteam aus Kraus, Mann, Huxley und Virginia Woolf …

Sie hatten sich diese drei Tage durch den Schulbetrieb und durch die Stadt treiben lassen, ohne festes Programm. Ise hatte ihre Berichte im Sinn und protokollierte Zitate und Aussprüche, während Irene scheinbar planlos fotografierte.

Am Montagmorgen um acht hatte der junge Bayer, Ises hier beauftragter Fotograf, sie in der Bauhaus-Mensa willkommen geheißen, und von dort hatten sie ihre Reise durch die Ateliers begonnen. In der Metallwerkstatt, wo sie der junge Breuer schon erwartete – er hing sonst wohl ständig an Gropius' Rockzipfel und hatte sich sichtbar »freigenommen« –, wurden alte Fahrräder auseinandergesägt und neu zusammengeschweißt. Breuer hatte den Damen die Musterstücke im Archivregal erläutert: Aus den Stahlrohrstücken entstanden Stehlampen oder ein Teetablett oder ein Handtuchhalter.

»Doch jetzt arbeiten wir an unserem ersten Stuhl«, hatte er

seine Begeisterung kaum unterdrücken können, »an einer ganzen frei-schwin-gen-den Möbellinie!«

»Frei-schwin-gend …«, hatte Irene mit dem ihr eigenen Akzent wiederholt, was den jungen Breuer kurzzeitig aus der Fassung gebracht hatte. Er war über beide Ohren dunkelrot angelaufen.

»Und …« Ise hatte Irene einen belustigten Seitenblick geschickt, »… warum auch nicht?«

Breuer hatte nichts geantwortet, sondern sich an seine Studenten gewandt, und auf sein Handzeichen waren nach der kurzen Präsentationspause die Metallfräsen wieder angelaufen.

Ein Höllenlärm füllte das Atelier! Er hatte Ise und Irene durch die Werkbänke, an denen die Studenten der ersten Semester an aufregend gebogenen Rohrstücken feilten, hindurch und hinaus auf den Hof geführt, wo die Drittjährlinge die Prototypen seiner zwei ersten Sessel in Form schweißten.

Diese Sessel hatten nicht die üblichen vier Beine, sondern bestanden aus einem einzigen durchgehend gekurvten Rohr.

Wie würden die stehen? Womit wären sie bespannt? Wie würden sie das Gewicht eines menschlichen Körpers tragen?

Breuer hatte keine Antworten auf Ises Fragen, also hatte er die Damen wieder ins Atelier geführt und im hinteren Eck des Musterlagers einen Schneidetisch leer geräumt. Aus dem wandhohen Regal entlang der Werkstattwand hatte er im Handumdrehen drei Kartons voll von Möbelstoffen, Zeltplanen und Lederhäuten auf die Tischfläche gehievt und dort ausgeleert.

Die Studenten von den Werkbänken rundum hatten daraufhin wie auf Befehl ihre Fräsen ausschwingen lassen, und es war wieder still geworden im Atelier.

Hier stand eine Frage an?

Da wollte man zuhören, mitdenken, Hand anlegen! Die Sägearbeiten der Tagesproduktion konnten gern ein paar Minuten warten.

Irene hatte fotografiert, wie die Studenten gemeinsam mit Breuer Stücke aussuchten, die ungefähr die doppelte Größe der Sitzflächen der Prototypen besaßen, und begannen, die auf ihren Werkbänken eingeschraubten Stahlrohre damit zu bespannen. Um diese Stoffe und Lederstücke aber so zu fixieren, dass sie ein Körpergewicht tragen konnten, musste man sie mit Tapeziernadeln durchstechen, dann um das erste und um das zweite Rohr herumwickeln und schließlich vernähen – und das war schwerer als gedacht! Nach einigem Hin- und Herprobieren hatte Breuer einen Studenten zu den Kolleginnen aus der Weberei geschickt und sich bei Ise und Irene entschuldigt, sie bräuchten jetzt ein paar Stunden »Zeit zum Spielen«, wie er das entzückend auszudrücken wusste.

Ise und Irene hatten ein Metallbauatelier verlassen, das sich in kürzester Zeit in eine Polsterwerkstatt verwandelt hatte, mit dem Versprechen, gegen Abend nochmals vorbeizuschauen, um eventuelle erste Bezugsversuche zu begutachten.

Bayer hatte sie also in die Grafikwerkstatt im ersten Stock geführt, in der er der Lehrassistent war. Hier ging es zwar etwas hektischer zu, dafür aber lautloser. Man hatte einen Telefonanschluss, um die Werbeaufträge der Industrie direkt bearbeiten zu können, und der Apparat klingelte ein paarmal in der Stunde. Dazwischen aber herrschte arbeitsame Stille.

Ein wenig Blätterrascheln und das charakteristische Korrekturkratzen von Rasierklingen auf Zeichenpapier, das Atmen und das Geflüster der etwa zwanzig Studenten, sonst war hier nichts zu hören.

Ise fühlte sich wie zu Hause im Verlagskontor. Man arbeite hier, wie Bayer erklärte, an einer universalen Schrift, *Universal* genannt, die Groß- und Kleinbuchstaben in einer länder- und sprachübergreifenden Lesart verbinden könnte. Die sei sein persönliches Steckenpferd, neben den Bauhaus-Plakaten und den Produktblättern der hauseigenen Designobjekte.

Abgesehen von »*der* neuen Schrift«, wie er diese *Universal* nannte, brenne er aber für »*das* neue Medium«, nämlich die Fotografie, die, wie er Ise und Irene mit jammerndem Unterton erzählte, erst letztes Jahr und nur auf sein beharrliches Drängen hin als »*das* neue Handwerk« ins Bauhaus eingezogen sei. Professor Gropius habe »endlich, *endlich*, meine Damen«, im Keller neben der Waschküche eine Dunkelkammer einrichten lassen und er, Bayer, verbringe seither seine Nächte dort. Bei ihm nur »seine Blondine«, wie er die brandneue Leica-Kleinbildkamera aus der 0-Testserie des Hauses Leitz nannte, die der Bauhaus-Gönner Sommerfeld dem Grafikatelier gespendet habe. Äußerst schlank konstruiert, federleicht und mit dunkelblondem Krokodilleder bezogen, hatte diese Kamera, sobald er sie von seinem Zeichentisch geholt und den Damen in die Hände gelegt hatte, Irene in wahre Ekstase versetzt.

Sie waren dann zu dritt in die Dunkelkammer im Keller aufgebrochen, wo zwei Dutzend Papierabzüge an einer Wäscheleine über Metallbecken mit Entwicklerflüssigkeit hingen. Bei schummrigem Rotlicht hatten Bayer und Irene sich eine geschlagene Dreiviertelstunde lang über Klappen und Blenden und Tiefenschärfe und Lichtfilter und die Wärme oder Kühle von Graustufen unterhalten – und dabei Ise vollkommen vergessen.

Sie hatte sich derweil an das Tischgestell mit den Fotobecken gelehnt und Irenes Bewegungen zugeschaut. Mit einem frappierenden Ergebnis. Hier, voll in ihrem Element, war Irene nicht mehr die zauberhaft Verrückte aus dem Zugabteil, die man weder ein- noch zuordnen konnte, sondern eine passionierte Fotografin!

Sie sprach mit schwungvoller Gestik, lachte ein schallendes Lachen, beschrieb Licht und Raum in einem plötzlich beinahe fehlerlosen Deutsch. Und während Ise Irene betrachtete, hatte alles um sie herum begonnen, wie durch Zauberhand leicht zu werden. Leicht und doch fundiert, fröhlich und doch ernst.

Sogar der Umgang mit diesem Bayer. Die allnächtlichen Rendezvous mit »seiner Blondine« und sein perfekt geschnittenes, schwarz gegeltes Haar und seine durchaus bemerkenswerten Mandelaugen mussten ihn zum Frauenschwarm der Schule machen. Er war einer, der sich unendlich attraktiv, ja geradezu unwiderstehlich fand, und das begann Ise, und offenbar auch Irene, auf die Nerven zu gehen. Als Bayer sich zum dritten Mal, während Irene Probeabzüge mit langen Holzklammern durch die Wasserbecken zog, über ihren Nacken beugte, um an ihrem Haar zu riechen, drehte sie sich kommentarlos weg und verließ die Dunkelkammer in Sekundenschnelle.

Wie wurden sie diesen Casanova nur wieder los? Er musste ihren Bauhaus-Atelierbesuch ja fotografieren!

»Die Weberei also«, hatte Irene, als Ise und Bayer zurück auf dem Gang erschienen waren und Ise fürchtete, sie jetzt im ganzen Haus suchen zu müssen, schon seelenruhig entschieden gehabt.

Sie waren über die kurvige Jugendstiltreppe wieder ins erste Stockwerk hinaufgestiegen, und Ise hatte Bayer in ein Gespräch über Teppiche, Wandbehänge, Bezugs- und Möbelstoffe verwickelt, ein Kapitel, das in den Berichten über das Bauhaus nie wirklich behandelt wurde.

»Warum hört man von denen denn gar nichts?«, hatte sie gefragt.

»Von wem, von den Feministinnen?«

Sieh an! Die Weberinnen schienen also die einzigen Studentinnen am Bauhaus zu sein, die den Dandy Bayer nicht anhimmelten, und das war sicher der Grund, aus dem ihre Produkte in der Versenkung verschwanden beziehungsweise, wie er abfällig bemerkte, sich so »grottenschlecht« an die Industrie verkauften.

»Mangelnde Entwurfsqualität eben …«, tötete er ihre Arbeit in Bausch und Bogen, doch die Beweggründe seiner vernichtenden Kritik schienen doch ganz andere zu sein, »… oder, sagen wir's doch ganz offen, die Damen: Wer hat schon Lust auf *Lesben*-Teppiche?«

Gerade waren sie in der Weberei angekommen, die tatsächlich, ein Blick in die Produktionshalle genügte, ausschließlich von

Studentinnen besucht war. Bayer war im Handumdrehen verschwunden und hatte die Führung der Lehrassistentin überlassen.

Ise und Irene erfuhren in der folgenden Stunde, wie man in diesem lichtdurchfluteten Atelier Gummifäden in Schafswolle einwebte, um neue Boden- und Wandbeläge auf Isolationsstärke und Haltbarkeit zu testen. Aber auch, wie man Wandbehänge, Teppiche, Stoffentwürfe und Möbelbezüge fertigen konnte, die fähig waren, selbstständig im Raum zu wirken, unabhängig vom sonstigen Interieur.

Nach einem Rundgang von den Zeichentischen zu den Staffeleien und den Webstühlen, an denen die ersten Semester die Entwürfe der Drittjährlinge umsetzten, waren sie ins Archiv der Werkstatt gelangt, und da hatten sie atemlos vor den Musterrahmen gestanden, die an der langen Nordwand des Ateliers angenagelt waren. Die Entwürfe hier waren durchgehend vom Form- und Farbkanon des Orients inspiriert – Ise musste an Gussies und ihren fernen Plan einer gemeinsamen Saharareise denken – und schlicht eine Entdeckung!

In ihren filigranen geometrischen Rastern und Mustern war unschwer Klees Handschrift aus der Malereiwerkstatt zu erkennen, ein schöner Beweis dafür, wie man an dieser Schule Fächer ineinander übergreifen und Disziplinen sich gegenseitig beflügeln ließ. Ein einziges Foto, dachte Ise, von einem einzigen Teppichentwurf hätte bei Gropius' Vortrag im Welfenschloss alles erklärt, was dort in der Schwebe geblieben war!

Irene hatte natürlich sofort zu fotografieren begonnen. Sie waren von Stoffmuster zu Stoffmuster, von Möbelbezug zu Möbelbezug gezogen, und nach langen Minuten des wortlosen Schauens und Fotografierens waren sie wie abgesprochen vor einem Pastellentwurf für einen Teppich stehen geblieben. Sie hatten sich nicht von ihm losreißen können. Dabei war er so schlicht.

Auf sandfarbenes Karopapier war ein vertikales Raster gezeichnet, in dem schmale, weiß und schwarz kolorierte Säulen wie ein lichter Arkadengang in den Himmel wuchsen. In dieses Raster fügten sich geometrische Formen in Abendstimmungsfarben von Aprikosenrot bis Malvenblau und Zitronengelb. Als ob alle Abendhimmel, die Ise seit dem ersten Abend mit Gropius vor zwei Monaten im Welfenschloss erlebt hatte, hier in einer Komposition zusammengefasst wären und zusammenklängen wie eine sich ins Endlose steigernde Melodie!

Ise hätte nicht erklären können, warum sie dieses kleine, aquarellierte Blatt Papier so berührte, hätte Irene sie jetzt danach gefragt. Doch Irene fragte nichts, wie sie da neben ihr stand, sondern senkte einfach nur die Kamera, atmete durch den Mund aus, als käme sie von einem langen Spaziergang über Land zurück, und drehte sich zu ihr.

Langsam, wohl musste sie ihre Gedanken erst in eine Bewegung übersetzen, hob sie die rechte Hand zu dem Teppichentwurf und strich, ohne das Blatt zu berühren, in ein paar Millimetern Distanz mit den Fingerspitzen darüber, so wie man über die Wange eines schlafenden Kindes streicht, über eine charaktervolle Baumrinde oder eine schöne, von der Arbeit verschwitzte Pferdestirn. Dann sah sie Ise direkt in die Augen – und hier war er wieder, der flaschengrüne Blick aus dem Zugabteil.

Der Blick, mit dem sie gefragt hatte: »Können Sie bei mich bleiben, bitte?«

Die Keramikwerkstatt schließlich, die letzte Disziplin hier im Haus, denn Klees Malerstudenten arbeiteten im Atelier seines Wohnhauses an der Ilm, nahm das halbe Erdgeschoss neben der Metallwerkstatt und den Gartenhof ein, weil sie Wasser und Kühle brauchte. Hier verarbeitete man den örtlichen dunkelroten Torfton – und zwar nicht nur zu Skulpturen, Lampen und Geschirr, sondern selbstverständlich, wie in jeder Werkstatt des Bauhauses, auch zu innovativen Bauelementen.

Der junge Muche war gekommen, um sie bei den Weberinnen abzuholen und in, wie er sagte, *sein* Geschoss zu führen. Wie Gropius ja schon in München erzählt hatte, war er Itten-Schüler und leitete zusammen mit diesem den Vorkurs, das Einführungsjahr in die verschiedenen Handwerke. Er hatte sich vor den Damen aufgebaut und mit einem deutlich einstudierten Vortrag zu *seinem* Musterhaus begonnen.

Grundlagen der hier im Atelier betriebenen Forschung seien die in diesem Frühjahr patentierten Bauhaus-Keramikhohlsteine, die er im Haus am Horn, das die Damen ja morgen früh besichtigen würden, verwendet habe. Professor Gropius lasse von *seinen* Keramikern, wie er die Handvoll Studenten um ihn herum nannte, nämlich nichttragende Trennwände aus Tonziegelsteinen entwerfen und ausprobieren.

Während er vor sich hin dozierte, sahen Ise und Irene sich im Raum um. Eine Handvoll Studenten arbeitete lautlos an ebenso vielen Töpferscheiben, und es hockte eine Stille im Raum, die ganz anders war als die Stille der Grafiker oder die der Weberinnen. Sie war irgendwie verschwörerisch. Bei genauerem Hinsehen fiel auf, dass all die jungen Keramiker merklich abgemagert, ja geradezu krank wirkten. Sie trugen sackleinene, fast bodenlange Kittel wie Bergarbeiter oder Sträflinge oder … Bettelmönche?

Da erinnerte sich Ise an Gropius' Kommentar zu Ittens Studenten, die er »Jünger« nannte und die sich in Kutten zu kleiden und mit den Hühnern zu Bett zu gehen hätten, vor allem aber nur Nachtschattengemüse, also fast gar nichts zu essen bekämen. Tatsächlich war auch dieser Muche in eine Kutte gehüllt. Die war zwar mausgrau eingefärbt, machte ihn aber nicht viel attraktiver als seine Bettelstudenten.

Was, schickte Ise einen Seitenblick zu Irene, hatte Architektur mit religiös zelebriertem Weltverbessererwahn zu tun?

»Dank ihrer luftgefüllten Hohlräume dämmen diese Keramiksteine, muss man wissen, überraschend gut gegen Hitze und Kälte, aber auch gegen Geräusche – und zwar sehr günstig, ja eigentlich kostenlos, denn die Luft ist ja … umsonst!« Damit war er in seiner Litanei gerade bei einer einstudierten Pointe angekommen.

Sehr komisch!

Irene hatte sich bei dem »ja … umsonst« so unvorhersehbar und elastisch, wie es ihren Bewegungen eigen war, abgewandt und sehr konzentriert begonnen, die Studenten an ihren Töpferscheiben zu fotografieren. Einen Besserwisser wie Muche schien sie genauso wenig ertragen zu können wie den Narzissten Bayer.

»Nicht nur als Innenwandelemente habe ich die Ziegel verwendet, sondern sogar als selbsttragende Decken!«, hatte Muche jetzt weiter auf Ise allein eingeredet. »Sie verstehen, Decken von Erdgeschossen, Zwischengeschossen, ja ganzen Dachhäuten … Natürlich durch Stahlträger gestützt.«

Es war ihm nicht gelungen, ein Kichern zu unterdrücken – als spräche er hier zu einem ausgemachten Trottel!

Irene war gerade wieder neben Ise angelangt, als er den langformatigsten Hohlstein, den er auf seiner Werkbank hatte finden können, im Ungleichgewicht auf die Tischkante legte und der erwartungsgemäß abstürzte.

Haha! Dieser Muche war, wie Gropius ja bereits erwähnt hatte, wohl tatsächlich ein Sturkopf.

Ein Sturkopf? Das reichte gar nicht aus!

»Durch und durch treu«, hatte Gropius damals angefügt, wohl um dessen Engstirnigkeit zu entschuldigen?

Er musste seinem Guru-Meister blind ergeben sein. Ganz abgesehen von seinen mangelnden Manieren und seiner offensichtlichen Frauenverachtung!

Solch ein Auftreten war den Bauhaus-Assistenten sonst nicht eigen. In diesem Atelier folgte man also, das war Ise jetzt klar, in keiner Weise Gropius' fachübergreifender Führung, sondern trottete dem verbohrten Itten hinterher.

Genau in dem Moment, als Ise über diese Itten-Jünger im Speziellen und die geistige Sturheit von Sektierern im Allgemeinen nachzudenken begonnen hatte, hatte sich etwas Außerordentliches ereignet. Zum Abendgeläut des Ilm-Klosters, das im Moment von nebenan aus dem Park herüberklang, hatte

Muche urplötzlich seinen Vortrag abgebrochen. Von einer auf die andere Sekunde war er wie in euphorischer Trance durch den Raum gerannt und hatte mit einem finsteren Singsang begonnen: »Sechs Uhr, sechs Uhr … oh Abendrot!«

Während die Studenten die Werkstatt mit wehenden Kutten durch den Gartenhof verlassen hatten, hatte er die Damen rüde auf den Gang gescheucht.

Gerade als sie beide vor der Ateliertür gelandet waren, war aus heiterem Himmel aber Breuer zur Stelle gewesen, hatte Muche die Atelierschlüssel abgenommen und die Damen wieder in die Keramikwerkstatt zurückgeführt.

Mit »Gute Nacht, oh Mönch« hatte er Muche vor sich her durch das ganze Atelier in den Hof getrieben, ihm das Gartentor geöffnet und ihn auf die Straße bugsiert.

Nachdem er das Tor mit dem Schlüssel verschlossen und überprüft hatte, ob das Schloss auch hielt, hatte er sich wieder Ise und Irene zugewandt und ihnen ein professionelles, dabei geradezu galantes »Sie verzeihen!« durch den Hof zugerufen.

Beim Näherkommen machte er sich dann gleich daran, im Hof und in der Werkstatt das Licht zu löschen, denn sicher hätten die Damen nach diesem Vorfall und einem so langen Tag in den Ateliers kein Interesse mehr, die weiteren zwei Forschungslinien der Keramiker kennenzulernen?

Ise war sprachlos. Nichts, aber auch gar nichts war von dem stotternden Studenten übrig, der sie vor zwei Tagen vom Bahnhof abgeholt hatte! In seiner Materie blühte dieser Breuer auf.

Auf ihr und Irenes gleichzeitiges »Doch, doch« hin hatte er die Werkstattbeleuchtung aber wieder angedreht, um ihnen die letzten zwei Materialentwicklungen, an denen man hier arbeitete, vorzustellen.

Es gehe einerseits um die dringend notwendigen Isoliermechanismen für das aufkommende Flachdach: Die aktuelle Technik aus mehrschichtigen Bitumenbahnen stecke ja noch in den Kinderschuhen, und Professor Gropius lasse die Keramiker mit Eisen- und Polystyrolpartikeln experimentieren, die man in gewöhnliche Spritzputzmasse einmische.

Solche Mischvorgänge, die eigentlich für Automobil- und Flugzeuglacke entwickelt worden seien, habe er sich bei der BASF in Ludwigshafen abgeschaut. Eine entsprechende Patentierung könne das Bauhaus eines Tages reich machen!

Irene hatte langsam, wie versonnen, zu applaudieren begonnen und Ise war ihr gefolgt. Tatsächlich stand hier vor ihnen ein Talent, wie es ein Meister wie Gropius verdiente!

Nicht nur hatte der Junge anscheinend bahnbrechende Ideen, er schien auch bescheiden und klug genug, sich in Forschungsbereiche hineindenken zu können, die nicht seine eigenen waren, und an ökonomischen Erfolgen mitzuarbeiten, die die ganze Schule tragen könnten.

»Andererseits, meine Damen«, Breuer hatte aufgrund des spontanen Applauses seiner Besucherinnen kurz die Stimme verloren und räusperte sich, auch war er wieder ziemlich rot geworden, »ist da ja auch noch das Glas.«

Während er sprach, ging er mit langen Schritten bis zur Mitte des Ateliers. Ise und Irene, denen beim Abendgeläut wohl gleichzeitig bewusst geworden war, dass sie seit geschlagenen zehn Stunden hier in den Bauhaus-Werkstätten herumgingen, ohne Pause, ohne sich auch nur einmal hingesetzt zu haben, hatten sich wie von fremder Hand gesteuert an die nächstbeste Töpferscheibe gelehnt, auf der mit feuchten Lappen bedeckte Teeschalen auf den nächsten Arbeitstag warteten, und ein »Geduld« aus den Augenwinkeln zugeschmunzelt. Breuers Glasgeschichte würde garantiert noch ausführlicher werden als die vom Flachdach-Spritzputz, doch sie war es garantiert wert.

Glas also, hatte Breuer begonnen, sei das Material des neuen Jahrhunderts. Flachglas, durch das Fourcault-Verfahren seit 1913 industriell produziert – und zwar gleich hier nebenan im thüringischen Jena –, habe ja schon die Generation der *Gläsernen Kette* des Herrn Professor trotz Krieg und Schützengräben zu im wahrsten Sinne des Wortes trans-lu-zen-ten Visionen angeregt!

Während er sprach, war er, wohl um seine Worte begreifbarer zu machen, mit den ihm eigenen langen Schritten ins Materialarchiv in der Nordecke des Ateliers gehuscht und, nach kurzem Suchen, mit einer in einen dunklen Metallrahmen gefassten, vollkommen transparenten Musterscheibe zurückgekommen.

»Und sehen Sie hier, die Damen? Dies ist das eben neu auf den Markt gekommene *Kristallspiegelglas*. Es ist nicht nur spiegelfrei, sondern auch selbsttragend … und so werden wir es großflächig anwenden können! Bei einer geeigneten Rahmenstruktur werden mehrere Quadratmeter große Glasportale möglich, ja sogar ganze Glasfassaden!«

»So werden Häuser … durchsichtig?«, hatte Ise gefragt, woraufhin sie alle drei spontan lachen mussten.

»Durchaus!«, hatte sich Breuer gleich wieder zur Ordnung gerufen, diesmal ohne rot zu werden oder zu stottern. »Man könnte sich vorstellen, da haben die Damen recht, durch ein entspiegeltes Panoramafenster in einen Innenraum hinein und durch ein gegenüberliegend angeordnetes Panoramafenster wieder hinaus in die Natur zu sehen.«

Ise nickte. Es war also möglich. Man würde eines Tages »offene Häuser« bauen, durch die man hindurchschauen konnte.

»Wenn die Damen sich so sehr für die Materie interessieren, darf ich vielleicht noch erwähnen …«, hatte er ein weiteres Kapitel der neuesten Glas-Innovationen eröffnet, »dass Professor Gropius' Freund, der famose Architekt und Siedlungsbauer Bruno Taut, dieses Frühjahr hier in Weimar eine Werkstattwoche abgehalten hat. Aus den Jenaer Schott-Glaswerken hat er dieses Kristallspiegelglas mitgebracht, das, Sie werden es morgen im Musterhaus ja sehen, in Eisenrahmen gefasst alle Räume belichtet. Zusätzlich hatte er aber … noch eine andere Materialentdeckung dabei.«

Dieser Breuer konnte technischen Fortschritt spannend machen!

»Weißes, schwarzes und rotes *Opakspiegelglas*, die Damen! Sie haben keine Vorstellung, welche Freude es machte, damit in der Metallwerkstatt zu experimentieren!«

»Und was kam dabei heraus?«, fragte Irene.

»Ich nahm den Versuch auf meine Kappe, denn mein Kollege«, er machte eine rollende Handbewegung zum Hoftor hin, »Muche hier hätte uns aus *seinem* Musterhaus ja am liebsten ganz herausgeworfen! Meine Studenten und ich erfanden *Opak-*

Glasfriese in Mosaiktechnik, die zu Fußleisten, Fensterrahmen und Wandverkleidungen wurden.«

»Und die wir morgen sehen werden?«, Dieser Breuer gefiel Irene, das war klar.

»Selbstverständlich. Aber bitte ... diese Mosaiken sind nichts als ein winziges Detail, ein Kinderspiel. Sie werden sich ja Ihr Bild machen.«

Mit diesem bescheidenen Schlusssatz endete seine Führung, doch er lud Ise und Irene für den Donnerstag erneut zu den Metallern ein:

»Leider, wir sind untröstlich, haben wir im Laufe des heutigen Tages, trotz der Hilfe meiner Weberei-Kolleginnen, noch keine Lösung für die Bespannung der Freischwinger finden können.«

Kapitel 15

DAS MUSTERHAUS AM HORN

Am Dienstagmorgen war beim Besuch des Musterhauses mit den bedeutendsten Kritikern Europas außer Gropius, Breuer, Bayer und Muche auch Irene dabei gewesen, ganz selbstverständlich. Anscheinend nahm man die »klugen jungen Damen«, wie Gropius sie vor seinen Kollegen nannte, als unzertrennbare Freundinnen wahr.

Etwas zu spät kam ein unverschämt gut aussehender Mann, der mit seiner Frau aus Berlin angereist war. Laut Irenes geflüstertem Kommentar sei diese Frau zwar seine Frau, aber vielleicht auch die Geliebte eines Expressionisten aus Worpswede, in dessen Kommune wiederum *tout Berlin* ein und aus gehe, als Dauergast beispielsweise ihre Malerfreundin Grit …

»Vielleicht aber auch in anderer Reihenfolge? Und in anderer, wie sagt man, Paar-Besetzung? Es ist etwas kompliziert …«

Ise stutzte kurz. In was für eine Welt hatte sie diese Irene Hecht entführt? In gerade einmal achtundvierzig Stunden.

Eine Welt, in der Beziehungen so »transluzent« waren wie die Häuser, durch die man bald hindurchschauen konnte?

Es war ein neues Denkmuster, ein neues Lebensmuster, das sich ihr da eröffnete. Ihre geregelten Münchner Jahre mit Hermann, selbst die Jahre im Lazarettdienst an der Front und ihre Lyzeumsjahre im Grunewald kamen ihr plötzlich engstirnig, ja geradezu spießig vor …

Was für ein Paar, dieses Paar aus Berlin! Sie versprühten einen Glamour, den man in Deutschland nach dem Krieg nicht mehr leicht finden konnte, und es hatte Ise kaum gewundert, dass dieser *Beau* von Beruf Grafiker und ebenfalls Ungar war. Er stellte sich als László vor und trug diese Frau, die Lucia hieß, aber nicht sehr lichtvoll schien, auf Händen. Sie stamme aus Prag und arbeite in Berlin als Lektorin, erläuterte Gropius der Journalistengruppe. Und Moholy-Nagy, wie dieser László mit Nachnamen hieß, sei sein frisch berufener Vorkurs-Meister. Er habe sich der holländischen De-Stijl-Bewegung verschrieben und das »Neue Sehen«, das man durch Fotografie und Film erlerne, ans Bauhaus gebracht.

»Meine Frau kam heute vor allem wegen des Schlussvortrags unserer Ausstellungswoche mit … Eine echte Sensation, dass Direktor Gropius uns den großartigen Bob Oud von Rotterdam nach Deutschland holt!«

Gropius schien nicht sehr zufrieden gewesen zu sein, dass die beiden zu spät gekommen waren und allem Anschein nach noch in Berlin lebten, nicht hier in Weimar, also auftraten wie ein *Guest-Star*-Paar, nicht wie Familienmitglieder.

Doch diese Bemerkung hatte ihm geschmeichelt! Jemand ermaß die Arbeit, die die Koordination dieser Bauhaus-Ausstellung für ihn bedeutet hatte und bis zur letzten Minute bedeuten würde!

Ja, tatsächlich sei es nicht leicht gewesen, Ouds Besuch bei den aktuellen, durch den Ruhrstreik wackelnden Zugverbindungen zu organisieren, und ja, tatsächlich komme er – wenn keine Stricke rissen – morgen aus den Niederlanden angereist. Er sei ja ein vielbeschäftigter Mann und baue in Rotterdam so bemerkenswerte Reformsiedlungen … »wie mein Freund Taut in Berlin«.

Irene hatte Ise angesehen, dann hatten sie beide zu Breuer hinübergeschaut, der wie immer leicht verdeckt hinter Gropius stand. Das war wohl seine Art: sich im Hintergrund zu halten, aber da zu sein, wo und wann er gebraucht wurde.

Wirklich ein entzückender Junge!

Als er die Blicke der Damen bemerkte, die sagen wollten: »Sie, Breuer, haben uns über die Zusammenhänge ja schon bestens aufgeklärt«, wurde er wieder einmal bis über beide Ohren dunkelrot …

Abgesehen von diesen zwischenmenschlichen Entdeckungen war der Musterhausbesuch aber gelinde gesagt eine Katastrophe: Muches quadratisches Gebäude wirkte nämlich, trotz seines zentralen Lichthofs, in seiner stur durchgezogenen Wabenstruktur schlichtweg beengend.

Kein Mensch würde in solchen Räumen gerne leben!

Zum Glück für Gropius und für das ganze Bauhaus war also, gerade noch rechtzeitig, dieser Moholy-Nagy angekommen, der sich als Segen entpuppte, denn er redete die skeptischen Berliner, Frankfurter, Zürcher, Wiener, Pariser und Amsterdamer Kritiker in Begeisterung, lenkte sie von den verwinkelten und schlecht belichteten Räumen ab und fand dafür in jedem einzelnen *die* beachtenswerte, ja ganz hinreißende Ecke in schwarzem, rotem oder weißem Opakspiegelglas.

»Raumbildende Elemente«, die er nicht nur »erfrischend« nannte, sondern die gar »die modernste Reminiszenz an die Antike« seien, die ihm je untergekommen sei!

Und dabei hatte Gropius Ise und Irene noch kurz vor der Besichtigung beiseitegenommen und sich mit tragischem Blick für die »tristen Storchenfliesen« in allen Räumen entschuldigt, die, wie die Weberei-Teppiche, mit Sicherheit nie zu verkaufen seien.

Allein Breuers auf Schwarz, Weiß und Rot reduzierte Alhambra-Mosaike aus dem neuen Opakspiegelglas würden die Kritiker neben seinem Mobiliar aus Holzlatten schließlich aber in ihren Artikeln erwähnen, das Haus an sich gnädig übergehend. Und das war einzig und allein Moholy-Nagys Verdienst!

Bei der aktuellen finanziellen Lage der Schule würde dieses Musterhaus, das eigentlich nur den ersten Baustein einer schon geplanten Modellsiedlung darstellte, sowieso lange allein am Horn stehen bleiben. Und das war sicher auch besser so.

Ises Recherche war am Dienstagabend, nach drei Tagen Bauhausleben, beinahe fertig. Sie hatte treffende Zitate von verschiedensten Gästen notiert, Industriellen wie Architekten, Künstlern wie Politikern. Aber sie hatte auch Gespräche mit den Studenten geführt, mit den Handwerkern und den »Formmeistern«, wie Gropius seine Professoren ja nannte, dem Putz- und dem Küchenpersonal. Dann, für die externe Sicht auf die

Bauhaus-Idee, hatte sie ein paar Weimarer Zimmervermieter getroffen, den Wirt vom Ilm-Café, den alten Herrn im Kolonialwarenladen an der Ecke der Parkallee und die Direktorin des Fürstenhofs.

Bei fast hundert Studenten und beinahe halb so vielen Professoren, Lehrassistenten und operativem Personal machte die Schule eine kleine Interessengemeinschaft in Weimar aus. Und all diese Bauhäusler schliefen und frühstückten ja nicht nur in den Pensionen und Gästezimmern, sie wussten, wie man Ise allseits bestätigte, zu leben!

Ihre aufwendig gestalteten Kostümfeste, das Laternenfest Mitte Mai zu Gropius' Geburtstag, das Sonnwendfest, das Drachenfest im Herbst und das Julklappfest zur Wintersonnwende waren in Weimar schon zur Tradition geworden. Man ging regelmäßig hin, um sich an den »wilden Ideen der Jugend«, wie Ise sagen hörte, zu erfreuen. Außerdem wurden Tanzabende gegeben, Theater und Musik gespielt, es gab Wettbewerbe im Bogenschießen, im Drachensteigen, im Hochsprung und im Schwimmen. Das Gelände um das Musterhaus am Horn war ein riesiger Gemüsegarten, dessen Ernte mit den Nachbarn geteilt wurde.

Kurzum: Die Schule war eine lebendige Kommune, und der Grundtenor im Städtchen Weimar war: »Diese verrückte Bauhaus-Bande darf uns bloß nicht verloren gehen!«

Kapitel 16

L'HEURE BLEUE

Die Hitze hatte nachgelassen und man spürte den bevorstehenden Wetterwechsel. Morgen war Mittwoch. Erst Mittwoch? Es kam Ise vor, als wäre sie hier in Weimar schon einen Monat lang zu Gast.

Hatte da wieder ein Zeitsprung stattgefunden? Und zwar im Schnellzug von München nach Weimar? Zwischen den Stunden, bevor Irene Hecht eingestiegen war, und der Ewigkeit danach?

Morgen also war Mittwoch, und zur Führung der lokalen Politiker und Mäzene durch das Musterhaus würde es weniger drückend sein. Am Nachmittag, zur Eröffnung der Atelier-Ausstellungen und Bob Ouds Festvortrag, sollte sogar Wind aufkommen.

Ise freute sich auf ein paar Tage mit Wind, denn der kam hier von Norden und schmeckte nach Meer, genauso wie zu Hause in Berlin.

Ob sie das noch ihr Zuhause nennen konnte? Ob Berlin und der Grunewald noch ihre Heimat waren? Oder doch eher

Hannover und der Hof im Birkenhain, gleich bei den Teichen?

Seltsam, die zwei Elternhäuser schienen ihr an diesem Dienstagabend fern wie aus einem vorigen Leben.

Ise sah zum Rauschen von Strawinskys Schlussakkorden aus den Augenwinkeln zu Irene hinüber. In den vergangenen Tagen hatte sie mit diesem Wesen von Überall und Nirgendwo Momente erlebt, die einem kleinen Wunder gleichkamen: Irenes inneres Strahlen, ihre stete, feine Präsenz, die rar war wie die eines seltenen, schönen Tiers.

Sie nahm alles, wie es kam, sie beklagte sich nie und machte aus jedem kleinen Zufall ein großes Fest. Sie verglich auch nie. Denn sie schien stets so losgelöst von jeder Heimat und doch so anwesend, dass ihr jeder Ort ein einzigartiges, vielleicht nie mehr wiederkehrendes Erlebnis war.

Ihr Deutsch war in den drei Tagen anhaltender Gespräche mit Ise, Bayer, Breuer und Gropius zu einer schwungvollen Melodie angewachsen, die man kaum mehr durch Korrekturen unterbrechen musste. Sie schien ein beinahe perfektes Gehör zu haben, so schmeichelnd glich sie eine Sprachmelodie dem gehörten Vorbild an.

Als akkreditierte Fotografin hatte Gropius ihr seit Tagen wie selbstverständlich den Platz neben Ise zugewiesen. Irene hatte bei ihrem ersten Gespräch im Zug nämlich maßlos untertrieben – sie war keineswegs auf der Durchreise, sondern im Auftrag des *Paris-Soir* hier, und kein Geringerer als der wunderbare Reisejournalist Blaise Cendrars würde den dazugehörigen Artikel schreiben.

Zu dem kleinen Wunder, das Irene hieß, gehörten aber nicht nur diese Bescheidenheit, ihr Blick, ihre Grazie, ihre lautlosen Bewegungen, sondern auch … ihr Duft. Er ließ Ise nicht mehr los. Er schwebte im Gang ihres gemeinsamen Hotels, in dem man ihnen die beiden Erkerzimmer zum Fürstengarten zugedacht hatte. Er war im Frühstückssalon im ersten Stock, wo jeden Morgen um Punkt acht warmer Butterzopf und Honigbrot zu Milchkaffee serviert wurden. Er war auf den gemeinsamen Wegen der Ilm entlang durch den Park, hinauf ins Musterhaus und in seine Gärten und abends bei Dunkelheit zum Fürstenhof zurück.

Es war eine Mischung aus *L'Heure Bleue* und dem Rauch ihrer Muratti-Zigaretten, denen Ise schon am ersten Abend hier nicht hatte widerstehen können.

Die Tage mit Irene waren für Ise wie Ferien von sich selbst, und viele Ticks, die sie sich in den Jahren in München angewöhnt hatte, wurden ihr hier an sich bewusst, wenn auch nur dadurch, dass sie mühelos von ihr abfielen wie eine zu klein gewordene Haut.

Irene legte im selben Moment die Hand auf ihren Arm, in dem Gropius sich zu ihnen beiden umsah. Was er sah, schien ihn zu beruhigen, er lächelte, was er sehr selten tat und erst recht nicht in diesen gehetzten Tagen, in denen Ehrengäste, Politiker und die Presse auf ihn einstürmten und Ise bewusst geworden war, dass es da niemanden, aber auch gar niemanden gab, der ihm beistand. Dass er die gesamte Didaktik, die gesamte thematische Ausrichtung und organisatorische Idee

Bauhaus tatsächlich alleine konzipiert hatte und auch alleine trug.

Itten, den Gropius ja schon in seiner Wiener Zeit kennengelernt hatte und der sein anfänglicher Gründungs-Mitstreiter gewesen war, kam charakterlich aus dem letzten Jahrhundert. Er war und blieb ein Berner Bergbauer und hatte für die komplexer werdende und sich den Bedürfnissen der Industrie öffnende Bauhaus-Lehre nicht die ausreichende geistige Elastik.

Ise und Irene hatten ihn den ganzen Atelier-Montag lang auf den Gängen lauern sehen wie einen beleidigten Propheten. Seine Farbtypen-Lehre war zwar inzwischen wissenschaftlich anerkannt, brachte aber nichts Überraschendes mehr hervor. Eine tote Lehre, die sich jeder Entwicklung oder Neuausrichtung verwehrte. Dafür bedrängte er die Studenten mit seinem Gurugehabe und seinem lächerlichen Welterlösertum. Statt konstruktiv in den Ateliers mitzuarbeiten, schien er seine Jünger nur noch zum Morgen- und Abendgeläut in den Grotten der Fürstengruft zusammenzutrommeln, wo es Nietzsche-Lesungen zu Fastensuppe gab.

Gropius war sichtbar die Geduld ausgegangen. Er mied ihn. Denn einer, von dem man nichts Neues mehr erwarten konnte, hatte in einer Reformschule keinen Platz. Es war voraussehbar, dass er seinen Lehrvertrag nach dieser Werkschau nicht verlängern würde.

Dann bliebe ihm also überhaupt kein Vertrauter mehr. Er würde den absehbaren Rechtsruck in Thüringen, die Schulfinanzen-Krise, den sich abzeichnenden Presseverriss zum misslungenen Musterhaus und den wahrscheinlichen Lehrer-Exodus infolge des Rauswurfs Ittens ganz und gar alleine meistern müssen.

Als der Applaus verebbte und alle aufstanden, war Gropius' erster Weg der zu Ise und Irene. Er strahlte letztere an und dankte ihr für ihre Spende, die, wie er sagte, den Abend komplett mache. Tatsächlich enthüllte man auf der Bühne gerade ein mannshohes Fass Bier, und der Regierungspräsident von Thüringen winkte Gropius zum Anstich zu sich.

Feinstes Hecht-Pils hatte Irene aus Ungarn schicken lassen! Das war eine echte Geste, und Gropius freute sich wie ein Kind.

Die Grafik-Studenten, die die eine Hälfte der Bauhaus-Band ausmachten, begannen jetzt zu spielen. Es gab einen Bass, eine Posaune, ein Saxofon und eine Stehtrommel, und weil nach einer guten Stunde Jazz auch ein wenig Latino-Swing guttat, kamen nach dem Essen die Metaller mit ihren Oboen, Banjos und Gitarren dazu und spielten zum Tanz auf.

Ise lehnte sich an den erstbesten der Biertische, die neben der Bühne aufgebaut waren, und schloss die Augen. Sie hatte ein hohles Gefühl im Magen, das Vermissen-Gefühl, das sich neuerdings einstellte … sie war doch nicht etwa verliebt?

Und doch, sie beobachtete Irene, die heute Abend selbst den vollkommen überspannten Gropius zum Strahlen gebracht hatte, wie sie sich geschickt aus dem Gästerummel zurückzog und mit dem Glas in der Hand unter den Weiden hindurch ans Ilm-Ufer verschwand.

Kapitel 17

BAHNHOF JENA, 17. AUGUST 1923

Auf dem Jenaer Bahnhof war es stockfinster. Offenbar ein Stromausfall. Ises Nachtzug nach München würde in einer Viertelstunde ankommen, Irenes Gegenzug nach Berlin ein paar Minuten später, auf dem gegenüberliegenden Gleis.

Sie beide waren mit der Ausrede, ihre Koffer vor neun Uhr abends aus der Gepäckaufbewahrung auslösen zu müssen, vom Theater, wo an diesem Freitagabend zum Abschluss der Bauhaus-Woche Oskar Schlemmers Triadisches Ballett aufgeführt worden war, zum Bahnhof vorausgegangen, während Gropius die Ehrengäste, die wie Ise und Irene mit den Nachtzügen aufbrachen, hierherchauffieren ließ.

Irene lehnte sich ans Geländer der Zugangstreppe zum Gleis, bot Ise eine Zigarette an und gab ihnen beiden Feuer. Ise genoss den letzten Moment ihrer wortlosen Nähe, bevor das allgemeine Verabschieden von den Ehrengästen und von Gropius begann.

Sie würde in München über all das nachdenken, was in Weimar geschehen war, und beinahe freute sie sich auf ihr wieder bevorstehendes Einsiedlerleben – nach diesen vollkommen verrückten Tagen und Abenden seit dem Dienstagabend an den Ufern der Ilm.

Irene hatte Ise an der Hand genommen, ganz selbstverständlich, während die Politiker, die Mäzene, die Bauhaus-Lehrer und Journalisten aufbrachen und Gropius mit nicht enden wollenden Honneurs beschäftigt gewesen war. Sie hatte sie einfach an der Hand genommen und war mit ihr, an Goethes Gartenhaus vorbei, bis ans Ufer gegangen. Hier, angelehnt an einen der glatten Weidenstämme, hatten sie nebeneinander gestanden und auf den Fluss geschaut.

Irgendwann hatte Ise ihren Kopf dann an Irenes Schulter gelehnt. Und im selben Moment hatte sie Bayer und seinen Avancen in der Dunkelkammer verstehen können. In Irenes Haar war der Duft, der einen nicht mehr losließ!

Ise hatte ihren Kopf so liegen lassen und abgewartet. Sicher war er viel zu schwer und eigentlich deplatziert an einer so grazilen Schulter, doch Irene war nicht zurückgewichen. Im Gegenteil, sie hatte begonnen, leise zu summen!

Mit Hermann hatte es solche Momente des Anlehnens gegeben, Momente des schwebenden Berührens. Doch jede Geste, die zurückgekommen war, hatte immer gleich mehr gewollt.

Mit Irene war es die Berührung an sich. Ein Sichauflösen in einem Universum, das aus Weidenrauschen und Abendwind und Irenes gleichmäßigem Atem bestand. Diese zaghafte Nähe, die sich von Augenblick zu Augenblick verdichtete und die doch kein Ziel hatte. Die nur sein wollte, ohne zu fragen.

Auf dem anschließenden Heimweg in den Fürstenhof hatte keine von ihnen über diese Nähe gesprochen. Auch nicht an den folgenden Tagen und Abenden. Sie war einfach da.

Ise war sich jung vorgekommen. Und leicht. Und schön wie noch nie.

Das Material für ihre Artikel steckte, auf dreißig weiße Bögen notiert, in ihrer Handtasche, sie würde die Texte für die beiden Zeitungen zurück im Verlag ohne jegliche Mühe und mit der nötigen kritischen Distanz heruntertippen können.

Die Fotos von Bayer waren überraschend gut gelungen. Er hatte sie »im Gespräch« geschossen, über ihre Schultern hinweg, am Tag ihres gemeinsamen Atelierrundgangs. Man sah die verschiedensten Protagonisten des Bauhauses »in Aktion«, doch weder nach Rang noch nach Funktion geordnet, weder arrangiert noch auf Kommando.

Für Ise erzählten diese Bilder Geschichten aus einem Leben, das einzigartig war und durchgeknallt und atemberaubend und das – vielleicht, wer konnte das heute sagen? – auch ihr Leben werden könnte. Fest stand, Muratti-Zigaretten waren eine Entdeckung, genauso wie ungarisches Pils.

Lustig genug, dass Ise erst in ihrem Zugabteil nach München bewusst wurde, dass eine bei der Ausstellungswoche in Weimar gefehlt hatte, obwohl sie den kürzesten Weg und das größte berufliche Interesse gehabt hätte – nämlich Lise.

Hatte sie eine Begegnung mit Gropius gescheut, weil sie jetzt für Piscator arbeitete und nicht er? Oder hatte Gropius sie ausgeladen?

Auch Piscator war nicht erschienen, an keinem der fünf Tage *Totalprogramm*.

Kapitel 18

IN DER KAMMERSPIELE-BAR, 25. AUGUST 1923

Gropius kam am darauffolgenden Samstag. Da sein Zug Verspätung hatte, trafen sie sich direkt in der Kammerspiele-Bar. Er war vor Müdigkeit grau im Gesicht.

»Was sagen Sie?«, fragte er schlicht. Er schien zwar an Ises Meinung interessiert zu sein, aber ohne Kraftreserven für eine echte Diskussion. Sie musste ihn heute also schonen. Statt ihn mit gut gemeinter Kritik zu überfallen, würde sie ihn zunächst einmal aufbauen.

»Ein Erfolg. Die Pressestimmen sind beeindruckend.«

»Eine Stütze, tatsächlich, vor allem, wenn man mit Verrissen gerechnet hat. Das Musterhaus allerdings … ein Reinfall. Da war ich nicht präsent genug, habe den Jungen machen lassen. Das passiert mir nie wieder, Kontrolle muss sein, bis ins letzte Detail. Ich muss aber sagen, die Kritik als Verbündeten zu erleben, Sie Weltenschreiber alle, wie Sie über Anfängerfehler hinwegsehen und uns, oder besser gesagt: mir, relevante Fragen für die Zukunft stellen können, ist ein echter Gewinn.«

»Uns Weltenschreiber?«

»Ist doch so. Wenn man die ganzen Artikel liest, könnte man meinen, das Bauhaus gebe es tatsächlich. Und wir seien dabei, Architektur erschwinglich und menschennah zu machen, wirklich etwas zu verändern! Nur ist das nicht wahr. Sie Weltenschreiber erfinden die Welt! Mein Bauhaus aber ist bisher nur eine Idee! Um diese Idee wirklich existent, dauerhaft und tragfähig zu machen, brauche ich die doppelte, die dreifache Zeit zum Experimentieren, zum Abwägen, zum Vergleichen, zum Korrigieren.«

Sein Bauhaus sei bisher nur eine Idee …

Wann hatte Ise das letzte Mal an »Ideen« gedacht? Nicht nur an sie gedacht, nein, sogar ein Versprechen an sie geknüpft?

Ja, am Ende von Gropius' Vortrag in Hannover. Als sie sich geschworen hatte, sich nie, niemals einer Idee unterzuordnen, die abstrakt war und immens und die sie, auf Dauer, auslöschen könnte oder verschlingen.

Wie war es denn Gropius gegangen mit seiner Idee? Hatte er gegen sich selbst entschieden?

So sah es nicht aus. Trotz der Müdigkeit saß da einer voll Kampfgeist!

Untergeordnet hatte er sich nichts und niemandem. Auch schien er ganz und gar nicht verschlungen oder ausgelöscht. Nur allein. Allein an weiter Front.

»Sie haben doch Zeit, Gropius! Die Berichterstattung ist durchweg respektvoll, wenn nicht gar begeistert. Die gibt Ihnen jetzt die Ruhe zum Durchatmen und Nacharbeiten, zum Nachfeilen, würden Ihre Metaller sagen. Es gibt ja nur noch ein paar wenige Ecken und Kanten im Programm. Die hat zwar keiner von uns erwähnt, doch zwischen den Zeilen kann man überall den Aufruf lesen, dass Sie bald daran arbeiten mögen …«

»Ecken und Kanten.«

Er schaute mit gläsernen Augen hinaus auf die Maximilianstraße, die heute windig und beinahe leer war.

»Nun«, fuhr Ise in besonders ruhigem Ton fort, wie wenn man mit einem Kind spricht, das Fieber hat, »neben dem Musterhaus, keinem wirklichen Raumwunder, wie wir alle wissen, ist es doch Ihr Herr Itten, würde ich meinen. Der würde auf Dauer, wenn man es strikt akademisch und entsprechend böse betrachtet …«

»Zum Problem, ich weiß. Und dazu sage ich Ihnen jetzt etwas … im Vertrauen, Ise.«

Ise hob beide Hände mit nach oben gekehrten Handflächen, wie um zu fragen: »Ist hier nicht alles im Vertrauen?«

Gropius verstand sofort.

»Natürlich«, musste er über sich selbst lachen, »ich bin ein Narr, verzeihen Sie!«

»Kein Narr, nur ein etwas müder Krieger.«

»Oder ein alter …« Er lehnte sich über den Tisch, um sehr leise sprechen zu können. »Also, zu Itten, meine Liebe: Er will zurück in die Schweiz.«

»Er will zurück in die Schweiz«, wiederholte Ise im Verschworenen-Flüsterton.

Dieses ganze Gespräch kam ihr vor wie eine Persiflage!

»Ja, seit Monaten schon. Er war nicht für diese Ausstellung, hat mich rüde beschimpft, mir alles Finstere herbeigebetet. Ich hielt ihn am Bauhaus, weil ich weiß, wie viel ich von ihm gelernt habe. Der gesamte Vorkurs, diese langen Monate in einem jungen Leben, in denen man scheinbar kein Ziel hat, sondern sich im Experiment mit Maßstab, Rhythmus, Bewegung, Körperlichkeit, Licht, Schatten, Materialität, Farbe … auf sich selbst einlassen kann, Selbstvertrauen lernt, das richtige Zeitmaß für kreative Produktivität und das richtige für kritisches Hinterfragen. Diesen Vorkurs habe ich mit ihm entwickelt, und er ist einzigartig, denke ich, in der ganzen Welt. Dass Itten dann irgendwann zum Sektierer werden würde, dass wir am Bauhaus allesamt Mazdaznan-Jünger sein sollten und uns einem *arischen Asketentum* verschreiben, geht mir, wo ich sonst so eine treue Haut bin, seit einiger Zeit zu weit, Ise!«

Er atmete laut durch den Mund aus.

»Ich werde ihn jetzt, wo er im Zürcher Herrliberg seine eigene *Tempel-Gemeinschaft* gründen will, nicht mehr aufhalten – und fragen Sie mich bitte nicht, was eine *Tempel-Gemeinschaft* sein soll …«

»So lösen sich die Dinge.«

»Nicht alle, aber manche, tatsächlich. Wie erfrischend zum Beispiel Moholy-Nagy, meine neueste Entdeckung, ist!«

Sieh an, Gropius kehrte in die wirkliche Welt zurück!

»Und wie attraktiv seine Frau …«, ergänzte Ise.

»Ach ja? Finden Sie?«

»Sie nicht?«

Ise stutzte. Gropius, der Frauenheld, war plötzlich vor lauter Müdigkeit frauenblind?

»Mir zu tragisch.«

Ise lachte schallend. Der Obertragiker fand jemanden tragisch!

»Zugegeben, nicht gerade fröhlich …«, brachte sie heraus.

»Er dagegen schon. Den könnte ich mir nicht nur als hin- und herfahrenden *Gast*-Lehrer«, in seiner Stimme schwang ein gewisser Groll mit, »sondern, wenn er bereit wäre, seine tausend anderen Projekte in Berlin aufs Wesentliche zu reduzieren, in der Nachfolge Ittens als Vorkurs-Leiter vorstellen. Was meinen Sie, Ise?«

»Das Kontrastprogramm. Wunderbar!«

Über Gropius' Züge huschte ein Lächeln. Und es huschte nicht nur darüber, es blieb darauf. Seine Augen lächelten mit. Er lehnte sich zurück und öffnete die Knöpfe seines Jacketts, strich sich das Haar zurück und sah plötzlich geradezu entspannt aus.

»Doch das löst meine wahren Probleme nicht. Es sind die Machtstrukturen, die wir trotz allen Kritikerrespekts und allen Nachfeilens nicht werden ändern können. Ein Richard Leutheußer liest keine Berliner oder Zürcher oder Wiener Feuilletons. Erst recht keine holländischen oder französischen. Wahrscheinlich liest er überhaupt sehr wenig. Trotzdem oder gerade deswegen hat ihn die Volkspartei gestern zum Thüringer Landtagskandidaten gewählt. Er hat jetzt fünf Monate Zeit für seinen Wahlkampf, und er wird gewinnen. Dann wird es schwer für uns »Bolschewikenbande«, wie er uns heute im *Völkischen Beobachter* genannt hat. Ich habe das Drecksblatt im Zug gelesen.«

»Dann wird es schwer, ja.«

Eine Pause entstand, in der Ignaz, der Wirt, mit einer frisch gekochten Gerstensuppe kam, die sie gar nicht bestellt hatten. Es war in München von einem Tag auf den anderen kühl geworden, und sie saßen drinnen, am Tischchen am Fenster, dem Platz von Ises Mutter.

Die Suppe war eine glänzende Idee!

Noch bevor Gropius seine Serviette auffaltete, aus den bauchigen Steinguttassen stieg Dampf auf und vor sein Gesicht, lehnte er sich über den Tisch zu Ise hin, griff in seine rechte Jackentasche und holte eine kleine Schachtel hervor. Er legte das rote Würfelchen mit gewohnt präzisem Schwung vor Ises linke Hand.

»Heiraten Sie mich, Ise!«

Kapitel 19

»DAS WÜRDEN SIE UNS SCHON BAUEN?«

»Warum denn das?«

Gropius lachte laut und so lange, dass Ignaz herbeikam, um frischen Wein zu bringen. Er goss ihre leeren Gläser voll, das rote Schächtelchen vor Ises Hand sehr wohl bemerkend.

»Die Suppe zu heiß?«

»Allerdings«, prustete Gropius und winkte den Dampf mit der Hand in kleinen Wölkchen davon.

»Dann lassen's sich Zeit«, raunte der Wirt gut gelaunt und zog davon, um, bei der Theke angekommen, die Tür ins Theaterfoyer zu öffnen und etwas Tiefbayerisches in den Flur zu rufen.

»*Warum denn das*?«, nahm inzwischen Gropius den Gesprächsfaden wieder auf. »Ise, es ist ganz einfach. Ich …«

Ise dirigierte das stumme »… brauche Sie« wie gewohnt mit. Sie verharrten in der Stille ihrer ureigenen Szene.

»Und es ist mehr. Sie sind mir nah. So unverschämt nah, so unvermittelt, so unverzichtbar – alles ist leicht mit Ihnen! Selbst ich, solch ein tragischer Nie-Zufriedener, werde leicht mit Ihnen! Sehen Sie, die Itten-Frage zum Beispiel … die trage ich seit Monaten mit mir herum, wage keine Entscheidung. Immerhin ein Weggefährte, einer, der für mich sein Land verließ, ein Einsamer auch und Unverstandener, ein Kind irgendwie, für das ich mich verantwortlich fühle. Sie sagen einen halben Satz, und dieses ganze biedermeierliche Verantwortungsgetue fällt von mir ab! Ich fühle mich so lebendig – ich fühle mich geradezu jung mit Ihnen!«

»Sie sind ja nicht … alt!«

»Aber alt im Geiste! Ich hänge in den Verhaltensmustern des letzten Jahrhunderts fest, Ise!«

»Alt im Geiste kann keiner sein, der es wagt, einen ganzen Berufsstand durch die Kraft einer Idee zu entrümpeln!«

Darauf wusste Gropius keine Antwort.

Er saß da mit offenem Mund.

»Der krasse Exempel statuiert, statt nur wohlklingende Theorien aufzustellen! Sehen Sie doch Ihre jungen Talente an: diesen Breuer! Diese ganze Metallwerkstatt!«

Auch darauf schwieg er.

»Die Frauentruppe in der Weberei!«

Gropius hielt sich mit beiden Händen an der Tischkante fest.

»Die Fotografien von diesem Bayer! Obwohl – das sagen Sie ihm bitte nicht weiter, der findet sich schon jetzt allzu unwiderstehlich …«

Er nickte das brav ab.

»Und dann dieses Glas! Dieses Jenaer Glas, noch dazu gleich in der Nachbarschaft! Daraus können Sie noch viel machen …«

»Können wir noch viel machen … Tatsächlich, Ise! In diesem Frühjahr habe ich zwei neue Talente bei den Metallern ausgemacht, eines davon ist sogar eine Frau! Sie arbeiten an Teegeschirren aus Neusilber und an Beleuchtungskörpern aus Glas. Breuers Freischwinger, Brandts Teekanne, Wagenfelds Glaslampe, das könnten Produkte werden, die qualitätvolles Industriedesign, so wie ich es verstehe, für unser neues Jahrhundert definieren.«

Es entstand eine Pause.

»Ise, ich liebe Sie!«

Er hob beide Hände von der Tischkante. Sie bewegten sich wie in Zeitlupe über den Tisch und blieben auf Ises Händen liegen.

»Heiraten Sie mich, bitte! Ich weiß, ich bin ein gebrauchtes Modell und ich kann Ihnen nichts versprechen, keinen Wohlstand, keine Sicherheit, keine Heimat. Nicht einmal ein Haus.«

»Das würden Sie uns schon bauen?«

Das kam, ohne nachzudenken, während Ise das rote Schächtelchen gefühlvoll, doch entschlossen über den Tisch zu ihm zurückschob.

Sie musste unweigerlich den Kopf über sich schütteln, war sie verrückt geworden?

Mit dieser Frage hatte sie ja eigentlich schon Ja gesagt!

Kapitel 20

»ICH BIN FÜR SIE DA, ISE.«
Die Ereignisse hatten sich in den darauffolgenden Wochen und Monaten derart überschlagen, dass Ise, außer zu Bauhaus-Korrespondenz und Hochzeits-Billets, zu nichts gekommen war. Denn was sie nie erwartet hatte, war eingetreten. Sie hatte bei ihrem nächsten Besuch in Weimar, zu dem nicht nur sie, sondern auch Gropius' Mutter aus Berlin angereist war, all ihre Bedachtsamkeit und Freiheitsliebe über Bord geworfen und einfach Ja gesagt.

Sie hatte sich beim gemeinsamen Abendessen im Fürstenhof den schönen Brillantring aus dem roten Schächtelchen an den linken Ringfinger stecken lassen. Er saß perfekt. Gropius' Mutter hatte die Arme verschränkt und resigniert den Kopf geschüttelt, dazu aber in sehr sanftem Ton gesagt: »Die Idealbesetzung.«

Ise hatte diesen Mann geheiratet, nur sechs Wochen nach jenem denkwürdigen Wochenende, auch wenn er ein »gebrauchtes Modell« war und einen fürchterlichen Ruf als Weiberheld mitbrachte, dafür keinerlei Wohlstand, keinerlei Sicherheit, keine Heimat oder auch nur ein Haus.

Was sie überzeugt hatte, war die Mutter.

Manon Gropius, eine Frau, die einem Gardegeneral in nichts nachstand. Nicht in der Statur, nicht in der Kühnheit der Stirn, nicht in der Präzision ihrer Gedanken. Auch nicht in der Redegewalt, Ise wurde ganz still neben ihr.

Von Alma Mahler, Gropius' erster Frau, sprach Manon Gropius ungern und knapp, doch wenn sie sie erwähnen musste, im Zusammenhang mit ihrer Enkeltochter oder deren Lebensumständen in Wien und Venedig, sprach sie von »dieser Schlampe«.

Von Gropius selbst erzählte sie hingegen gern und liebevoll, sie nannte ihn einen »Träumer«, wenn sie von seiner Jugend sprach, seiner Liebe zu Pferden, ihren langen gemeinsamen Kutschfahrten von ihrem Haus in Charlottenburg weit in den Grunewald hinein, wo er, seine Trakehnerrappen schnittig lenkend, für sie so lauthals und überzeugend Mozart-Arien durch den Wald geschmettert habe, dass die Spaziergänger auf den Wegen verzückt stehen geblieben seien.

Ja, singen könne er gut, sagte sie und lächelte spitzbübisch dazu, genau wie ihr Sohn es tat. Und reiten auch. Und kutschieren ebenso. Er habe auch immer warme Hände. Und er rieche immer nach frischem Moos. Allerdings habe er eine enorme, eine unverzeihliche Schwäche.

Bei diesem Satz war sie stehen geblieben.

Sie war mit Ise an der Ilm entlang bis weit aus der Stadt heraus spaziert, und der erste Herbstwind ging. Er fuhr ihr durch die Fuchsstola, die sie über ihren sandfarbenen Tweedmantel geschlungen hatte, eine Ton-in-Ton-Komposition mit ihrer hellen Haut, den blond-ergrauten Haaren und den bernsteinfarbenen Augen. Das Fuchsblau der Augen ihres Sohnes musste von ihrem Mann kommen, der noch vor dem Krieg verstorben war.

»Nehmen Sie ihn als Freund«, sagte sie jetzt, Ise direkt anschauend, »nicht als Mann.«

Von einer Heirat rate sie ab. Auf das Schärfste.

Ise musste lachen, so viel Selbstkritik besaß diese Frau, dass sie von ihrem eigenen Sohn abriet?

»Ach, einen Freund?«, hatte Ise gefragt und dann kurz nachgedacht. »Nein, so etwas brauche ich nicht.«

»Nein?«

»Wozu denn?«

»Nun …« Manon Gropius hatte geschwiegen, ihre Oberlippe hatte sich belustigt, aber auch irgendwie respektvoll gekräuselt, dann hatte sie Ises Arm genommen und sie waren weiterspaziert.

»Sie haben ja eigentlich alles, Fräulein Frank, das stimmt! Sie haben eine Arbeit, die Sie lieben. Das hatte ich nicht. Zu meiner Zeit war es undenkbar, als Frau Geld in die Hand zu nehmen. Erst recht, sich für Leistung bezahlen zu lassen! Ich war schon froh, dass wir neben dem Haus in der Stadt ein Gut in der Familie hatten. Hohenschönhausen. Mit den schönsten Alleen dieses Planeten! Das konnte ich verwalten. Sozusagen der einzige Beruf, der Frauen meines Standes zustand. Das hat mir Spaß gemacht, und ich war auch ganz allein verantwortlich, denn mein Mann war ja nie da, ständig auf Reisen zu seinen Projekten.«

»So hatten Sie Zeit für sich.«

»Genau.«

»Und für Ihren Sohn.«

»Wunderbare Momente!«

Manon Gropius hatte wieder einige Schritte lang geschwiegen, anscheinend brachte Ise sie zum Nachdenken.

»Sie haben alles«, fuhr sie dann fort, »definitiv. Ein Talent, das Sie zum Beruf gemacht haben … Ich habe Ihre Artikel über Gropius' Bauhaus hier gelesen, er hat sie mir gezeigt. Sie schreiben gut, bildhaft, eindrücklich, ohne belehren oder missionieren zu wollen. Chapeau!«

Hierbei drückte sie Ises Arm wie eine alte Schulfreundin und beschleunigte ihren Gang, Ise kam dieser groß gewachsenen Frau kaum nach.

Lustig, die eigene Mutter nannte ihren Sohn nicht beim Vor-, sondern beim Nachnamen! Genau wie sie selbst!

»Dann haben Sie eine angesehene Familie, ein schönes Haus in Berlin, eine weltgewandte Freundin, wie Gropius mir berichtet. Was brauchen Sie mehr? Bestimmt keinen Freund, der Sie am Ende doch unglücklich machen wird.«

»Unglücklich? Warum sollte er das?«

»Kindchen! Lesen Sie keine Zeitungen?«

Manon Gropius war wie angewurzelt stehen geblieben, hatte sich kurz gesammelt und dann nach Luft geschnappt. Es war ihr wohl bewusst geworden, was sie da gefragt hatte.

Was sie da eine Journalistin gefragt hatte!

Sie mussten beide lachen. Manon Gropius hatte ein tiefes Lachen, das von einem langen, lustvoll gelebten Leben zeugte.

Ein Lachen, das sie wohl nie versteckt haben musste, nicht vor sicherlich strengen Eltern in einem stramm geführten Haushalt des Kaiserreichs, nicht vor einem wahrscheinlich sehr angesehenen, sehr selbstsicheren, sehr dominanten Mann. Walter Gropius senior, der Neffe und Nachfolger des berühmten Schinkel-Schülers Martin Gropius, Architekt und Geheimer Baurat und vielleicht genauso ein Weiberheld, wie der Sohn einer war.

»Ein Weiberheld eben«, sagte Manon Gropius in Ises Gedanken hinein, ihr Lachen abrupt unterbrechend, »das scheint in der Familie zu liegen. Und deshalb rate ich Ihnen ab, meine Liebe. Ich rate Ihnen ab von meinem Sohn, ob als Mann oder als Freund. Das Maximale, was Sie für ihn tun könnten, wäre, für sein Bauhaus zu *schreiben*. Doch dafür müsste er Sie gut bezahlen. Und hierfür wiederum müsste er erst einmal wieder zahlungsfähig sein.«

Sie machte sich von Ise los und ging vom Weg ab, über die Auen hinunter zum Ufer. Ise beobachtete sie, wie sie über das abfallende, etwas unwegsame Gelände schritt wie jemand, der Gehen auf dem Land gewohnt war, der keine Angst hatte, sich nasse Füße zu holen oder eine vom Wind zerzauste Frisur.

Sie hatte sich wieder zu Ise zurückgedreht. »Ein Träumer eben!«, rief sie laut gegen den Wind und schüttelte den Kopf dabei, »und das bei diesem Bild von einer Frau!«

Sie zeichnete mit beiden Händen die Silhouette von Ise nach, wie sie auf dem Spazierweg stehen geblieben war. Ise fühlte sich für einen Augenblick wie mit Irene. Ernst genommen und, ja, schön.

»Ewig schade! Sie hätten mir als Schwiegertochter so gut gefallen!«

Sie drehten dann um.

Es war später Nachmittag und dunkelte schon, am Abend hatte Gropius sie beide in den Fürstenhof zum Essen eingeladen, und da, das wusste Ise, musste sie sich entscheiden. Sie gingen im Gardegeneralschritt, an den Ise sich inzwischen gewöhnt hatte, dem Städtchen zu.

»Sie sind in Berlin aufgewachsen?«, fragte Ise irgendwann.

»Oh nein! In der Provinz!«

»Für die Berliner ist alles Provinz, das muss man ihnen nachsehen.«

»Unbedingt, Kindchen! Vor allem ist Berlin ja überall – und man muss sich vor jeder Art von provinzieller Selbstzufriedenheit hüten, hauptsächlich geistig! Jeden Tag von Neuem! Ich hatte Glück, ich kam in Charlottenburg in die Schule, Lyzeum, sehr aufgeklärt, also weg von der bequemen Landidylle, die so gefährlich werden kann. Sogar radikal gefährlich … Ich liebe die Metropolen, wissen Sie? In denen man sich messen muss, nicht zurücklehnen kann. Doch meine frühe Kindheit verbrachte ich in Hannover.«

»In Hannover.«

»Ja, genauer gesagt in Herrenhausen.«

»Herrenhausen.«

»Sie kennen Herrenhausen? Ein Dorf, wissen Sie. Aber ein Dorf mit einer gewissen Vergangenheit.«

»Meine Mutter kam daher.«

»Sehen Sie mal! Wir, wir wohnten bei den Teichen.«

»Bei den Teichen«, in Ises Stimme musste ein Lächeln hörbar sein, denn Manon Gropius kam ihr jetzt wieder sehr nah. Sie hakte sich nicht nur bei ihr ein, sie umschlang ihre Taille mit dem rechten Arm. Sie waren so ein schwungvoll im Gardeschritt marschierendes Damengespann.

»Da kennen Sie sich also aus?«, fragte sie vertraulich.

»Ganz gut, ja …«

»Bei den Teichen, am Schlossgraben entlang Richtung Gartenbauschule, da stehen zwei weiß getünchte Häuser, nicht? Das erste ist der Apothekerhof der Heckmanns, gleich bei den Kräutergärten, Sie wissen, der mit dem steilen Giebeldach unter den vielen Birken, an dem man vom Hockeyclub kommend vorbeigeht. Das zweite dann, das mit dem gemütlichen Reetdach gleich hinter den Teichen, das ist das Arzthaus der Scharnwebers, mein Zuhause. Mein Bruder wohnt heute noch dort.«

»Wir sind also Nachbarn.«

»Ach so«, sagte sie schlicht.

Sie schwieg wieder eine Weile und erzählte dann, etwas schleppend zunächst, dass ihr Bruder, um einiges jünger als sie selbst, sie vermied es, wie alle Damen ihres Alters, Zahlen zu nennen, Arzt sei »wie so manche in der Familie«. Das kam mit einer gewissen Herablassung, die sie auch gleich zu erklären versuchte. Eine Ministerialrats- und Ärztefamilie sei, wohl bedacht, doch um vieles bodenständiger als die »Bande von Architektenfantasten«, in die sie eingeheiratet habe.

»Sie sehen, meine Liebe, wie gut gemeint es ist, wenn ich Ihnen meinen Sohn verbiete?«

Dann kam Manon Gropius wieder auf ihren Bruder zu sprechen, der Gerichtsmediziner sei. Und – wie konnte es anders sein? – nach einigen weiteren Gehminuten war klar, dass es Professor Scharnweber, ihr Bruder gewesen war, der die gerichtsmedizinischen Ermittlungen zum Tod der Heckmann-Tochter aus der Nachbarschaft geleitet hatte, die vor einem guten Jahr so tragisch in den Teichen ertrunken war.

»Ich denke, Sie haben es in den Zeitungen verfolgt?«

Ise sagte nur: »Ja … meine Mutter.«

Manon Gropius blieb ein zweites Mal auf diesem Spaziergang abrupt stehen. Sie habe diese mysteriöse Geschichte von ihrem Bruder erfahren, den der Fall sehr mitgenommen habe. Ein Fall, der zum Stadtgespräch geworden sei: die Apotheker-Erbin, die verunglückt sei oder doch den Freitod gewählt habe. Die jedenfalls aber vier noch nicht einmal volljährige Töchter hinterlassen hatte, von denen man nur die älteste, und auch nur ganz selten, auf den Wegen um die Teiche sah.

Sie drehte sich zu Ise und machte sich im Rücken gerade, ihre Fuchsstola mit beiden Händen vor der Brust fassend, so wie man einen Rucksack fasst, zum Abmarsch bereit. Dazu sagte sie laut und deutlich: »Ich bin für Sie da, Ise.«

Ise konnte aus nächster Nähe sehen, wie ihre Bernsteinaugen sich dazu schlossen. Als sie sie wieder öffnete, waren sie mit Tränen gefüllt.

Jetzt hatte Ise also eine Sammlung aus »Ich brauche Sie, Ise«, »Sie sind komisch, Ise« und »Ich bin für Sie da, Ise«.

Welches dieser drei Beziehungsmuster würde halten?

Am selben Abend hatte Ise Ja gesagt.

Wahrscheinlich gar nicht so sehr zu diesem Mann, von dem man ihr so vehement abgeraten hatte. Sondern vielmehr zu dieser Mutter. Einer Frau, die Ises leibliche Mutter, die ein Leben lang in Scheinwelten gelebt hatte und vor der Wirklichkeit geflohen war, ersetzen und in gewisser Weise wiedergutmachen könnte.

Manon Gropius war in ihrem Leben sicherlich vor nichts geflohen. Sie hatte sich den Dingen gestellt. Ihrer Familie, ihrem Mann und seinen Affären, ihrem Gut, ihrem Sohn. Jetzt stellte sie sich Ise zur Seite, einer möglichen Schwiegertochter, die ihr sichtlich gefiel und die sie doch bis zum letzten Moment von ihrem eigenen Sohn fernzuhalten suchte.

Diese Frau war ein Phänomen.

Kapitel 21

»JEDER HIER NENNT MICH ›FRAU BAUHAUS‹!«

»Im Zug Köln–Paris, 28. September 1924

Geliebter Gropius …«

So begann Ise ihren Brief auf der ausklappbaren Schreibfläche, die an den Bartischchen französischer Speisewagen angebracht war und die sich sehr viel komfortabler nutzen ließ, als sie auf den ersten Blick aussehen mochte. Beim »Geliebter« musste sie stutzen.

Liebte sie Gropius in einem Maß, das dieses Wort rechtfertigte?

Geliebte Irene – das ja.

Irene war im vergangenen Jahr, ja präzise gesagt: seit dem 11. August 1923 in Ises Leben eingezogen und nicht mehr wegzudenken. Irene war da. Punkt.

Ob sie sich über den letzten Sommer in Berlin aufgehalten hatte oder ab dem Herbst wieder zu ihren Studien in Paris war, sie kam regelmäßig nach Weimar, denn sie wusste, Zugbillets von Weimar oder München nach Paris kosteten eine ziemliche Summe, und Ise hatte sich seit ihrer Heirat mit Gropius zu einer konsequenten Sparsamkeit entschlossen, um die Idee Bauhaus zu retten.

Irene fand Ises Entschlüsse gut. Sie fand überhaupt alles gut, was Ise dachte und tat, und diskutierte nicht herum. Sie wusste, Ise traf keine Entscheidungen aus einer Laune heraus. Und sie wusste wie niemand sonst, wie man ihr oft sehr einsames und verantwortungsschweres Leben zum Schweben bringen konnte.

»Geliebter Gropius« – Ise ließ es so stehen.

Vielleicht ein Wunsch, dem die Wirklichkeit nachfolgen könnte? Wenn man ihr nur genügend Zeit dazu ließe?

Es war der 28. September, eine Woche nach Herbstbeginn, sie war seit drei Wochen fern von Weimar, und Gropius hatte weder angerufen noch geschrieben.

Ise wusste, dass er seit Ende Mai jede Woche nach Berlin fuhr. Da er Rückschläge ja nicht verwinden konnte, hatte er Piscator nach der euphorisch gefeierten Inszenierung von Paquets *Fahnen* an der Volksbühne, die zu Himmelfahrt in allen Feuilletons hoch gelobt worden war, ein unentgeltliches Projekt angeboten: den Umbau des Theaters am Nollendorfplatz, das als das erste »Piscator-Theater«, also als erste konsequente »Raumbühne« die traditionelle Guckkastenbühne für immer ersetzen und, sobald die Mittel dafür aufgetrieben wären, realisiert werden sollte.

Gropius' Idee für dieses Totaltheater war ein aktiver Spielraum, bestehend aus Tiefenbühne, Proszenium und einer den gesamten Zuschauerraum umkreisenden Rundarena. Es sollte als Bauhaus-Atelierprojekt ausgeführt werden und Breuer sollte seine jungen Metallbauer Weininger, Löw, Schawinski und Ehrlich dafür einsetzen.

Nur – Breuer hatte erstmals Zweifel angemeldet. Denn dies sei kein akademisches Kinderspiel, sondern ein Mammutprojekt, das politische und kulturelle Folgen nach sich ziehen würde!

Zwar hatte sich ein Förderkomitee um Piscator gebildet, angeführt von seinen Wiener Garde-Schauspielerinnen, die vermögende Berliner Unternehmer, allen voran den Brauereibesitzer Ludwig Katzenellenbogen, zu einer Finanzierung drängten. Doch trotz einer solch komfortablen Gesamtsituation sei Gropius' stürmisch angetragenes Angebot in vielfacher Hinsicht zu hinterfragen. Statt ein zweidimensionales Bühnenbild zu bieten, in dem »Effekte« aus Film, Fotografie und beweglichen Leinwänden den Zuschauer ins Geschehen einbezogen, wie es erfolgreich an der Volksbühne zu erleben gewesen war, sollte dieser Umbau nämlich den gesamten dreidimensionalen Theaterraum zur Bühne machen. Multimediale Projektionen sollten, wie Gropius den Meisterrat zu begeistern wusste, die »Szene an den Zuschauer bringen«, und dafür würden verschiedene vollkommen neuartige Bühnenformen mit eigens konzipierten Dreh- und Hebetechniken ausprobiert.

Allein – entgegen dem von Gropius ursprünglich deklarierten »offenen Volks-Theater«, einem Lern- und Entwicklungsort für alle Schichten, vor allem aber für die Land- und Industriearbeiter, die Berlin aus den Ostprovinzen besiedelten, strebte Piscator hier einen Tausend-Zuschauer-Bau der Spitzenklasse an!

Würde sich das Volk denn da *zu Hause* fühlen? Und erst die Dichter, Denker und Schauspieler, die seine Inszenierungen ja ausmachten?

Es ging um viel in diesem Experiment. Um viel Geld. Aber auch um viel Geisteshaltung. Ise spürte, dass Gropius angespannt war, ja nervös und sogar patzig, wenn sie ihn auf dieses Projekt ansprach …

In jedem Fall hatte Ise versucht, sich seit diesem Sommer gut für das Bauhaus einzusetzen. Sie hatte gemeinsam mit Gussie eine »Rheinland-Tour« vorbereitet, war vor drei Wochen in Köln angelangt und hatte die ganze Region bereist, Vorträge in Köln, Opladen, Duisburg, Düsseldorf und Essen gehalten. Seit ihrer Heirat war das Bauhaus ja Gropius' und ihr gemeinsamer Lebensauftrag, und solch eine Mission konnte sie, wie früher ihre Lieblingsautoren und -werke, blendend vertreten!

Vor dem Sommer hatte Ise, gegen alle Proteste des alten Verlegers, ihre Stelle in München aufgegeben. Denn sie wurde in Weimar gebraucht: Unter Leutheußer hatten sich die konservativen Parteien zum »Ordnungsbund« zusammengeschlossen und so die Wahl in Thüringen in diesem Frühjahr gewonnen. Jetzt würden sich die politischen Widerstände gegen das Bauhaus verdichten, und Gropius brauchte Ise – mehr als jeder Buchladen oder Verlag.

Seither schmiedeten sie also die Umsiedlungspläne, die sie schon letzten Sommer, gleich nach der Bauhaus-Ausstellung, in der Kammerspiele-Bar entworfen hatten.

Ise war überzeugt, dass sie eine neue, eine bessere Heimat für die Schule finden würden. Gropius hingegen malte den Teufel an die Wand: Sein bahnbrechendes offenes Lehrsystem sei, noch kaum wirklich ausprobiert, bald wieder Geschichte! Eine Designrevolution, wie sie die Metall- und die Tischlerwerkstatt eben zu wagen beginne, werde im Keim erstickt! Der Freischwinger, die Teekanne, die Glaslampe, sie kämen nie über den Prototyp hinaus!

Doch nun würde er ja sehen … Der Meisterrat würde staunen, wenn das Angebot aus Köln, das Ise in den vergangenen Tagen mit Gussie und ihrem Mann ausgehandelt hatte, in Weimar einging!

Jetzt, wo Ise hier im Zug saß und über das vergangene Jahr nachdachte, wurde ihr plötzlich auch der Grund klar, aus dem Lise im Oktober nicht zu ihrer Hochzeit nach Weimar gekommen war: Piscator. Und wahrscheinlich auch Gropius. Denn sicher hatte Gropius nicht verwunden, dass Lise ihn bei der *Fahnen*-Bühnenarchitektur ausgestochen hatte. Folglich wurde sie von ihm nie mehr erwähnt.

Wie bissig mussten Architekten untereinander sein?

Doch auch bei Ise hatte Lise sich nicht mehr gemeldet. Ja, tatsächlich, seit Gropius' »Mir ein Bier« im Café Kröpcke war sie aus Ises Leben … abgereist.

Wundersam, dass manche Freundschaften nur hielten, solang ein Interesse bestand. Und andere, die wirklichen, sich über alle Arten von Interessen hinwegsetzten.

Gussie hingegen war selbstverständlich zur Hochzeit gekommen und hatte sogar ihren sehr viel älteren Mann mitgebracht, der sich beim Hochzeitsbankett blendend mit Gropius' Mutter verstanden hatte. So blendend, dass sie gleich nach dem Dessert gemeinsam mit Klee und Kandinsky, Gropius' Trauzeugen, zum Rauchen auf die Terrasse verschwunden waren, woraufhin Gussie gut gelaunt aufstand und sich verabschiedete: Sie könne sich ausnahmsweise früh zurückziehen, und ihr Mann lasse sie vielleicht einmal im Leben durchschlafen.

Ise und Irene hatten einander erstaunte Blicke zugeworfen.

Solche Freigeistigkeit traute man einer Kölner Vorzeigeehefrau gar nicht zu!

»Bei uns ist man ja immer schon mit einem Bein auf der anderen Rheinseite … und da beginnt Frankreich, nicht?«, hatte Gussie augenzwinkernd angemerkt und war in ihr Zimmer abgeschwirrt.

Sie schien sehr glücklich zu sein. Ganz zu Hause in ihrer Haut und anscheinend ganz im Reinen mit diesem Mann.

Irene hatte ihr hinterhergeschmunzelt. »Schau an, in welche interessanten Untiefen die werdende Mutter der Nation uns da blicken lässt!«

An der kleinen Festtafel, die Ise im Wintergarten des Fürstenhofs mit Blick auf den herbstgolden über der Parkmauer prangenden *Ginkgo biloba* hatte herrichten lassen, hatte sie Gussie und ihren Herrn Adenauer gleich ihr gegenüber platziert. Irene hingegen zu ihrer Rechten. Und Gussies Platz war wohl gewählt gewesen. Ihr ganzes gemeinsames Leben lang war Gussie Ises Gegenüber gewesen, ein stilles Gegenüber, das Ise in keinem Moment der vergangenen Jahre Anlass für den auch nur winzigsten Argwohn oder die kleinste Enttäuschung gegeben hatte.

Das innere Strahlen, das eine solch zeitlose Freundschaft noch übertreffen konnte, hatte Ise mit Irene entdeckt. Es war ein Geschenk.

»Mutter der Nation?«, hatte Ise nachgefragt, während sie spürte, wie sich Irenes Hand wie immer schwerelos auf ihre legte, wie so oft nach einem Essen, vor einem Konzertbeginn, im Filmtheater, im Taxi. Da lagen dann ihre beiden Hände zwischen Desserttellern und Servietten einfach so auf einer Tischdecke oder auf den samtenen Armlehnen eines Opernhauses, auf den Lederbezügen eines Automobils …

Man wurde beschwingt dabei, und das Unglaubliche war: Kein Mensch schien jemals hinzusehen!

»Der Nation«, hatte Irene mit einem Seitenblick bestätigt, durch den der ganze Zauber von Ises Gedanken zog.

Ise hatte kurz die Augen schließen müssen. Dass das bloß nie endete! Sie hatte heute Nachmittag geheiratet, Gropius war aufgekratzt wie ein Kind, seine Mutter von geradezu umwerfender Laune. In den wenigen Wochen seit der Bauhaus-Ausstellung war Ise zum Mittelpunkt der kleinen Welt in und um die Schule geworden. Doch all das war unwichtig, Schall und Rauch im Vergleich zu dieser unmittelbaren Nähe zu Irene.

Wo waren sie stehen geblieben? Ise hatte die Augen wieder geöffnet, ja, bei Gussie, der werdenden Mutter der Nation.

Gab es da etwas, das Ise nicht wusste, das ihr in den letzten Wochen ihres neuen Weimarer Lebens entgangen war?

»Nun, Darling«, hatte Irene das Thema abgeschlossen, »Gussies Mann wird man doch bald einmal zum Kanzler machen? Zumindest schreiben das die Pariser Gazetten …«

Ise schaute aus dem Speisewagenfenster. Die endlosen Wiesen, die zwischen Metz und Nancy an ihnen vorbeizogen, waren für Ende September nur mehr wenig grün. Cremeweiße Charolais Rinder standen unter ausladenden Eichengruppen in kleinen Herden zusammen. Sie schienen zu frieren, so wie es Ise innerlich fröstelte, wenn sie an das unerklärliche dreiwöchige Schweigen von Gropius dachte.

Das Zugfahren war ihr lieb geworden. Man gewann Abstand von der Wirklichkeit und blieb doch in ihr. Bis man an einem Zielbahnhof anlangte, hatte man seine Beziehungen geordnet, seine Gefühle sortiert und verschiedenste Ängste und Hoffnungen vor den wechselnden Szenarien der vorbeiziehenden Landschaft durchgespielt. Zugfahren war eine fortschreitende, ja fortfahrende Entdeckung. Und eine reine Freude, wenn die Fahrt, wie heute, für ein Wochenende zu Irene nach Paris ging.

Sie würde kurz berichten, in welchen Städten sie in den vergangenen Wochen Vorträge gehalten hatte, um für ihren Verein »Freunde des Bauhauses« zu werben und Gelder einzunehmen. Sie würde die unglaublichen Momente beschreiben, die sich einstellten, wenn sie in einer Stadt ankam und von den engagierten Frauen wie eine Altbekannte begrüßt wurde: Es sei dann wie ein Zauber – »Jeder hier nennt mich ›Frau Bauhaus‹!«.

Ihre Bauhaus-Idee sei in den Köpfen der Menschen also tatsächlich eine Marke geworden, und diese sei seit der vergangenen Woche um einiges mehr wert.

Außer auf ihr Logo und ihre Manifeste, die ja nur ideellen Wert hatten, jederzeit raubbar und kopierbar waren, könnten sie nämlich jetzt auf einen eingetragenen Markennamen zählen. Der habe etwas gekostet, trotz Gussies Beziehungen, doch das sei es wert gewesen.

Und letztlich – »Was sagen Sie, Gropius?« – bekämen sie einen neuen Standort für die Schule!

Denn Gussies Mann, Konrad Adenauer, schon seit einigen Jahren Oberbürgermeister von Köln, habe einen sehr angenehmen Herrn, den Hamburger Städtebauer Fritz Schumacher, als Stadtplaner verdingt. Und gemeinsam wolle man das Bauhaus jetzt in Köln ansiedeln!

Die Personal- und Betriebskosten wären auf fünf Jahre gesichert. Und auch ein neues Schulgebäude würden sie errichten können, die Design-Fabrik, von der Gropius träume …

Kapitel 22

PLACE SAINT MÉDARD, PARIS, 18. OKTOBER 1924

Ise blieb nicht für drei Tage in Paris, sondern für ganze drei Wochen. Sie musste zu sich finden, nachdem Gropius ihr einen Zweizeiler telegrafiert hatte, er könne sich »jetzt gerade nicht um das Bauhaus kümmern«, er werde »dringend in Berlin gebraucht«.

Sie hatte ihre Stelle in München aufgegeben, um Gropius nahe zu sein. Und um sich ganz dem Bauhaus widmen zu können. Nur wenige Wochen später hatte sie eine Ideallösung für einen neuen Standort gefunden, von verlässlichen Freunden getragen und langfristig finanziert.

Gussie kabelte ihr beinahe täglich nach Paris, auf eine Entscheidung zum Standort in Köln drängend.

Doch Gropius wurde »dringend in Berlin gebraucht«? Was sollte das?

Irene summte durch ihre kleine Dachgeschosswohnung an der Place Saint Médard, hoch über der Bourgogne-Bar, wenn sie morgens noch bäckerwarme Croissants und Milchkaffee ans

Bett brachte. Vor den Fenstern schwebten die Äste der Paulownien vom Ende der Rue Mouffetard so nahe an die Hausdächer heran, dass man ihre tellergroßen Blätter greifen konnte.

Irene war für Ise da. Und sie summte für sie. Französische Chansons oder Ungarische Tänze oder Chopins *Nocturnes*. Sie trug Ise durch einen wochenlangen freien Fall.

Sie war ihr nah, ohne je Fragen zu stellen. Tagsüber verschwand sie in ihre Universität oder zu Fotoaufnahmen für die Couturiers der Rive Droite, und Ise ging ziellos durch die Stadt. Abends sammelte sie sie im *Jardin des Plantes* ein, bei den Tiergehegen. Wenn der Nachthimmel über Paris fiel und der Park Sperrstunde hatte, fand man Ise auf der Bank vor dem Alpengatter. Sie sah den Steinböcken zu, wie sie ihre schroffen Felsen erklommen, unermüdlich und ohne Angst.

Einen solchen Absturz wie diesen hier mit Gropius hatte sie in ihrem Leben noch nicht erlebt. Ja, der Krieg war grausam gewesen und das machtlose Kämpfen um die Sterbenden im Lazarett. Der Tod ihres Vaters, der so sinnlos gewesen war, hätte er doch, mit etwas Zuversicht, noch ein halbes Leben vor sich gehabt. Der Tod ihrer Mutter dann, der ihr bis heute ein Rätsel war.

Doch immer hatte Ise sich wieder aufrichten können. Immer hatte sie Boden unter den Füßen gefunden, sich abstützen und neue Kräfte sammeln, sich gerade machen können dann, um, wenn auch langsam, wieder zu stehen, wieder zu sehen, wieder den Überblick zu gewinnen. Wie diese unermüdlichen Böcke. Unermüdlich und ohne Angst.

Und das war der Punkt. Dieses Mal hatte Ise Angst. Sie hatte in Gropius einen Menschen, der ihr gewachsen war, ja der wahrscheinlich stärker war als sie, zumindest zäher, und der sie unglücklich machen konnte. Wenn sie das zuließ. Genau, wie seine eigene Mutter vorausgesagt hatte!

»Was brauchen Sie mehr?«, hatte Manon Gropius sie bei ihrem Spaziergang an der Ilm entlang gefragt. »Schon gar nicht einen Freund, der Sie am Ende doch unglücklich machen wird.«

Sie hatte ihr abgeraten, ja diese Ehe eigentlich verboten!

Irgendetwas musste also in Gropius' Lebensspiel vor sich gehen, das Ise entging. Und wovon wahrscheinlich alle anderen wussten. Sicher war das eine Frau. Oder mehrere.

Die kleine Brandt am Bauhaus? Nur die kam ja in Weimar infrage, sicher nicht die emanzipierten Weberinnen. Oder eine Künstlerin, eine Musikerin, eine Schriftstellerin in Berlin?

Und wenn schon! Solche Schwärmereien waren doch nichts im Vergleich zu ihrer Geschichte! Gemessen an ihrer gemeinsamen Lebensidee!

»Ich brauche Sie, Ise« – wie oft hatte Gropius das in den letzten Monaten lautlos in die Luft gesagt?

Wenn er samstags gegen Abend in den Fürstenhof gekommen war und sie gemeinsam im Wintergarten gesessen hatten, hatte er von den Ereignissen in der Schule berichtet und Ise vom Verlag oder von erwähnenswerten Neuerscheinungen. Und jedes Mal hatte er den Abend mit diesen Worten beschlossen und dann nachgerechnet, wie viele Tage er in der neuen Woche wieder im Bauhaus allein die Stellung halten müsse.

Ise hatte ja weiterhin die Woche über in München gearbeitet und nur an den Wochenenden im Fürstenhof logiert, so wie sie sich das in ihrem ersten Weimarer Sommer mit Irene angewöhnt hatte.

Ein Haus, ein gemeinsames Zuhause, so war der Plan gewesen, würde Gropius ihnen beiden erst dann bauen, wenn das Bauhaus eine neue Heimat gefunden hätte.

»Ein Träumer eben!«, so hatte seine Mutter ihn genannt. Ise hätte besser auf sie hören sollen.

Kapitel 23

LET'S FALL IN LOVE

Es war noch früher Morgen, als Ise die Wohnungsklingel hörte. Sie öffnete die schmale Eingangstür und fand Gropius auf dem Treppenabsatz des fünften Stockwerks. Er lehnte am schmiedeeisernen Aufzugsgeländer wie ein Sterbender.

»Außer Betrieb«, ächzte er.

»Wohlweislich«, antwortete Ise und zog die Tür mit Schwung wieder zu.

Im Inneren der kleinen Wohnung musste sie sich erst einmal sammeln. Sie blieb gleich neben der Tür stehen, lehnte den Rücken an die Wand und ließ den Kopf nach hinten fallen. Das Morgenlicht spielte sich durch das Küchenfenster auf die schöne horizontale Schilfverkleidung des Eingangs-Ovals, sodass die kurvige Wand aussah wie tonnenschwerer, roh gegossener Beton. Und genauso schwer fühlte Ise ihr Herz schlagen.

Vor drei Wochen war sie hier so euphorisch angekommen, dass sie an genau dieser Stelle gleich neben der Tür und noch mit ihrem Köfferchen in der Hand von den blendenden Bauhaus-Aussichten in Köln erzählt hatte.

»Klingt ja himmlisch«, hatte Irene ihren erfolgreichen Vorstoß ins Rheinland kommentiert.

Ise hatte nicht verstanden, ob das ernst gemeint war oder ironisch oder … besorgt?

Jetzt wusste sie, Irene musste schon einige Zeit an der ganzen Gropius-Idylle gezweifelt haben. Keine vierundzwanzig Stunden später war das Telegramm gekommen.

Was sollte sie mit dem Mann da draußen machen, der ihr Mann war?

Erst einmal gar nichts.

Er hatte sie eine Ewigkeit im Ungewissen gelassen, dafür konnte er jetzt ein paar Minuten am Aufzugsgeländer lehnen und warten.

Zwischen den zur Dachterrasse offen stehenden Fenstertüren herrschte Stille, Irene schlief also noch. An ihren gemeinsamen Abenden hier hatten sie sich angewöhnt, Cole-Porter-Songs bis weit in die Morgenstunden auf Irenes Grammofon anzuhören. Dazu wurden, da es ein äußerst milder Herbst war, auf der Terrasse sautierte Zucchini gegessen, die die Auvergne-Bauern am Marktstand unten auf dem Platz für sie zurücklegten, dazu ein Stückchen Ziegenkäse. Oder Irene machte scharfes Paprikagemüse. Oder ein ungarisches Huhn.

Ab und an waren Irenes Künstlerfreunde vorbeigekommen. Doch nicht gestern Abend. Am ersten Freitag im Semester hatte man an der Place des États-Unis eine Riesenparty steigen lassen, bei der ein spektakuläres privates Filmtheater eingeweiht und zu der die gesamte Künstlerjugend der Stadt eingeladen worden war. Heute brach diese schillernde Meute für ein letztes Nachsommerwochenende ans Meer auf, und Irene und Ise waren an alle Strände Frankreichs eingeladen, von Deauville und Honfleur über Biarritz bis nach Cannes oder Nizza, obwohl sie sich bei dem glamourösen Fest gestern Abend gar nicht hatten blicken lassen. Sie waren hier geblieben. Ise war nicht nach *high society*. Und Irene konnte das verstehen.

Eine leere Flasche Chablis stand mit zwei schlanken, purpurroten Gläsern in den Fenstertüren, die vom Schlafzimmer auf die Dachterrasse führten. Hier hatten sie beide vor dem Schlafengehen auf dem kühlen Steinboden gesessen, an die schlammgrauen Fensterläden gelehnt, und Ise hatte zum ersten Mal wieder an etwas denken können, was »in diesem Herbst« hieß.

Wie unaufhaltsam diese Dachwohnung sich frühmorgens mit Licht füllte! Das hatte Ise noch nie so beobachtet. Jetzt fiel es ins Wohnzimmer, bald ins Schlafzimmer, bevor es auch die breite Terrasse zur Place Saint Médard erreichte.

Irene hatte dieses kleine Paradies über den Dächern des Quartier Latin von einem Innenarchitekten und Designer ergattert, Freund eines Studienfreundes, der hier alles umgekrempelt hatte, bevor er in eine alte Lackfabrik nahe der *École des Beaux-Arts* gezogen war, die er seither auch als Werkstatt und Atelier nutzte. Ein Fan von Cole Porter. Und der Gestalter des Filmtheaters, von dem ganz Paris sprach.

Er war in den drei Wochen, die Ise jetzt hier war, oft bei ihnen vorbeigekommen, immer allein, auch er schien die *high society* zu meiden, wo er nur konnte. Ein zauberhafter Junge, jedes Mal überglücklich, zu sehen, wie wohl Irene und Ise sich in seiner Wohnung fühlten. Er kam, legte Cole Porter auf und blieb einfach auf der Terrasse sitzen, ob man sich mit ihm beschäftigte oder nicht.

Erst in dieser Woche hatte Ise ihn einmal für sich allein gehabt, da Irene für eine Fotostrecke im Atelier Worth gebucht gewesen war und sich verspätet hatte. Da war ihnen beiden klar geworden, dass sie Vettern ersten Grades waren! Er stammte aus dem Zweig der Frankfurter Frank-Bankiers, die zur Jahrhundertwende an die Pariser Börse gewechselt waren!

Deshalb vielleicht war da diese wortlose Sympathie?

Warum war dieser Jean nie zu den Familientreffen nach Berlin gekommen? »Ich und Familie?«, hatte er den Kopf geschüttelt. »Ein schwarzes Schaf wie ich hat keine Familie.«

So wie Ise war auch er schon Vollwaise und hatte, was Ise erschauern ließ, noch dazu seine beiden älteren Brüder im Krieg verloren. Grauenhaft. Er war vollkommen allein. Und hatte keine Irene, so wie sie!

Mit diesem Jean, der nur seiner Arbeit traute, seinem kritischen Geist und seinem wohlgeübten Alleinsein, hätte sie, ohne mit der Wimper zu zucken, den Rest ihres Lebens ein Zuhause teilen können …

Aber zurück zu gestern Abend.

Irene war von Ises Plänen zu dem, was »in diesem Herbst« anstünde, nicht überrascht gewesen, sondern hatte sie einfach angehört.

Diese Pläne gingen so: Der Nachsommer begänne morgen, also heute, Samstag, denn sie würden zu Jean nach Biarritz fahren und mit ihm ein paar wunderbare Tage voller Meer und Musik verbringen. Dann würde Ise nach Weimar zurückkehren. Sie würde Gropius zur Neuansiedlung des Bauhauses nach Köln schleppen. Und wenn es dafür zu spät wäre, würde sie mit ihm alle Industriestädte Anhalts, Sachsens und Brandenburgs abklappern.

Mit keiner Silbe würde sie nach seinen sicherlich existierenden Affären fragen, weder ihn noch Klee noch Kandinsky noch seine Mutter zur Rede stellen. Das Einzige, worauf sie bestände, wäre die Berufung von Moholy-Nagy zum Vorkurs-Leiter und zu seinem Stellvertreter, denn der machte die richtige Entwicklung der Schule aus, und auch seine tragische Frau, diese Lucia, würde man eines Tages mitreißen können.

Dazu wäre ja bald auch Irene da.

Zu dieser letzten Anmerkung hatte sich Irene geschmeidig aus ihrem Schneidersitz erhoben und war bis zum Ende der Terrasse entschwunden.

Es werde hier über sie bestimmt?

»Nicht doch, niemals«, hatte Ise ihr hinterhergerufen, »ich meine nur … ohne dich … ist kein Leben!«

Die Worte hatten einige Sekunden über ihnen in der Nachtluft geschwebt.

Irene sei doch die Einzige, das sei Ise in diesen Wochen hier in Paris klar geworden, die diese ganze verrückte Bauhausfamilie auf einen Nenner bringen könne, einstimmen auf diesen feinen Summton, der sie stets begleite, der ihr so ganz eigen sei!

Sogar eine tragische Lucia könne diesem Summen auf Dauer nicht widerstehen!

Noch dazu, rein professionell gesehen, sei es nach diesem Wintersemester doch auch für sie, Irene, höchste Zeit, ein Meisterjahr am Bauhaus zu verbringen?

Lehrer wie Klee oder Kandinsky oder Feininger finde man doch nicht sonst wo auf der Straße? Selbst in Paris nicht?

Irene hatte gelacht. Sie hatte gar nicht mehr aufhören können.

Sie würde hier gerade verkuppelt? Sie und diese Lucia?

Eher noch Moholy-Nagy selbst. Oder ihretwegen dieser Bayer, der zwar ein Schnösel sei, aber gut fotografieren könne und diese Leica zur Verfügung habe, für die Irene zu vielem bereit wäre.

»Für die du zu vielem bereit wärst?«

Ise hatte sich über sich selbst wundern müssen, sie hatte dieses Geplänkel zu weit getrieben. Irenes letzte Worte hatten ihr im Herzen wehgetan wie ein Schnitt.

Sie hatte sich plötzlich so hilflos gefühlt, dass sie überfallsartig den Tränen nahe gewesen war. Sie hatte alles zurückgenommen und Irene nur inständig gebeten, mit ihr ans Bauhaus zurückzukehren, sollte sie es bewerkstelligen, vor dem Winter einen neuen Standort zu finden.

Ise fand sich am Geländer der Dachterrasse wieder, auf die sie wohl Schritt um Schritt, ohne es zu merken, der Morgensonne nachgegangen war. Jetzt konnte man durch die Fenstertüren des Schlafzimmers Leintuchrascheln hören. Irene erwachte.

»Er steht draußen«, sagte Ise über die Schulter ins Schlafzimmer zurück.

»Ach so, der Herr Gropius.«

»Du wusstest …?«

»Hat er den Champagner dabei?«

»Nichts gesehen, der Aufzug steckt.«

»Ich gehe nachschauen.«

Nach dem Seidenrascheln, das zu hören war, zog sie sich ihr Negligé über. Es folgten Schritte auf dem Parkett. Barfüßige Schritte. Irene wollte Gropius wohl zeigen, wie vollkommen egal er ihr war.

Ise bewegte sich nicht vom Fleck und schaute hinunter auf das erwachende Quartier Latin. Sie verfolgte die Marktkarren, die auf dem Weg zu ihren Ständen die Rue Mouffetard hinauf den Platz kreuzten. Die Holzräder machten auf dem Kopfsteinpflaster ein lautes Gerumpel, das sich an den Hausfassaden brach. Ihre Esel und Mulis am Ende des Platzes mit johlendem *»Allez, hue«* anfeuernd, steuerten die Gemüsebauern, die Senner und Fleischer die steil ansteigende kleine Straße hinauf.

Jetzt stand Irene hinter ihr und flüsterte: »Du gehst ins Bett zurück.«

Ise folgte.

Irene lehnte die Terrassentür an und schloss die Tür zum Wohnzimmer hinter sich, Ise war so im Schlafzimmer eingesperrt, konnte aber verfolgen, was auf der Terrasse gesprochen werden würde.

Man hörte ihre Schritte, die sich zum Eingang entfernten. Schon jetzt, eben erwacht und mit solch einer Situation konfrontiert, begann sie zu summen! Nicht Brahms oder Chopin, nein, Cole Porter, ein würdiges Finale ihrer gemeinsamen Wochen in Paris.

Ise fühlte, dass jetzt, genau jetzt und hier, nach diesen von Ungewissheit, von Demütigung und Angst getriebenen Wochen, nach diesem Abend gestern, dem Gespräch mit Irene und ihrem ersten Streit, der sich dann zum Glück in Luft aufgelöst hatte, der Augenblick gekommen war, mit Gropius irgendein Arrangement einzugehen. Als Feinde konnten sie schließlich nicht leben.

Sie lauschte Irenes Summen.

Welcher Song war das?

Ja, natürlich, *Let's Fall in Love*:

»Birds do it, bees do it
Even educated fleas do it
Let's do it, let's fall in love.«

Kapitel 24

AUF IRENES TERRASSE

»Sie haben die Croissants … vergessen?«

»Es tut mir leid, Fräulein Hecht.«

»So war es abgesprochen.«

»Ich vergaß, ich war in Eile.«

»Ich soll hier mit Ihnen um acht Uhr früh Champagner trinken, ohne irgendetwas im Magen?«

»Mein Zug zurück nach Berlin geht in zwei Stunden.«

»Ihr Zug ist mir egal.«

So begann das Gespräch auf der Terrasse.

Ise saß senkrecht auf der Bettkante, sodass sie mithören konnte.

Irenes Ton war die Ruhe selbst. Eine kühle Ruhe. Diese Kühle hatte Ise an ihr noch nie erlebt.

Gropius schnaufte wie ein Gejagter.

Nach einer Pause, in der Gropius wohl den Champagner öffnete und auf die ein ungeschickter Knall folgte, er musste wirklich nervös sein, begann Irene:

»Also, Herr Gropius?«

»Ich hoffte, Sie beide gestern Abend bei den de Noailles anzutreffen? Wie wir besprochen hatten?«

»Ise hatte keine Lust. Und überhaupt. Sie treffen Ihre Frau nach zwei Monaten Trennung bei einem … Cocktail wieder?«

»*Die* Einladung des Jahres.«

»Und?«

»Loos war da. Adolf Loos. Sie wissen schon, mein Kollege aus Wien.«

»Ach ja, dieser Herr, der sich minderjährigen Mädchen nähert? Finden Sie das nicht geschmacklos?«

Tatsächlich las man in den Gazetten immer wieder von peinlichen Gerüchten, die Loos und die gesamte Wiener Café-Museum-Clique in ein schreckliches Licht rückten. Ise hatte gelesen, dass er ob dieser Berichterstattung an einem Nervenleiden erkrankt sei. Auf den Reporterfotos sah er fahl und uralt aus.

Gropius sagte nichts.

Ise hörte, wie Irene aufstand. Sie ging ein paar Schritte und musste sich ans Terrassengeländer genau vor der Fenstertür zum Schlafzimmer lehnen, denn ihre Stimme war plötzlich doppelt so laut.

»Also der?«

»Nun ja.«

»Was interessiert Sie Loos? Sind Sie seinetwegen nach Paris gekommen?«

»Schon auch. Gerüchte hin oder her, ich würde ihn gerne ans Bauhaus holen.«

»Ach! Mit Kandinsky und sich selbst haben Sie noch nicht genug an Weiberhelden dort?«

»Wer weiß«, Gropius räusperte sich verlegen, »wahrscheinlich eine schlechte Idee.«

»Findet Ise sicher auch.«

»Sie wird recht haben. Ich beobachtete ihn gestern mit dieser Josephine Baker, die er aus Wien mitgebracht hat. Schon ein wenig … aufdringlich, das Ganze.«

»Sie kommen zu mir um acht Uhr morgens, Herr Gropius, um mir die Gästeliste von gestern Abend aufzusagen?«

Es trat eine längere Stille ein.

Ise hätte gerne gesehen, welches Gesicht Gropius jetzt machte.

»Natürlich nicht. Verzeihen Sie bitte. Ich kam, um endlich mit jemandem reden zu können.«

»Sie haben eine Ehefrau.«

»Und das ist das Problem.«

Ise hörte wieder Schritte, Irene ging zu den Eisensesselchen zurück, die vor der Wohnzimmertür standen, und schien sich zu setzen, ihre Stimme wurde wieder leiser.

»Sie sprechen jetzt oder nie.« Die kühle Ruhe in ihrer Stimme war zum Tonfall *Strafgericht* geworden.

»Jetzt«, antwortete Gropius brav. Gardeoffizier eben, wenn man bis zum Hals im Mist steckte, blieb nichts übrig, als die Wahrheit zu sagen.

»… es gibt eine andere. Schon längere Zeit, genauer gesagt …«

Er war jetzt nicht mehr zu verstehen, anscheinend hatte er sich zu Irene hingebeugt und flüsterte. Das Getuschel ging eine kleine Weile, dann rief Irene empört:

»Wie romantisch … in die Volksbühne? Zur Weihnachtspremiere? Alle traulich vereint bei O'Neills *Unterm karibischen Mond*?«

»Ich dachte, das sei eine Möglichkeit, sich untereinander kennenzulernen.«

»Untereinander kennenzulernen? Ich bitte Sie! Was sagt denn Ihre Frau Mama dazu?«

»Die sieht mich seit Wochen nicht. Sie weiß von nichts. Sie glaubt Ise und mich auf Bauhaus-Tour.«

»Ja, auf der Rheinland-Tour war ja wirklich jemand. Und zwar *die Frau Bauhaus*! Ihre Frau!«

»Ich weiß. Ich bin ein Narr.«

»Das reicht nicht.«

»Wie würden Sie es denn nennen?«

»*Seggfej*.«

»Oh Gott, das klingt schlimm.«

»Ist es auch. In welche Sprache würden Sie es gerne übersetzt haben?«

»In keine.«

»Ich werde Moholy-Nagy bitten, das zu tun, wenn Sie ihn dann endlich als Vorkurs-Leiter berufen haben. Irgendwer muss sich ja in Ihren … *Absencen* um Ihr Bauhaus kümmern!«

»Das ist eine von Ises Bedingungen?«

»Oh ja.«

»Gut. Und weiter?«

»Kein ›weiter‹. Jetzt kommen meine Bedingungen.«

Ise hörte Stühlerücken.

Gropius schien es hier unbequem zu werden.

»Ich höre«, sagte er dann wieder brav.

»Von wegen Theaterabend *en famille*. Sie verlassen diese Wiener Person, ob das Ihrem Freund Piscator gerade ins Konzept passt oder nicht.«

Gropius schwieg ertappt.

»Vorher bekommen Sie Ise nicht zu Gesicht. Ist das klar?«

Nach einem Moment des Schweigens fragte er leise:

»Wird sie mich noch lieben können?«

Irene wartete ab.

»Verzeihen Sie, wenn ich das frage, Herr Gropius, aber haben Sie sich je geliebt, Ise und Sie?«

»Ich liebe sie.«

»Ich meine … körperlich?«

»Ach, Fräulein Hecht … ich habe doch noch keine angemessene Bleibe in Weimar. Sie logiert, wie Sie wissen, im Hotel … Und vor all den Leuten …«

»Dies ist also der einzig mögliche Plan«, beschloss Irene die Unterhaltung trocken, »Ende nächster Woche schicke ich sie Ihnen aus Biarritz nach Weimar zurück, frisch durchwindet und erholt. Und wehe, Sie finden bis zum Martinstag keinen Bauhaus-Standort! Dann schiffen wir uns ein, Ihre Frau und ich, zum Beispiel nach … New York? Oder Buenos Aires? Schreiben und Fotografieren kann man überall auf der Welt. Ihre Ehe aber, Herr Gropius, genau wie Ihre Schule, ist dann Geschichte.«

Kapitel 25

BAUHAUS WEIMAR, ENDE OKTOBER 1924

In der letzten Oktoberwoche kam Ise nach Weimar zurück. Dort wurde sie aufgrund des Ansiedlungsangebots der Stadt Köln, eine von Oberbürgermeister Konrad Adenauer unterzeichnete Depesche, die inzwischen beim Meisterrat des Bauhauses eingegangen war, gefeiert wie eine Heldin.

Die Ansiedlungsbedingungen hatten sich seit Ises Rheinland-Tour noch verbessert. Adenauers Angebot war jetzt, dem Bauhaus Köln die gesamten Werkschulen der Region anzugliedern und so eine ganzheitliche Erziehungslinie zu gründen, die schon in den Real- und Fachschulen, also bei den Fünfzehnjährigen, die sich für einen Handwerks- oder Ingenieurberuf entschieden, beginnen würde.

Moholy-Nagy fand das Angebot fantastisch, denn Köln lag Holland sehr nahe. Ebenso Albers und Klee. Wer die Nähe zu Berlin nicht missen wollte, waren Kandinsky, Schlemmer, Feininger und Gropius selbst. Kein Wunder, dass Adenauers Ansuchen sehr diplomatisch, aber doch abgelehnt wurde und Gropius sich mit Ise auf die von ihr schon in der Kammerspiele-

Bar angedachte Tour durch die Industriestädte Anhalts, Sachsens und Brandenburgs begab.

Zuvor war er Ise nach Biarritz gefolgt. Sie waren am windigen Atlantik entlangspaziert, und er hatte sich förmlichst bei ihr entschuldigt. Sie hatte ihm zwar nicht wirklich verziehen, doch sie wusste, sie würde mit einer beendeten Affäre leben können, wenn sie nur diese Frau nie treffen müsste.

So beschlossen sie es. Es war eine Szene zwischen den Felsen, die mehr einem Pakt unter Jugendfreunden glich als einem romantischen Versprechen zweier Neuvermählter. Doch aus Verbündetsein, das wusste Ise von ihrer Beziehung zu Irene und von der frischen, doch so uralten Freundschaft mit Jean, konnte viel entstehen. Viel mehr als aus konventioneller Romantik.

Diese Nachsommertage am Meer waren ausschlaggebend dafür gewesen, dass Ise wieder ein Mindestmaß an Vertrauen zu Gropius fand. Und auch ein Mindestmaß an Vertrauen in sich selbst. Demütigung und Lüge waren, das war ihr in diesen Monaten klar geworden, die schlimmste Niedertracht, die Menschen sich antun konnten.

Die Anwesenheit von Irene und Jean während dieses ersten *tête-à-tête* seit Monaten war eine glückliche Fügung, sie nahm dem Wiedersehen jegliche Dramatik. Mehr noch: Gropius und Jean verstanden sich auf Anhieb!

Tatsächlich teilten sie eine politische und gesellschaftliche Vision, die in ihren jeweiligen beruflichen Verantwortungen nur mühsam zu erkämpfen und dann umso mühsamer zu verteidigen war. So war es wenig überraschend, dass die Gespräche schon am Tag von Gropius' Ankunft einen existenziellen Ton annahmen. Die beiden verband eine tragische Zukunftsschau bei gleichzeitig unbedingtem Weltverbesserungsauftrag.

Ise entdeckte dabei, wie meisterhaft Irene es verstand, ihre tiefschürfenden Dialoge anzufachen und durch ganze Abende zu tragen!

Mithilfe von Essen und Trinken und Lachen und der herrlichen Landschaft ließ sie die Männer in ein Problem eintauchen und führte sie mühelos zu gemeinsamen Lösungen, die sie dann beim Kaffee in konkreten Umsetzungen durchspielen konnten. Sie verzauberte sie durch die Kraft ihrer Ideen.

Wo hatte sie diese Kunst der Synthese gelernt? Schon beim zweiten Abendessen in Jeans windigem Garten, direkt an den Klippen, hatten die Schaffensfortschritte, die Jean und Gropius notwendig und umsetzbar erschienen, sämtliche drohenden Rückfälle und Katastrophen in eine erträgliche Dimension zurückgewiesen. Nämlich in die Dimension der Zukunft. Die keiner voraussehen konnte und die man nur durch eines zu beeinflussen vermochte: durch beharrliches Tun.

»Was, wenn wir einfach einen Fuß vor den anderen setzten?«, konnte Irene die stundenlange Konversation beschließen, wenn die Flut hereinbrach und die Wellen unter ihnen laut an die Felsen rauschten.

Es folgte dann nur noch Schweigen.

Und Gropius' erlöster Blick.

Ein Leben mit Ise schien ihm wirklich viel zu bedeuten.

Kapitel 26

ZUM JAHRESENDE

Genau einen Tag vor dem Martinstag, am 10. November 1924, unterzeichneten Ise und Gropius den Ansiedlungsvertrag für das Bauhaus in der aufstrebenden anhaltinischen Industriestadt Dessau.

Das sich prächtig entwickelnde Junkers-Flugzeugwerk mit der frisch gegründeten Junkers-Motorenbau im Rücken hatte hier Mitte August den Bau eines eigenen Flughafens und die Eisenbahnanbindung an die Schnellbahnlinie Leipzig–Berlin durchgesetzt.

Jetzt garantierte Hugo Junkers, der Firmeninhaber, dem Bauhaus an seinem Werkstandort eine hohe, dreijährige Start-Förderung. Dafür würde er seine eigenen Industriedesigner in der Schule ausbilden lassen.

Der Meisterrat war von dem Ansiedlungsangebot beeindruckt, denn außer auf diese Kooperation konnte man auf eine stabil sozialdemokratische Landesregierung und einen der Bauhaus-Idee geradezu euphorisch gesinnten Stadtrat zählen.

Der Neubau des Schulgebäudes nahe dem neuen Fernbahnhof würde vom Land Anhalt getragen, der Bau von vier Meisterhäusern auf einem Gelände nach Wahl des Meisterrats von der Stadt selbst. Außerdem könnte der laufende Semester-Unterricht ab sofort von Weimar weg in die leer stehenden Lagerhallen des Anhalt-Versandexpresses verlegt werden, die sich in direkter Nachbarschaft zum zukünftigen Bauhaus-Bauplatz befanden und von denen aus Gropius und sein Bauatelier die Baustelle das kommende Jahr über sozusagen vom Zeichentisch aus leiten könnten.

Gropius war wie ausgewechselt. Er war in diesem Sommer sehr schlank geworden und rauchte kaum mehr. Von Hugo Junkers in seiner Gründerzeitvilla am Rand des Georgengartens untergebracht, lebten Ise und Gropius das erste Mal in dieser inzwischen nicht mehr taufrischen Ehe unter einem Dach.

Und sie verstanden sich gut. Sehr gut sogar!

Ise sprach nicht über die vergangenen Monate. Sie würden ein »weißer Fleck« in ihrer gemeinsamen Geschichte bleiben, eine Wunde, die heilen würde, ließe man ihr nur genügend Zeit dazu. Gropius hingegen war mit der Planung der Bauhaus-Gebäude und dem gleichzeitig im Anhalt-Versandexpress weiterlaufenden Semesterbetrieb derart beschäftigt, dass er abends heimkam und nach einem leichten Abendessen geradezu bewusstlos ins Bett fiel.

Er hatte sich von Moholy-Nagys Liebe zur Gemüseküche anstecken lassen, und Irenes Pariser Paprika-, Zucchini- und Ingwerpfannen wurden zu seinen Leibgerichten.

Ise fragte nicht, ob er nach Berlin fahre. Und er fuhr auch nicht. Er blieb hier.

Sie dagegen fuhr über diesen Winter sogar drei Mal. Der Grund war brisant genug.

Kapitel 27

KIENHEIDE, DESSAU, 25. FEBRUAR 1925

Seit der Entscheidung für Dessau und dem Wegzug aus Weimar hatten unerwartete »äußere Feinde« die Bauhaus-Bühne betreten. Die Landesregierung von Thüringen hatte nämlich begonnen, den Namen »Bauhaus« für die im alten Weimarer Bauhaus-Gebäude neu gegründeten *Staatlichen Werkstätten* weiterzuführen, genauso wie für die unter dem Urhebernamen »Bauhaus« eingereichten Patente und Fertigungslinien der Jenaer Glaswerkstätten.

Beinahe wäre dem neuen Regierungspräsidenten dieser Coup geglückt, hätte Ise die Marke und sämtliche unter ihr erarbeiteten Produkte nicht im September des Vorjahres in Köln für die gesamte Republik schützen lassen. Diese Registrierung war selbstverständlich notariell hinterlegt, doch kein Marken- oder Patentamt würde sich einem frechen Politiker widersetzen, gäbe es keinen gültigen Gerichtsbeschluss dazu. Deshalb brauchte Ise jetzt einen Anwalt.

Ihr fiel Jean ein, der sich als Designer mit Copyright und Schutz von geistigem Eigentum auskennen musste, und sie schrieb ihm. Er antwortete postwendend aus Paris. Seine – und ja auch Ises! – Cousine Milly Loewi, in New York als Anwältin niedergelassen und spezialisiert auf Urheberrecht, arbeitete als Gutachterin für die kalifornische sowie für die Berliner Filmindustrie und hatte eine Partnerkanzlei in Berlin. Wie Ise mit Freuden entdeckte, hieß der empfohlene Berliner Kollege Dr. Dr. Justus Wolff und war der langjährige Reiterfreund – und sicher auch Verehrer – von Tante Hannah.

Wolff brauchte nur die Länge einer einzigen Tasse Tee, die Tante Hannah ihnen zu Hause in Grunewald im Pavillon servierte, um den Fall in einer klar nachvollziehbaren Gedankenlinie zum Präzedenzfall zu erklären. Er würde das Verfahren in den Rang eines Strafverfahrens mit hoher Entschädigungssumme aufgrund gravierender Kreditschädigung und vorsätzlicher Ehrenbeleidigung heben.

Dieser Wolff, dachte Ise, war entweder hochgradig verrückt oder hochgradig genial!

Bei ihrem zweiten Berlin-Besuch zwei Wochen später unterschrieb sie die Anklage in seiner Kanzlei in Babelsberg, ohne zu zögern. Sie vertraute diesem Mann. Und er erwies sich nicht als verrückt, sondern erlangte schon bei der ersten gerichtlichen Anhörung Ende Januar die vollkommene Rückführung sämtlicher Bauhaus-Rechte an die Urheber und eine Strafzahlung von einhunderttausend Reichsmark, in voller Höhe, da Markenname und Patentrechte in den vergangenen vier Monaten nachweislich widerrechtlich geführt worden waren.

Ise rechnete schnell durch. Das würde bei der Stabilität dieser frisch eingeführten Währung den gesamten Hausrat für ihr zukünftiges Meisterhaus bedeuten, eigene Kollektionen von Leuchten, Küchengeräten, Sitzmöbeln, Teppichen ... in den Bauhaus-Werkstätten entworfen und gefertigt! Noch während sie rechnete, stellte der Richter das Verfahren ein, die Straf-, Gerichts- und Anwaltskosten, sogar Ises Reisekosten trüge der Beschuldigte, die Regierungspartei des Landes Thüringen, mit sofortiger Zahlungspflicht: »Die Sitzung ist geschlossen.«

Ise hatte während der ganzen Zugfahrt nach Dessau noch das dumpfe Knallen seines Gerichtshammers im Ohr.

Gropius war stolz auf sie. Der Meisterrat war stolz auf sie. Moholy-Nagy und Junkers schickten ihr drei Monate lang jede Woche Blumen.

Es war ein glücklicher Jahresbeginn, auch weil Irene aus Paris nach Dessau gereist war, um sich den Bauplatz der Schule anzusehen und sich offiziell in die erste Werbegrafik-Meisterklasse einzuschreiben, die im Frühjahr 1926 ihre Werkstätten beziehen würde. Noch dazu kam sie, um gemeinsam mit Ise die Wahl für den Baugrund der Meisterhäuser zu treffen, eine fundamentale Entscheidung, die Gropius ganz Ise überließ. Denn der vom Dessauer Stadtrat vorgesehene Bauplatz an der frisch trassierten, seelenlosen »Bauhausstraße«, die von der Bauhaus-Baustelle schnurgerade zum neuen Schnellbahnhof führte, gefiel weder Gropius noch dem Meisterrat. Und erst recht nicht Ise.

Auf ihren Spaziergängen heraus aus der Stadt, der Elbschleife und ihren endlosen Torffeldern entlang, kamen die beiden regelmäßig an einem verwilderten Wiesengrund am Beginn des

Georgengartens und seinen bekannten Sieben Säulen vorbei. Diese Sieben Säulen, die die Ruine eines römischen Tempels darstellen sollten, hatte sich Fürst Georg von Anhalt neben anderen Gartenpavillons und historisierenden Monumenten in den Landschaftspark rund um sein Jagdrevier stellen lassen. Und heute, eineinhalb Jahrhunderte später, in denen ein Großteil dieses Reviers als Stadtgebiet gewidmet und bebaut worden war, standen die Sieben Säulen hilflos an einer banalen Straßenkreuzung, der Georgenstraße und der Burgkühnauer Allee. Vom zukünftigen Bauhaus aus waren es zu dieser Kreuzung nur zehn Gehminuten Richtung Norden. Von der Junkers-Villa zehn Minuten durch den Park.

Die Einheimischen, die Ise und Irene beim Einkehren in die kleinen Gasthäuser und Cafés rund um die Sieben Säulen befragten, nannten den verwilderten, den Säulen westlich vorgelagerten Wiesengrund die »Schusselau«. Eine köstliche sächsische Wortschöpfung, die eine Gegend meinte, in der man sich ungewöhnlich, ja verrückt verhalten durfte, in der man aus der Reihe tanzen und Neues ausprobieren konnte, von quasi- bis tatsächlich genial. Manche nannten sie aber auch die »Kienheide«. Das war mit Sicherheit der alte Flurname, der, wie alle Flurnamen, die geografische oder botanische Besonderheit einer Landschaft beschrieb. Am Ende der Kienheide nämlich lag das Flussbett der Kühn, die die Stadt vom umliegenden Marschland abgrenzte, bevor sie weiter im Norden, in der Weite der Torffelder, in die Elbschleife mündete.

Zwischen der Kühn und dem neuen Schnellbahnhof hatte der Stadtrat den Flughafen und die Junkers-Flugzeugwerke angesiedelt, dazwischen waren Arbeitersiedlungen, Kindergärten, Volkshallen und ein neues Zentralkrankenhaus gebaut worden. Die Krone dieser Stadtentwicklung im Sinne sozialdemokratischen Lebensraums für alle bildete der Schulbau des Bauhauses. Man hatte aus Adenauers Angebot aus Köln gelernt, deshalb waren nicht nur die Lehr- und Fertigungswerkstätten der Meisterklassen samt einer Mensa, einer in ein Theater verwandelbaren Aula Magna und einem Atelierhaus als Studentenwohnheim vorgesehen, sondern auch ein eigener Flügel für die Ansiedlung der städtischen Kunstgewerbe- und Handwerkerschule. Es entstünde ein Campus nach amerikanischem Vorbild und damit die fortschrittlichste Lehranstalt Deutschlands.

Das Bauhaus hatte vor zwei Wochen, am 11. Februar 1925, seitens der anhaltinischen Landesregierung mit der Baugenehmigung auch den Titel »Hochschule« verliehen bekommen. Vorschusslorbeeren einerseits, doch ebenso eine gut gezielte politische Ohrfeige, die der Nachbar-Regierung von Thüringen galt. Die Bauhaus-Meister dürften sich hier in Dessau jetzt »Professoren« nennen, die Absolventen erhielten ab dem laufenden Semester ein staatlich anerkanntes Diplom.

Zum Ende dieses Jahres 1925 wäre der Umzug ins neue Gebäude vollzogen, und Ise tüftelte schon an einer weiteren Idee: Neben ihrer »Freunde des Bauhauses«-Stiftung müsste sie nun eine Gesellschaft gründen, die die Designprodukte der Werkstätten entwickeln und vermarkten könnte. Architektur und Design fänden so den Absprung aus der immer mit sich selbst beschäftigten *Kunst*-Szene! Die von Moholy-Nagy forcierte

»Ent-Eitelung« und »Ich-Überwindung« würde in erschwinglichen Gebrauchsobjekten für jedermann wahr!

Sie würde die geeignete Stiftungsart bei Gelegenheit mit Justus Wolff besprechen. Doch alles zu seiner Zeit, die dringendste anstehende Entscheidung war der Baugrund der Meisterhäuser.

Kapitel 28

»BAU DIR EIN HAUS.«

Durch die Kienheide ging der Wind. Es war ein sonniger, aber klirrend kalter Nachmittag Ende Februar. Ise und Irene kamen von der langen Nord-Runde zur Elbschleife zurück, und in den hohen Kiefernkronen rauschte es laut.

Wie das Zusammenleben mit Gropius denn sei, fragte Irene beim Überqueren der Kreuzung, die Sieben Säulen im Rücken.

Sie war schon das ganze Wochenende hier in Dessau, doch es war das erste Mal, dass sie Ises neues gemeinsames Leben mit Gropius in der Junkers-Villa zur Sprache brachte.

»Friedlich«, erwiderte Ise spontan.

Und genau das war das Wort.

Gropius und sie mochten sich. Sie störten sich auch nicht. Sie arbeiteten am selben langen, schmalen Schreibtisch in der Bibliothek der Villa nebeneinander, ohne einander abzulenken.

Ise las. Oder schrieb. Sie notierte die Ereignisse jetzt täglich in ein Bauhaus-Tagebuch. Gropius kritzelte Organigramme. Oder füllte Lehrpläne aus. Oder korrigierte Studentenzeichnungen.

»Du traust ihm noch nicht«, sagte Irene.

»Nicht wirklich.«

»Das ist gut.«

Sie kreuzten die Wiese Richtung Westen, die schräg einfallende Nachmittagssonne malte die Kiefern in endlosen Schatten auf den Raureif. Jeder Schritt knirschte. Irene blieb jetzt einen Moment zurück.

»Und sonst?«

»Ja, schon. Auch das ganz friedlich.«

»Klingt ja toll!«

»Toll?«

»Ja, atemberaubend. Nach Altersheim.«

Ise musste lachen. Mit Irene konnte man einfach über alles lachen, selbst über eheliche Vertraulichkeiten, die man ansonsten lieber für sich behielt.

»Wer weiß, vielleicht wenigstens mit atemberaubendem Ergebnis?«

Die Frage musste ungewohnt kokett klingen, denn Irene holte Ise ein, griff sie bei den Schultern, drehte sie zu sich her und musterte sie von Kopf bis Fuß.

»Ach! Du planst …?«

Sie hielt Ise einen Moment lang so fest, über ihnen die hohen Baumkronen, durch die noch immer der Wind ging, unter ihnen der knirschende Raureif der Schusselau.

Dann nahm sie ihren Kopf in beide Hände und küsste sie auf die Stirn.

»Bau dir ein Haus«, sagte sie. »Dies ist der Platz.«

Kapitel 29

AUF DER MEISTERHAUS-BAUSTELLE, 28. AUGUST 1925

Ise stand auf dem Baugrund. Die Bauarbeiten hatten erst diese Woche wieder begonnen, in Sachsen und Anhalt waren in der zweiten und dritten Augustwoche allgemeine Betriebsferien, denn der Sommer kam hier später, blieb aber dafür länger. Heute war der letzte Freitag im August, und Manon Gropius kam aus Berlin zu Besuch, um den Rohbau des Meisterhauses zu besichtigen.

Ise wartete auf das Motorengeräusch des Alfa Romeo, das jeden Augenblick auf der Kreuzung der Sieben Säulen zu hören sein müsste. Gropius hatte Breuer geschickt, um seine Mutter vom Bahnhof abzuholen, denn sie kam mit einem besonderen Gast, ihrer Enkeltochter, die das erste Mal auf Besuch zu ihr nach Berlin gekommen war. Heute, hier auf der Baustelle, würde die kleine Manon ihren Vater wiedersehen, nach langen Jahren, die ihre Mutter sie von ihm ferngehalten hatte. Tatsächlich dauerte diese Trennung bereits ihr halbes Leben, die kleine Manon war noch nicht ganz neun Jahre alt, und Gropius hatte sie, wie er Ise erzählt hatte, das letzte Mal in Wien besuchen dürfen, bevor er das Weimarer Bauhaus übernommen hatte, also vor gut fünf Jahren. Sie dürfte sich kaum an ihn erinnern.

Interessant fände ein Kind in diesem Alter aber sicher das neue Haus, das sich der Vater in Dessau baute. Die Nachbarn und Spaziergänger nannten es die »Remise«, den »Hangar« oder, noch schlimmer, die »Seilbahnstation«, weil es nur ein Flachdach hatte. Und weil man »durchschauen« könne, wie sie sagten. Noch dazu bestand es aus vorgefertigten, weiß eingefärbten Betonelementwänden, die tatsächlich mehr an eine Garage als an eine Villa erinnerten. Wenn die kleine Manon den Humor ihres Vaters hatte, dachte Ise, wie sie da im Schatten der Kieferngruppe neben der Einfahrt stand und wartete, würde sie in Wien erzählen, ihr Vater wohne unkomfortabler als sein eigenes Automobil!

Ise war gespannt auf dieses Kind. Und auch gespannt darauf zu sehen, wie die frischgebackene Großmutter, die ja keinerlei Erfahrung mit Enkelkindern hatte, mit ihm umgehen würde. Es gab da ja etwas Neues zu berichten, was sie selbst und Gropius betraf.

Von der Einfahrt aus musste das Haus, wenn man sein Inneres, seine rational durchdachten Abläufe nicht kannte, die sie gemeinsam mit Gropius über Monate geplant hatte und die die jetzt beginnende Inneneinrichtung zu einem einmaligen Experiment machen würden, tatsächlich unspektakulär aussehen. Es war schlicht und einfach … weiß. Und da kein Dekor, kein einziges Zierfries die Geschosslinien, die Fenster oder den Dachabschluss markierten, sah es für den herrschenden

Geschmack verständlicherweise unfertig aus. Dafür hatte es »Augen«, riesige, fassadenbündige Fenster in schwarzen Eisenrahmen, die sich gegenüberlagen, sodass man von außen durch die Raumfluchten hindurchsah.

Das Haus war tatsächlich, wie die Passanten sagten, durchsichtig! Das war Ises Idee in der Keramikwerkstatt am Abend ihres allerersten Bauhausrundgangs mit Irene gewesen, und es machte einen zwar befreienden, aber für viele sicher auch beängstigenden Eindruck. Eben den einer Seilbahnstation.

Genau wie Ise es sich gewünscht hatte, war dieses erste Haus, das sie nicht in der Familie vorgefunden, sondern selbst mitgestaltet hatte, eine Aufreihung von lichten Lieblingsorten: Vom nordseitigen Eingang kam man über sieben Stufen und ein Eingangspodest ins Vestibül und fand rechter Hand, Richtung Westen, die Anrichte und die Küche mit einer kleinen Terrasse in den Garten, linker Hand zwei gleich große Schlafzimmer mit Bad und begehbarem, »amerikanischem« Schrank. Das Wohn- und Esszimmer zog sich beinahe über die gesamte Südseite des Hauses und hatte eine weitere Terrasse vorgebaut.

Im Obergeschoss gab es ein Atelier, ein großzügiges Gästezimmer mit Bad und, was Ise wichtig war, ein Hausmädchenzimmer mit Waschküche, das den schönsten Blick in den Kiefernhain hatte. Egal, aus welchem der großen Augen-Fenster des Obergeschosses man auch blickte, immer sah man die Wipfel der hohen Kiefern. Hier war man dem Himmel ganz nah, aus jedem Raum trat man auf eine Terrasse ins Freie.

Solch ein Haus, »so weiß, so still, der Blick aus den Fenstern voller Birken«, hatte Ise sich für ihr Leben vorgestellt. Jetzt war es, wenn auch mit Kiefern statt Birken, Wirklichkeit.

Sie würden vor Weihnachten einziehen können, jedes der Schlafzimmer hätte seinen Bewohner und das Atelier einen frisch geborenen Erdengast …

Ise freute sich darauf, die beiden Manons durch die Räume zu führen, da kam der tannengrüne Alfa Romeo, wie immer rasant von Breuer gelenkt, die Antoinettenstraße direkt vom Bahnhof heraufgezischt und bog nach links in die Burgkühnauer Allee ein. Breuer ließ den offenen Wagen lautlos ausrollen, sodass er präzise vor Ises Füßen zum Stehen kam.

»Kolonialtraktor meldet sich in der Remise zurück, gnädige Frau«, rief er mit einem lustigen Salut zu ihr herüber, während er aus dem Wagen sprang und ihn umrundete, um Manon Gropius senior und ihrer Enkelin den Beifahrerschlag zu öffnen.

Erstere stieg mit Schwung aus dem Coupé und überließ es Breuer, sich um das Kind zu kümmern. Sie kam mit weit geöffneten Armen auf Ise zu. Während sie sie beinahe stürmisch umarmte, sagte sie ziemlich hörbar: »Unerträglich, das Gör. Ich warne Sie, Ise!« Dann, sich etwas sammelnd, fuhr sie leiser fort: »War ja zu erwarten, bei der Schlampe von einer Mutter … Verwöhnt! Verzärtelt! Ewig schade …«

Während Breuer sich Mühe gab, das dickliche Kind aus der Sitzbank des Coupés zu ziehen, nutzte Manon Gropius den Augenblick und nahm Ise bei den Hüften. Sie brauchte eine Viertelsekunde, um die Neuigkeit erkannt zu haben.

»Wir werden vier«, sagte sie strahlend.

Ise nickte und wurde sicher etwas rot dabei.

»Wie wunderbar! Ich bin stolz auf Sie, Ise!«

Ise sah an ihr vorbei auf den armen Breuer, der, mit Kindern genauso unerfahren wie sie beide, seine echte Mühe hatte, die dicke kleine Manon zu motivieren, auf die zwei wildfremden Frauen zuzugehen, die ihre Groß- und ihre Stiefmutter waren.

»Ich hoffe, es wird ...«, begann Manon Gropius.

»Ein Mädchen?«

»Ja! Natürlich! Wir lieben Mädchen! Erst recht, wenn es ein Mädchen wird wie Sie! Selbst aus dieser kleinen, verzärtelten Manon hier ...«, sie wandte sich zu dem Kind zurück und Ise konnte beobachten, wie sie sich bemühte, alles kritisch Forsche aus ihrem Blick zu nehmen und sich stattdessen im Schmelz der Güte zu üben, immerhin war es ihr einziges Enkelkind, »... würden Sie, meine Liebe, etwas machen. Aber egal! Denn jetzt«, gab sie Ises Bäuchlein einen tätschelnden Klaps, »bekommen wir ja ein Isekind!«

»So Gott will«, lächelte Ise.

Komisch, das war eine für sie ganz untypische Redewendung! Ise war nicht im herkömmlichen Sinn gläubig. Eher glaubte sie an Fügung, die denjenigen half, die sich selbst und anderen halfen – und zwar in genau dieser Reihenfolge.

»Alles andere wird sich fügen, wie es sich fügen muss«, schloss Manon Gropius genau in diesem Moment, während die kleine Manon ihr mit einer ungelenken Geste von hinten an der Jacke zog.

»Mir ist heiß, *grand-maman*«, sagte sie, ohne von Ise Notiz zu nehmen.

»Gleich, Kind. Wir gehen gleich einen Eistee trinken. Doch zuvor sag dieser Dame Guten Tag, bitte!«

»Ich habe Hunger.«

»Wir haben im Speisewagen doch gut gegessen, Kind? Das ist kaum eine Stunde her.«

»Ich will ein Eis!«

»Später. Sagst du jetzt dieser Dame Guten Tag, Manon?«

Die kleine Manon machte einen plumpen Knicks, ohne Ise die Hand zu geben oder sie anzuschauen. Breuer kam zu Hilfe, diese Szene war ihm sichtlich peinlich, und zwar peinlich für seinen Meister, Gropius, und für dessen verehrte Mutter. Sein Seitenblick zu Ise zeigte, dass er auch für sie beschämt war, er nahm das Kind an der Hand und ging mit ihm auf das Meisterhaus zu, ohne auf sein lautes Gequengel zu hören. Die beiden Frauen gingen hinterher.

»Man sieht die Kiefern durch das Haus hindurch«, sagte Manon Gropius, ihre Schritte wurden bei dieser Entdeckung verhaltener.

»Das war die Idee.«

»Mutig!« Sie blieb kurz stehen. »Man wird auch Sie sehen, wie Sie sich im Haus bewegen …«

»Warum nicht? Häuser sind Türen! Offene Türen am besten.«

»Ha! Das passt zu Ihnen«, nickte Gropius' Mutter dazu. Sie gingen wieder los, Breuer war mit dem Kind schon im Haus verschwunden und hatte, tatsächlich, die Haustür sperrangelweit offen gelassen.

»Man wird der Sonne folgen können …«, sagte Manon Gropius, als sie so nahe gekommen waren, dass man die schmale Westterrasse erkennen konnte, die vor der Küche und der Anrichte lag und von der aus man den gesamten Kiefernhain im Blick hatte. Die Nachmittagssonne warf die langen Kiefernschatten auf die Wiese, ein Netzwerk aus fliehenden Linien von Dunkelgrau bis Schwarz, »… von dieser Terrasse aus, von überall im Haus.«

Statt ins Haus hinein zog sie Ise jetzt auf die Wiese, und sie umrundeten die Westfassade, bis sich das gesamte würfelförmige Haus mit seinen großen Südfenstern im Erdgeschoss und seinen Terrassen vor dem Atelier und dem Gästezimmer im Obergeschoss ihrem Blick erschloss.

»Man wird den Himmel sehen, von all diesen Terrassen«, fuhr Manon Gropius fort.

»Der Himmel ist überall, ja.«

»Wenn man gelernt hat, den Kopf zu heben?«

»Und dann einen Fuß vor den anderen setzt«, zitierte Ise Irene. Manon Gropius ging ein paar Schritte rückwärts, jetzt hatte sie das Meisterhaus zusammen mit Ise im Blick. Sie verschränkte die Arme und nickte.

»Sie wagen etwas, Ise!«

»Es ist ein Versuch.«

»Ein *offenes Leben*, nicht? Das gelingen kann, wissen Sie? Weil Sie ihm nicht das Geheimnis nehmen werden.«

Plötzlich, ganz ohne Übergang, ging sie im Gardeschritt los, umrundete das Haus entlang der Ostseite und erwartete Ise vor den Fenstern der Schlafzimmer. Nach wenigen weiteren

Schritten waren sie beide wieder auf der Eingangsseite angekommen, und Manon Gropius stieg die sieben Stufen der Treppe hinauf. Von der Höhe des Podests vor der offen stehenden Eingangstür drehte sie sich nochmals zu Ise zurück.

»Ihr Leben, Ise, hätte ich gerne gelebt!«

Kapitel 30

TRIOLIN

Der Besuch der Baustelle verlief in vollkommenem Schweigen, da Gropius' Mutter Ise wortlos verstand. Beim komfortablen Gästeschlafzimmer im Obergeschoss fragte sie nur: »Das ist das Zimmer für die Freunde von weither?«, und als Ise dazu nickte: »Ja, ja, es ist gut, im Leben ein wenig Spielraum zu haben.«

Im letzten Raum des Obergeschosses, dem Atelier, angekommen, begann Breuer die neuen, im Bauhaus entwickelten Bodenmaterialien, die hier ausprobiert wurden, zu erklären. Ise bot ihrer Schwiegermutter wohlweislich einen Platz auf der Fensterbank an, denn sie wusste, dass diese Erläuterung eine gute halbe Stunde in Anspruch nehmen würde. Doch sei's drum, der Meisterhaus-Rundgang war gemacht und eigentlich warteten sie alle hier nur noch auf Gropius, der sich anscheinend wie so oft verspätete.

Breuer begann, wie gewohnt bei Projekterklärungen, ohne jegliches Stottern. Alle Gänge und Treppenläufe in diesem Haus seien mit einer Erfindung der Keramikwerkstatt, nämlich dem

»Steinholzestrich« belegt, einem mit Sägespänen angereicherten Magnesium-Zement-Estrich, der eine exzellente Wärmeisolierung verspreche, gut den Trittschall schlucke, porös sei, also atme und gleichzeitig atmosphärische Feuchtigkeit aufnehmen könne, das Haus also auf Dauer trocken halte. Er hielt einen Moment inne. Vielleicht habe er zu viel an technischen Fähigkeiten aufgezählt?

Nein, die Damen schüttelten die Köpfe.

Der Herr Professor Gropius spiele demnach mit der Idee, diese erst kürzlich patentierte Belagsmischung in den gesamten Werkstätten der Schulgebäude großflächig auszuprobieren.

Die Damen nickten.

Das zweite ebenso neu entwickelte Material, das die Damen in diesem Atelier verlegt vorfänden und das allerdings viel verspielter sei, da in allen Farben der RAL-Palette herstellbar …

»Verzeihen Sie, die Damen«, unterbrach er sich selbst, »man setzt so viele Hintergrundinformationen voraus, wenn man Tag und Nacht unter Gestaltern hockt!« Er rieb sich den Hinterkopf, was seine rabenschwarzen, streichholzkurzen Haare in wilde Unordnung brachte.

»›RAL‹ heißt nichts Sperrigeres als ›Reichs-Ausschuss für Lieferbedingungen‹, ein neues Amt des Wirtschaftsministeriums, das seit diesem Frühjahr die Farbtöne aller Designprodukte der Republik skaliert und festschreibt. Das gilt für Eisenbahnwaggons wie für U-Boote, für Feuerlöscher wie für Automobile, für Radioantennen, Sauerstoffflaschen und Telefonapparate …«

Um die Damen besser im Blick zu haben, spielte er sich bis zur Mitte des Raumes frei und stand in seinen schwarzen, schmalen Hosen und seinem ebenso schwarzen, kragenlosen Hemd auf dem korallenrot-schwarzen Schachbrettboden des Ateliers wie ein sehr schlank geratener Läufer.

»Das zweite also hier im Meisterhaus verwendete Material«, nahm er seinen Faden wieder auf, »das viel verspielter ist, ist das sogenannte ›Triolin‹.«

Seine Stimme wurde ab dem »viel verspielter« etwas belegt, er redete sich sichtlich in Begeisterung, wollte die Damen aber auf keinen Fall damit beeinflussen. Diese dem Linoleum nachempfundene Entwicklungslinie musste also sein Projekt sein, doch er war tunlichst bestrebt, jede Vaterschaft zu verleugnen und jeden Gewinn, den sein Produkt je erzielen könnte, dem Bauhaus zuzuschreiben.

»*Triolin* …«, wiederholte Manon Gropius, das Wort lange dehnend. Mit ihrer tiefen Stimme ausgesprochen, klang es wie das Geheimrezept eines Zaubertranks aus *Tausendundeiner Nacht*.

»Präzise.« Breuer wurde wieder einmal über beide Ohren dunkelrot und musste ein, zwei Sätze lang stottern. »S-Sie wissen sicher, dass das Originalprodukt, Linoleum, nach dem W-Walton-Verfahren bisher nur in England hergestellt wird, zu monströsen Kartellpreisen … und demnach für den sozialen Wohnbau, den wir hier am Bauhaus ja vorantreiben, unerschw-winglich ist!«

Er begann, auf den Triolin-Schachbrettfeldern diagonal hin und her zu gehen, wahrscheinlich, um sich im Gehen zu beruhigen, dann fuhr er fort: Und bis die Patentrechte ausgelaufen seien, habe man hier am Bauhaus diesen Ersatz aus Nitrocellulose, Füllstoffen und Gelatinierungsmitteln entwickelt. Der sei, die Damen mögen seine Euphorie verzeihen, selbst ganz nüchtern betrachtet eine Sensation! Durch die Durchmischung von Farbpigmenten bis zum Trägermaterial aus Hanffasern verspreche Triolin nämlich überraschend hohe Lichtfestigkeit und maximale Hygienequalitäten! Noch dazu sei es durch und durch ökologisch, denn nur aus nachwachsenden Komponenten hergestellt! Nur die relativ hohe Entflammbarkeit, die mache ihm noch Sorgen. Denn neuerdings müssten sie Architekten und Planer ja zunehmend auf die sogenannten »DIN-Normen« achten. Das seien die frisch erlassenen Gesetze zu Sauberkeit, Keimfreiheit, Brand- und Emissionsschutz in öffentlichen Räumen, die Böden, Wände, Decken und alle Arten von Möbel- und Gebrauchsoberflächen beträfen … zum Beispiel in Schulen, Krankenhäusern, Kindergärten, Altersheimen, in Versammlungsräumen, Küchen, Lagern … selbst in Parkanlagen!

Er schloss mit einem überzeugten: »Und da müssen wir am Bauhaus doch der Zeit voraus sein!«

Die Damen nickten, von seiner Überzeugung überzeugt, ein synchrones Nicken.

Er habe deshalb die Ehre gehabt, eine Kollektion von Triolinfliesen in den Farben Rot, Gelb, Blau und Grün sowie in Schwarz und Weiß zu erarbeiten, die zu einem für alle erschwinglichen Produkt werden könnten und im neuen Jahr auf den Markt gebracht würden.

Breuer ging mit langen Schritten zum raumhohen Fenster der Atelierwand und strich mit der flachen Hand von der Bodenfliese bis auf das Sockelmäuerchen, wo das Triolin direkt in den Fensterrahmen mündete.

»Sehen Sie, die Damen? Keine Schnitte, keine Fugen, keine Eckleisten! Es schmiegt sich an wie eine zweite Haut!«, strahlte er.

Für die Bauhaus-Bauten und die Meisterhäuser habe Professor Gropius eine exklusive Erstverwendung dieser Schachbrettfliesen ausgehandelt: Das Bauhaus erhalte das Material geschenkt und stelle dafür die Fotos der Innenräume zur Verfügung.

Da bemerkten sie alle drei hinter Breuer ein dumpf vibrierendes Geräusch. Ise erhob sich ein wenig von ihrer Fensterbank, um besser sehen zu können, und tatsächlich, die kleine Manon, die alle hier über der Triolin-Geschichte ganz vergessen hatten, hatte sich das Schachbrett auf ihre Art zu eigen gemacht: Die Doppelreihe entlang der Eingangswand war zu ihrem imaginären Himmel-und-Hölle-Feld geworden.

Ise wandte sich zu ihrer Schwiegermutter und zeigte amüsiert auf das dickliche Kind, das in seinem konzentrierten Spiel jetzt geradezu leicht wirkte. Doch die zeigte keine Reaktion. Sie war doch nicht etwa auf diesem unbequemen Platz auf der Fensterbank eingenickt?

Das nicht, nein, doch die alte Dame hatte Mühe, nach diesem doch längeren Vortrag ihre generalstabsmäßige Haltung zu wahren. Sie saß zwar immer noch kerzengerade, musste sich dazu aber mit beiden Händen an der Fensterbank festkrallen. Ise müsste ihr dringend einen ordentlichen Sessel anbieten!

»Das klingt alles sehr überzeugend, Breuer«, sagte Ise und wunderte sich über sich selbst, noch nie hatte sie einen von Gropius' Assistenten direkt gelobt. Sie tat das nur, weil Gropius abwesend war und man seiner Mutter zu Hilfe kommen musste. Es fühlte sich aber ganz natürlich an.

»Wie schade, dass mein Mann Ihnen nicht zuhören konnte, Sie machen technischen Fortschritt so attraktiv! Und übrigens«, tätschelte sie von der Seite Manon Gropius' Hand, »wo bleibt er denn?«

Breuer wurde aus Verlegenheit schon wieder rot, fasste sich aber schneller als zuvor und erklärte, verhohlen auf seine Armbanduhr schauend, der Professor könne sich aufgrund einer seitens der Landesregierung überraschend einberufenen Pressekonferenz zur Begehung des ersten Meisterhaus-Rohbaus leider … um eine weitere halbe Stunde verspäten.

Da erhob sich Manon Gropius abrupt, schüttelte die Beine aus, schlang den Arm um Ises Hüften und marschierte mit ihr zum Atelier hinaus und über die gewendelte Treppe ins Erdgeschoss hinunter.

Im Vestibül des Meisterhauses angekommen, rief sie durchs Treppenhaus zurück: »Breuer, Sie folgen uns ins Café Sieben Säulen!«

Kapitel 31

»EINE DIESER WIENERINNEN?«

Dort war Ise natürlich gut bekannt, und die Wirtin, Frau Zwick, hatte in Voraussicht des hohen Besuchs der Frau Gropius senior schon einen Tisch an der Balustrade über der Burgkühnauer Allee hergerichtet und einen Strauß blutroter Dahlien in dessen Mitte gestellt.

Frau Zwick, wahrscheinlich im Alter von Manon Gropius, kam aus einer Familie, die im Krieg aus Schlesien geflohen war. Sie sprach genauso fließend Polnisch wie Deutsch, Tschechisch und Französisch. Mit Breuer wechselte sie sogar stets ein paar Worte auf Ungarisch, und jetzt, wo die kleine Manon die beiden Damen überholte und sich, ohne abzuwarten oder zu fragen, mit ziemlichem Lärm an den Tisch setzte, machte Frau Zwick ein wienerisches »Habe die Ehre« so waschecht nach, dass das Kind zum ersten Mal seit seiner Ankunft jemandem ins Gesicht sah und lächelte. Sofort war es wieder aufgestanden und am Rockzipfel von Frau Zwick in der Küche verschwunden, sicher um die Vorräte an Speiseeis, dann auch die Sahnemaschine, den Kakaomischer und die Blockschokoladenreserven im Eiskeller zu inspizieren.

Manon Gropius hatte wohl im selben Moment beschlossen, sich über die Wiener *Laissez-faire*-Manieren dieser Kleinen nicht weiter zu ärgern, sondern sie vielmehr zu übersehen. Sie setzte sich mit einem amüsierten Kopfschütteln auf das Eisensesselchen an der Balustrade und wies Ise mit großer Geste den Platz ihr gegenüber zu.

Breuer blieb in einigem Abstand unter der Eingangsmarkise des Cafés stehen und steckte sich eine Zigarette an.

Das Rauchen fehlte Ise. Genau wie Irene.

Manon Gropius ließ, während Ise sich setzte, einen durch und durch zufriedenen Rundblick von den Sieben Säulen bis zum Meisterhaus und weiter in die Nachmittagssonne über dem Kiefernhain schweifen. Ihre Bernsteinaugen schlossen sich kurz und öffneten sich wieder, bevor der Rundblick in Ises Augen endete.

»Und in Paris? Geht alles gut mit Ihrer schönen Freundin?«

Ise musste lächeln und nickte, während Frau Zwick etwas atemlos auf der Terrasse erschien und fragte: »Den leichten Weißen und ein großes Mineralwasser, wie üblich, Frau Gropius?«

»Gleich eine Karaffe«, antwortete Manon Gropius mit ihrer rauchigen Stimme, »wir haben etwas zu feiern.«

Frau Zwick verschwand und kam mit vier Gläsern, dem Wasser und der gewünschten Karaffe zurück.

»Der Herr Professor sollte doch auch schon hier sein?«

»Es kann sich nur noch um Stunden handeln«, warf Breuer von seiner Beobachterposition aus ein.

»Dann beginnen eben die Damen«, womit Frau Zwick die Gläser füllte und wieder in ihre Küche verschwand.

Gerade als Manon Gropius das Gespräch mit Ise wiederaufnahm, »Ein offenes Leben also, sagten wir eben …«, sahen sie ein Automobil von der Straße, die zum Bauhaus führte, in die Burgkühnauer Allee einbiegen und einige Meter vor dem Café Sieben Säulen zum Stehen kommen. Es war eine schwarze Mercedes-Benz-Limousine mit Berliner Kennzeichen. Heraus stieg ein Herr im hellen Leinenanzug, der um das Heck des Wagens kreiste, um die Beifahrertür zu öffnen.

Hinter dieser Limousine hielten jetzt noch mehrere Wagen in der Allee, aus denen Trauben von Journalisten ausstiegen. Sie bogen, gefolgt von ihren Fotografen und Kameramännern, die ihre Apparaturen aus den Kofferräumen holten und in Stellung brachten, in den Einfahrtsweg des Meisterhauses ein.

»Der Theater-Töter?«, entfuhr es Breuer, indem er seine Zigarettenkippe in hohem Bogen von der Caféterrasse hinunter auf die Straße schnippte, dem Herrn aus dem Berliner Mercedes-Benz hinterher.

Manon Gropius und Ise, die von ihrem Tisch an der Balustrade aus das Trottoir vor dem Café nicht einsehen konnten, beobachteten die Journalisten, die schnurstracks auf den Eingang des Hauses zuströmten. Der Herr aus dem Mercedes-Benz war aus ihrem Blickfeld verschwunden.

»Bloß nicht mit …«, raunte Breuer verhalten Frau Zwick zu, die gerade wieder aus der Eingangstür des Cafés trat und sich nach der kleinen Manon umsah. Das Kind trug eine Riesenwaffel voll quietschrotem Himbeereis wie eine Trophäe vor sich her. Vom Bauhaus und der Kreuzung der Sieben Säulen bog derweil eine Gruppe von Passanten zu Fuß in die Straße ein, und Manon Gropius und Ise erkannten den Meisterrat des Bauhauses in vollständiger Formation. Nur Gropius fehlte. Moholy-Nagy ging zuletzt, um den Kollegen, allesamt eben aus den Ferien zurückgekehrt, den Anblick der frisch lasierten und somit blütenweißen Betonfassaden zu gönnen. Er umrundete die kleine Gruppe, stellte sich auf das Eingangspodest und sagte ein paar Sätze zu den wartenden Journalisten. Dann machte er eine nach links und rechts ausholende, das ganze Haus präsentierende Geste wie ein Dirigent beim Schlussapplaus vor seinem Orchester und lud mit einem nonchalanten Schwung der rechten Hand zur gemeinsamen Begehung ein. Der gesamte Pressestab bildete eine Schlange und verschwand, gefolgt vom Meisterrat, durch die offen stehende Eingangstür.

Breuer blieb, zu Ises Überraschung, auf seinem Posten vor der Cafétür stehen und steckte sich die nächste Zigarette an.

Einige Minuten verstrichen, in denen man das Schlotzen der kleinen Manon an ihrer Eiswaffel hören konnte und sonst nur Breuers regelmäßiges Einziehen und Ausatmen beim Rauchen.

Zigaretten hatten nicht nur einen Geruch, dachte Ise dabei, sondern ebenso einen Geschmack, auch für die, die nicht rauchten. Es lief ihr, die sich während ihrer Schwangerschaft ein *gesundes* Leben ohne Rauchen auferlegt hatte, gerade das Wasser im Mund zusammen, als Manon Gropius sagte: »Gut, dass Sie schon jetzt an die Kleine denken, Kindchen! Doch wenn sie einmal da ist, darf man ohne Weiteres wieder auf einer Ihrer Terrassen rauchen oder draußen auf der Wiese, unter den Kiefern, oder in der Schule oder hier im Café … Es sind ja nur noch ein paar Monate!«

»Immerhin … ein paar.«

»Die gehen schnell vorbei. Denken Sie an die Freude, inzwischen dieses …«, sie wies auf den weißen Kubus ihnen gegenüber, »… Prachtstück einrichten zu dürfen!«

»Da haben Sie recht, natürlich. Es ist eine Gnade! Bruno Taut, ein Freund Ihres Sohnes, wird schon nächste Woche aus Berlin kommen. Er erforscht, wie ich Ihnen ja schon im Frühjahr geschrieben habe, rationale Arbeitsabläufe im Haushalt. Ein wunderbarer Mann!«

»Ja, Taut hat mir von Gropius' ganzer Kollegen-Clique immer schon am besten gefallen«, bestätigte sie. »Ein Poet. Haben Sie seine Aquarelle gesehen? Die Bergzüge und ihre Stadtkronen? Die Kristalltürme und ihre Himmelswelten? Eigentlich war er immer zu gut für die Architektur! Inzwischen aber hat er sich, klug, wie er ist, zum Vorkämpfer der architektonischen Emanzipation der Frau gemacht, nicht wahr?«

»Genau! Zum Vorkämpfer … und zum Entdecker! Gerade entwickelt er unvorstellbar funktionelle Innenausstattungen für seine Sozialwohnbauten in Britz …«

»Dann wird Ihre Zusammenarbeit ja spannend werden! Sie erfinden das Innenleben dieses schönen Hauses, und Taut sagt Ihnen, wo man immer noch mehr weglassen kann?«

»So ähnlich, denke ich. Taut hat auch gerade ein neues Buch herausgebracht, mit dem provokanten Titel *Die neue Wohnung:*

Die Frau als Schöpferin. Es geht um *kluges Bewegen*, um rationale Arbeitsabläufe beim Kochen, beim Waschen und Bügeln, beim Empfangen und Entspannen, beim Lesen und Schreiben, beim Schlafen schließlich … *bref*: beim Wohnen an sich, und wir nehmen das Meisterhaus als unsere Probebaustelle.«

»Prachtvoll, Ise! Und er … *er* …«, sie wies mit der linken Hand an den Sieben Säulen vorbei Richtung Bauhaus-Baustelle, wo ihr Sohn aufgehalten worden war, »… soll Sie bloß machen lassen!«

»Wer, Gropius?«

Sie nickte ein vieldeutiges Nicken.

»Ich denke, er ist beschäftigt genug«, schmunzelte Ise.

»Wie man sieht. Kann sich um nichts anderes sorgen als um seine Meisterrat-*Menagerie* und eine möglichst gute Presse«, antwortete Gropius' Mutter mit einem mitleidigen Seitenblick auf ihr verwildertes Wiener Enkelkind.

»Ich bin ganz für dieses Haus da, Manon. Sie werden schon sehen …«

Da kam in der Schusselau ihnen gegenüber Bewegung auf.

Man sah die Gruppe der Journalisten und Fotografen aus der Fenstertür der Anrichte auf die Westterrasse treten und Moholy-Nagy ein paar erklärende Worte an sein Publikum richten. Er zeigte dabei mit ausholender Geste auf den Kiefernhain und die sinkende Nachmittagssonne.

»Man wird der Sonne folgen können«, zitierte Ise leise die Worte ihrer Schwiegermutter vorhin auf der Baustelle.

Sie erntete ein Schmunzeln. Gleich darauf ging Moholy-Nagy das Terrassentreppchen hinunter und ein paar Schritte auf die

Wiese, wies in den Himmel und auf die Terrassen des Obergeschosses.

»Man wird den Himmel sehen, von all diesen Terrassen«, zitierte Ise weiter.

»Der Himmel ist überall, ja«, antwortete Manon mit Ises Worten und lehnte sich genüsslich in ihrem Cafésesselchen zurück.

Und da geschah es. Klee, der sonst immer die Ruhe selbst war, brauste vom Inneren des Hauses auf die Westterrasse, durchquerte grußlos die Menge der Besucher und lief zu Moholy-Nagy auf die Wiese hinunter. Er gestikulierte wild durch die Luft, anscheinend um ihm zu bedeuten, er solle zu den Journalisten auf die Terrasse zurückkehren, um sie wieder ins Haus zu weisen und zum Besuch des Obergeschosses einzuladen.

Als die Fenstertür der Anrichte alle verschluckt hatte, sah man Klee und Kandinsky wieder auf die Terrasse treten, das Treppchen auf die Wiese hinuntereilen und den Kiefernhain queren. Dann verschwanden sie die Burgkühnauer Allee hinunter aus dem Blickfeld.

Das Meisterhaus stand wieder still zwischen seinen Kiefern.

Manon Gropius und Ise stützten sich in einer simultanen Bewegung auf die Balustrade und schauten auf die Allee hinunter. Es musste ein lustiges Bild sein, wie sie sich da wie aus einer Theaterloge ins Parkett hinunterlehnten, um in Erfahrung zu bringen, warum die Bühne vor ihnen plötzlich leer war.

Da kam der Herr aus dem Mercedes-Benz wieder ins Bild. Er war wohl in der Zwischenzeit die ganze Burgkühnauer Allee hinunter spaziert, vielleicht, um sich die drei Doppel-Wohnhäuser für die Mitglieder des Meisterrats anzusehen, die in einiger Entfernung zu Ises Haus im Rohbau standen, allerdings noch »blind«, ohne Fenster und Türen.

Und er war nicht mehr allein. Bei ihm eingehakt und auf Tuchfühlung ging eine junge Dame. Sie trug ein eng anliegendes Jerseykleid, sehr hohe Pumps und einen Strohhut mit schwingender Krempe. Ihr exzentrischer Hüftschwung ließ auf einen ebensolchen Charakter schließen oder auf eine Tätigkeit als Tänzerin, als Mannequin oder als Schauspielerin …

Ise und Manon Gropius beobachteten das Paar, das die Allee entlang auf sie zukam, einen Moment lang ohne jeglichen Kommentar.

»Warum manche Frauen, sagen wir besser: *gewisse* Frauen, wenn sie Erfolg haben wollen, so unverfroren … und so bemitleidenswert … ihre weiblichen Waffen einsetzen?«, fragte Gropius' Mutter, ohne eine Antwort zu erwarten.

Ise lächelte dankbar. So eine Schwiegermutter musste man haben, die auch die brenzligste Situation bravourös entschärfen konnte!

»Sie haben das sicher nie getan, meine Ise, dafür lege ich beide Hände ins Feuer!«

»Ich habe andere Waffen eingesetzt als die … weiblichen«, schmunzelte Ise und tupfte sich dabei mit den Fingerspitzen ihrer Rechten, der Schreibhand, an die Stirn.

Manon Gropius musste laut lachen.

»Sie sind bewundernswert, Kindchen.«

»Ebenfalls!« Ise erschrak etwas, es war das erste Kompliment, das sie dieser so verehrten Frau machte.

Vielleicht war es deplatziert? Gar unverfroren?

Nein, Gropius' Mutter schien geschmeichelt: »Andere Zeiten«, winkte sie, immer noch lachend, ab, »doch nehmen Sie doch einmal die jungen Frauen Ihrer Generation: das Fräulein Brandt zum Beispiel? Die Erfolgsgeschichte in Person, wie mein Sohn mir berichtet.«

»Und das ganz ohne Hüftschwünge und Augenaufschläge für die Produktionsleiter und Einkäufer der Leuchtenindustrie«, bestätigte Ise.

Sie lachten jetzt beide. Zwei Damen in der Theaterloge, die sich glänzend amüsierten, auch wenn die Bühne vor ihnen leer war.

»Oder die Frau von diesem gut aussehenden Ungarn? Diese vielgefragte Lektorin? Meine Verlegerfreunde sprechen mit größtem Respekt von ihr.«

»Sie will nächstes Jahr hier auch noch Fotografie lernen.«

»Bei Ihrer fabelhaften Pariser Fotografen-Freundin, nehme ich an? Mein Sohn hat sich sehr über ihre Einschreibung gefreut …«

»Ich mich auch«, entfuhr es Ise.

»Ich weiß ja, Kindchen!« Manon Gropius lehnte sich über den Tisch zu Ise und nahm ihre beiden Hände in ihre, genau wie es ihr Sohn mehrmals in der Kammerspiele-Bar getan hatte. In ihren Bernsteinaugen spielte das Nachmittagslicht. Sie waren schon Eroberer, die beiden!

»Nun, auch diese Ihre Freundin zum Beispiel. Hat als Fotografin kein Antragen von Sinnlichkeit notwendig! Bietet Männern nichts, aber auch gar nichts an. Nur, was sie ist und was sie kann.«

»Man sollte den Meisterrat anregen, sie mit der Triolin-Kampagne zu beauftragen.«

»Unbedingt!«

Manon Gropius machte sich jetzt im Rücken gerade, denn Breuer hatte seine Position unter der Eingangsmarkise des Cafés verlassen und war mit Frau Zwick das Treppchen auf die Allee hinuntergegangen. Nur einen Augenblick später waren sie zurück, Breuer schickte Frau Zwick zu ihrem Tisch und war wieder verschwunden.

Frau Zwick prüfte, ob Breuer und das Trottoir vor dem Café für die beiden Gropius-Damen einsehbar wären, während sie auf sie zuging. Sie blieb mit ungewöhnlich großem Abstand vor dem Tischende stehen, als ob sie das Geschehen in ihrem Rücken so besser überschauen könnte.

»Wer kommt denn da die Allee zu uns herauf?«, fragte Manon Gropius, plötzlich im Generalstabston.

»Ach, nur ein paar unerwartete Gäste, gnädige Frau.«

»Piscator, nicht wahr? Der, der für einfache Leute komplizierte Theater bauen will. Ist der Gast bei Ihnen?«

»Bauen wird das *komplizierte* Theater tatsächlich Ihr Sohn«, nahm Ise Frau Zwick aus der Schusslinie.

»Jaja, ich weiß«, mäßigte Manon Gropius ihren Ton, »das Monster vom Nollendorfplatz … Bertolt Brecht hat es neulich schon das ›Rote-tausend-Plätze-Clubtheater‹ getauft, für ›Publikumsverdummung in kommunistischer Politpropaganda‹. Das fand ich köstlich!«

»Weniger köstlich ist, dass *er* …«, Ise zeigte an den Sieben Säulen vorbei Richtung Bauhaus, »da mitspielt.«

»Allerdings! Man spricht mich in Berlin auf der Straße darauf an …: und ich schäme mich für solch überflüssigen Firlefanz! Sie haben hier an Ihrer Schule weiß Gott dringende Aufgaben zu lösen. Also …«, sie musste sich räuspern, dieses Totaltheaterprojekt musste sie schon genauso viele Nerven gekostet haben wie Ise selbst, »… hier kommt der Herr Piscator auf uns zu.«

Nach einem Augenblick des Nachdenkens – wahrscheinlich überlegte sie, wie und mit welchem kritischen Bonmot sie den Regisseur begrüßen würde – wandte sie sich wieder an Frau Zwick.

»Und die Dame?«

»Nun, Sie wissen doch, seine Diven … die, die gerade in Schmidtbonns *Hilfe! Ein Kind ist vom Himmel gefallen!* spielen.«

»Eine dieser Wienerinnen?«

»Habe die Ehre«, bestätigte Frau Zwick mit einem lustigen Pagendiener, »die neuen Stars unserer Volksbühne. Zuletzt, Sie erinnern sich, zu Weihnachten zu sehen, in O'Neills *Unterm karibischen Mond.*«

»Und was macht sie hier, ausgerechnet heute?«, fragte Manon Gropius.

»*Unterm karibischen Mond …*«, wiederholte Ise.

Da kam Breuer das Eingangstreppchen des Cafés herauf und rief betont fröhlich: »Der Herr Professor ist auf dem Weg, die Damen!«

»Ach, sie kommt dann und wann«, antwortete Frau Zwick noch beflissen, nutzte aber Breuers Präsenz, um sich in die Küche zu verabschieden.

Es ergab sich eine Pause. Nichts und niemand rührte sich. Das Meisterhaus stand still zwischen seinen Kiefern.

»Kommt dann und wann«, stellte Ise tonlos in den Raum.

Jetzt hörte man einen wütend aufheulenden Motor starten, der Berliner Mercedes-Benz wendete vor dem Haus und fuhr mit quietschenden Reifen davon. Man sah Klee und Kandinsky die Allee überqueren und zurück zum Meisterhaus gehen. Sie gestikulierten mit eingefallenen Schultern, wie geschlagene Ritter. Alle auf der Terrasse schauten dem Automobil nach, als Gropius von den Sieben Säulen im Laufschritt um die Ecke bog und das Eingangstreppchen des Cafés heraufeilte. Die kleine Manon, mit ihrer tropfenden Waffel in den Händen und den Wangen voller Himbeereis, stellte sich ihm plump in den Weg.

Es war schließlich Breuer, der zuerst bemerkte, dass Ise auf ihrem Sesselchen vor der Balustrade zusammengebrochen war und blutend am Boden lag.

Kapitel 32

HILFE! EIN KIND IST VOM HIMMEL GEFALLEN!

Paula hatte sie sie genannt, wie ihre Mutter. Einen toten kleinen Menschen konnte man nur nach einem anderen toten Menschen nennen.

Im nagelneuen Zentralkrankenhaus gegenüber der Bauhaus-Baustelle ging es an jenem Spätnachmittag des 28. August, dem Freitag vor Ferienende, an dem der Rettungswagen Ise in die Notaufnahme eingeliefert hatte, unglücklicherweise zu wie in einer Krankenstation im tiefsten Dschungel. Licht und Lüftung waren noch nicht angeschlossen, sodass Ise in der Notaufnahme nicht untersucht werden konnte und auf die Gynäkologie verlegt wurde, wo ihre Blutung zwar gestillt, der diensthabende Arzt aber erst eine ewig erscheinende halbe Stunde später in der alten Klinik in der Stadtmitte ausgemacht werden konnte. Man musste ihn herfahren, und Ise fiel aufgrund des Blutverlusts in eine Ohnmacht, aus der sie erst einen Tag später erwachte.

Man hatte mit einem anhaltenden Koma gerechnet, es sei eine Frühgeburt zu denkbar kritischem Zeitpunkt gewesen, man habe sie durch einen Kaiserschnitt entbinden müssen, die Frau Gropius möge sich jetzt bitte nicht viel bewegen, erst recht nicht aufstehen, man bringe ihr das Kind, sobald sie sich dazu fähig fühle.

»Sobald ich mich fähig fühle?«, sagte Ise mit aller Kraft, die sie in ihre Stimme legen konnte, und merkte, dass kaum etwas zu hören war.

Was denn sonst?, dachte sie weiter, statt zu sprechen, denn als sie den Kopf heben wollte, nur eine minimale Bewegung aus dem Nacken, ohne noch eine Hand oder einen Fuß gerührt zu haben, wurde ihr bewusst, welche Schmerzen sie hatte.

Ihr Körper fühlte sich an wie eine einzige Wunde, ihr Kopf fiel auf das Kissen zurück, und es wurde ihr so übel, dass sie, ohne noch irgendetwas sagen oder bitten zu können, erbrach. Die Schwester drehte sie zur Seite und setzte sich die ganze folgende Stunde oder noch länger, Ise hatte kein Zeitgefühl, zu ihr ans Bett. Es wurde Abend vor den Fenstern, und Ise erbrach immer wieder. Gleichzeitig wurde ihr heiß. Sie hatte Fieber.

Mit einem Wickel auf der Stirn und zweien um die Waden versorgt, schob die Schwester sie nach der einberufenen Notfall-Visite aus dem Zimmer in den Gang, der nach frischer Farbe roch, und an den Operationssälen vorbei in eine neue Erfindung, die »Intensivstation«, wie die Schwester sie nannte. Das sei eine abgetrennte Hochsicherheits-Einheit, erklärte sie auf ihrem gemeinsamen Weg, man habe so etwas erst in Berlin und Frankfurt und, dank Herrn Junkers' großzügiger Investition, nun auch hier in Dessau. Eine Sensation, müsse die Frau Gropius wissen! Eine 24-Stunden-Überwachung sei jetzt möglich, mit allen Apparaturen, die die lebenserhaltenden Körperfunktionen und ihre, wie sie sagte, »Vitalparameter« kontrollierten.

Vitalparameter, dachte Ise, welch ein Wort! Man konnte das Wunderwerk des menschlichen Körpers jetzt nach Parametern kontrollieren, ihm nach einer Vitalitätsskala Noten geben?

Tatsächlich kamen sie in einen Saal, in dem in vier durch Vorhänge getrennten Kabinen leere Betten vor riesigen Apparaturen mit schwarzen Monitoren standen. Es sah aus wie ein Labor für Tierversuche oder der Präparationsraum eines Leichenschauhauses. In der fünften und letzten Kabine stand ein hochbeiniges Rollgestell, das einen Glaskasten trug. In dem Glaskasten lagen weiße Kissen, mehr konnte Ise von ihrer Position aus nicht erkennen, und den Kopf zu heben wagte sie nicht, sonst müsste sie sicher gleich wieder erbrechen.

Sie war dann wohl vor Erschöpfung eingeschlafen, doch als sie wieder erwachte, fiel ihr erster Blick auf das kleine weiße Gefährt in der fünften Kabine. Es stand da ganz einsam zwischen seinen piepsenden Armaturen, als sei es gar nicht von hier, als gehöre es hier nicht her. Und jetzt wurde es Ise klar: Das war das Bettchen des kleinen Häwelmanns! *Der kleine Häwelmann* war das Lieblingsmärchen ihrer Kindheit gewesen. Tante Hannah hatte es ihr oft abends vorlesen müssen, ein kurzes und sehr wunderliches Märchen, mit einem eigentlich unfertigen Schluss. Es erzählte von einem kleinen Jungen, der sich in seinem Zu Hause nie zuhause gefühlt hatte und dessen Traum es gewesen war, eines Tages mit seinem Bettchen aus dem Fenster in den Himmel zu fliegen. Er hatte sich das jeden Abend vor dem Einschlafen gewünscht, und eines Abends war es so weit.

Dieses kleine Häwelmannbettchen in der fünften Kabine wartete also nur darauf, sich von den Kabeln zu den an den Wänden angebrachten Apparaturen freizumachen, durchs Fenster hinaus in den Abendhimmel zu fliegen und nie mehr zurückzukehren.

Es wollte nämlich das Ende der Welt erreichen! Und zwar bald! Einmal dort angekommen, würde es weiterfahren und mit vollem Schwung mitten in die Sterne hineinsteuern, sodass etliche dabei vom Himmel fallen würden. Dem Mond würde es frech über die Nase rollen, und das würde den eitlen Mond so sehr ärgern, dass er sein Licht löschen und den Sternen befehlen würde, schlafen zu gehen. Daraufhin würde es ganz unversehens Tag werden, und das Bettchen würde von der Sonne vom Himmel geschubst. So fiele es, es war nicht zu verhindern, mitsamt dem kleinen Häwelmann weit, weit hinunter, ins Meer.

»Und dann?«, fragte Ise laut, wie sie es Tante Hannah am Ende dieses Märchens jedes Mal gefragt hatte. Sie wunderte sich, sie konnte wieder sprechen, ohne zu erbrechen, und sie konnte sich hören dabei.

»Weißt du nicht?«, hatte Tante Hannah ihr dann immer die gleiche Antwort gegeben. »Wenn du und ich jetzt nicht gekommen wären, den kleinen Häwelmann in unser Boot zu holen, so hätte er leicht ertrinken können!«

Gerade als sie diese Antwort erinnert und vielleicht auch laut ausgesprochen hatte, kam eine neue Schwester herein und ging auf das Bettchen in der fünften Kabine zu. Sie ging mit leichtem Schritt, als ob sie schwebte.

Das musste die Nachtschwester sein, Ise war ganz entgangen, dass es vor den Fenstern inzwischen dunkel geworden war.

»Dann schauen wir doch einmal nach der kleinen Häwelmännin«, sagte sie.

Wie konnte das sein?

Hatte sie Ises Gedanken gelesen?

Die Schwester sah über die Schulter zu ihr zurück.

»Guten Abend! Ich habe von draußen gehört, wie Sie ›Und dann?‹ sagten, gnädige Frau, die Frage, die alle Kinder sich beim so plötzlichen Ende des Märchens vom Häwelmann stellen …«

»Und also auch meine Antwort?«

»Ja natürlich, die Antwort aller Mütter oder Tanten oder Großmütter, die der liebe Gott hat erfinden können.«

»Erfinden, ja.«

Ise war plötzlich wieder ganz ohne Kraft und unfähig, weiter nachzudenken. Allein diese paar Worte hatten in ihr eine Hitzewallung ausgelöst, dass ihr beinahe wieder übel wurde. Sie versuchte, so ruhig wie möglich ein- und auszuatmen und den Satz der Schwester in Gedanken weiterzuverfolgen.

»Die der liebe Gott hat erfinden können«, hatte sie gesagt.

Wie schlicht und einfach man An-Gott-Glauben doch in Worte fassen konnte!

»Ich heiße Paula, ich bin Ihre Nachtschwester«, sagte die Schwester jetzt. Sie hatte begonnen, etwas zu entkabeln, das in den weißen Kissen des Glaskastens liegen musste. Die Apparaturen hörten auf zu piepsen, und die grüne Zackenkurve auf dem Monitor erstarb.

»Sie haben eine Tochter geboren, sie ist ganz zauberhaft.«

Damit hob sie mit beiden Händen ein winziges Päckchen in die Luft, Ise stockte der Atem. Das konnte doch kein Menschenkind sein! So klein war es!

»Ich fürchte, ich bin noch kein Anblick für ein Kind«, brachte sie heraus.

»Das Fieber kommt wieder?«, fragte die Nachtschwester, während sie das Päckchen in ein Fließtuch wickelte.

»Ich bin ein Wrack.«

»Das findet die Häwelmännin hier aber gar nicht! Die Übelkeit, Sie werden sehen, wird bald vorüber sein.«

Ise schwieg.

»Dürfen wir kurz zu Ihnen fliegen? Nicht lang. Nur einen Augenblick. Sie will Sie kennenlernen.«

Ise konnte nichts sagen. Sie begann zu zittern, denn da kam dieses winzige Paket durch die Luft auf sie zu. Die Nachtschwester, die Paula hieß, legte es ihr auf die Brust, und ein kleines Köpfchen wurde sichtbar. Es hatte einen dunkelblonden Flaum, wie ein Vogelküken.

Sie atmete dieses kleine Wesen ein.

Wahrscheinlich war Ises Geruchssinn einfach am besten entwickelt, denn noch bevor sie sah oder hörte, roch und schmeckte sie, präzise, ja fehlerlos, schon seit jeher. Sie roch den Flaum, die Haut dieses Köpfchens, sie nahm es in beide Hände und legte die Lippen darauf.

Das war ihr Kind!

Es roch salzig.

Und, eigenartig, es roch nach Sonne!

»Lassen wir sie weiterschlafen«, sagte Paula, die Nachtschwester jetzt, »sie braucht alle mögliche Ruhe, genau wie Sie. Hat Sie etwas erschreckt oder getroffen, Sie beide, gestern Nachmittag? Dass Sie sich so abrupt haben trennen müssen? Das hat der Häwelmännin alle Kraft genommen, ihr kleines Herz tut sich schwer, ohne Sie. Lassen wir sie also schlafen. Sie ist ein zauberhaftes Kind.«

Kapitel 33

»WIR BLIEBEN EINFACH HIER BEI DIR.«

Ise erwachte. Es musste der nächste Morgen sein, der Saal war voller Licht und sie fühlte sich kühler. Das Fieber war wohl gesunken.

Oder sie erwachte nicht in die Wirklichkeit, sondern in einen weiteren Traum. Sie blieb bewegungslos liegen und erforschte die Geräusche um sie herum. Da war kein Piepsen der Apparaturen. Man hatte die Häwelmännin also wieder abgekabelt.

Vielleicht bekam sie von der Schwester ein Fläschchen, weil man Ise nicht hatte wecken wollen?

Ise drehte den Kopf. Alle Betten außer ihrem waren weiterhin leer. Vom Gang roch es nach frischer Farbe. Sie hörte Schritte, die sich näherten und entfernten. Das Häwelmann-Bettchen konnte sie nicht sehen, da man den Vorhang vorgezogen hatte, eben, sicher, weil die Häwelmännin im Schwesternzimmer war und gleich wieder zu ihr zurückkommen würde.

Zu ihr, ihrer Mutter.

Ise musste sich das mehrmals in Gedanken vorsagen:

»Zu mir, ihrer Mutter.«

»Sie haben eine Tochter geboren, sie ist ganz zauberhaft«, hatte die Nachtschwester, die Paula hieß, gestern gesagt. Das hatte Ise wieder Kraft gegeben, weiterzuleben, trotz der Schmerzen.

Sie prüfte ihren Körper vom Nacken abwärts, er war immer noch taub und doch abgrundtief hohl, wie frische Wunden eben sind. Ein Kaiserschnitt nach einer Schockblutung musste eine ernste Sache sein, Ise musste sich in Geduld üben.

Wenn sie bloß niemand so sähe! Bloß nicht Gropius! Und ebenso wenig seine Mutter!

Diese Frau, die sich hielt wie eine Standarte, sie wäre enttäuscht von ihr.

Nur Irene könnte kommen. Der musste man nie etwas vormachen, die verstand, ohne zu fragen. Irene wäre sogar sehr sinnvoll. Ja unerlässlich. Hoffentlich hatte Gropius sie benachrichtigt und sie war schon auf dem Weg. Sie würde die Häwelmännin an ihrer statt in den Armen wiegen, sie durch die Gänge tragen, ihr das Tageslicht und den Himmel draußen zeigen, die Bäume, die wilden Lupinen auf den Wiesen, die Schwärme von Bienen rundherum …

Vielleicht gab es in diesem Krankenhaus eine Terrasse? Oder zumindest einen Balkon?

Jetzt näherten sich Schritte. Nicht die Schritte der Nachtschwester, die schwebten, aber doch Frauenschritte, man konnte ausmachen, wie ein schmaler Absatz zuerst auftrat.

Noch bevor sich die Schiebetür zu ihrem Saal öffnete, erkannte Ise den Geruch. Sie drehte den Kopf und sah Irene in einem grünen Kittel, den Besucher in dieser Intensivstation wohl tragen mussten, in der Tür zur Eingangsschleuse stehen.

»Wie willst du sie nennen?«, fragte sie mit einer Tonlosigkeit, die ihr gar nicht eigen war.

»Paula«, antwortete Ise.

»Wie deine Mutter?«

»Wie meine Mutter.«

Irene schob die Tür wieder zu, Blätterrascheln war in der Eingangsschleuse zu hören und ein kurzer, verhaltener Dialog.

Dann öffnete Irene die Tür erneut, sie stand jetzt ganz aufrecht.

»Wie deine Mutter, die tot ist …«, sagte sie sehr leise, doch eigenartigerweise war es laut zu hören, wie durch ein Echo verstärkt, das durch den Saal zog.

»Gestern war eine Nachtschwester hier«, begann Ise, sie war verblüfft, sie konnte wieder einigermaßen sprechen, »die bezaubernd war und mir mein Kind vorgestellt hat, weißt du? Diese Nachtschwester … auch sie hieß Paula.«

»Mag sein«, Irene schloss die Tür und kam an Ises Bett, »die ist mir nicht begegnet. Obwohl ich, dank des Nachtzugs, schon um fünf Uhr früh hier war. Da hatte ein Helfer Dienst.«

Sie sah sie bewusst nicht an, und Ise wurde klar, wie peinlich es sein musste, jemandem zu begegnen, den man liebte und der ein Wrack war.

»Ise, Darling …«, setzte sie sich auf Ises Bettrand.

Da war etwas.

Da war etwas nicht in Ordnung.

»Sag?«

»Sie starb heute Morgen, der kleine Engel.« Irene atmete aus.

»Aber sie lag doch … da drüben?«, wies Ise mit einem entsetzten Blick auf die Vorhänge der fünften Kabine.

Irene nickte: »Ich konnte bei ihr sein, während du hier schliefst.«

Ise ordnete ihre Gedanken. Die kleine Paula hatte heute Nacht, als die Nachtschwester bei ihr gewesen war, noch gelebt. Jetzt war sie gestorben. Doch nicht allein. Irene war bei ihr gewesen, während sie hier geschlafen hatte.

Das war eine Gnade.

»Sie roch nach Sonne, nicht?«

Irene schloss die Augen: »Wir blieben einfach hier bei dir.«

»Hier bei mir.«

Jetzt beugte Irene sich herunter und legte ihre Schläfe an Ises Schläfe. Sie hörten sich gegenseitig beim Atmen zu. Wahrscheinlich weinte auch Irene, aber sie verbarg es geschickt. Das ganze Krankenhaus musste eine Losung ausgegeben haben, die da hieß: »Wenigstens die Mutter muss überleben!«

Als einige Zeit vergangen war, begann Irene:

»Ein kurzes Leben für ein Kind … doch eine so besondere Geschichte!«

»Weißt du«, suchte Ise Irenes Hand, »Manon Gropius sagte gestern vor dem Meisterhaus, unser Leben hätte sie gerne gelebt.«

»Eine tolle Frau.«

Sie schwiegen eine Weile, dann fuhr Irene fort: »Nur, dass du weißt, ich habe einen hellen kleinen Sarg bestellt, aus Birke, keinen schwarzen.«

»Ja. Wir bringen sie nach Grunewald. Zu meinen Eltern.«

»Selbstverständlich. Deine Tante Hannah ist auf dem Weg hierher.«

Für einen Augenblick schien Ises Welt stabiler, als sie sie je wahrgenommen hatte. Irene war da und Tante Hannah kam, immer dann, wenn man sie brauchte. Es gab ein Haus in Grunewald und ein Familiengrab, in das man gehörte.

Trotzdem die kleine Häwelmännin sie heute Morgen verlassen hatte, stellte sich in der Intensivstation dank Irenes kühler Hände und ihres anhaltenden leisen Nickens ein Hauch von Geborgenheit ein. Das Angekommensein, das Ise ihre ganze Kindheit hindurch vermisst hatte.

»Was machen wir mit … ihm?«

Ise raffte sich ein paar Zentimeter auf, sodass sie den Raum überblicken konnte. Nein, da war kein Gropius, der irgendwo zerknirscht herumsaß.

»Mit wem? Gropius?«, fragte Irene zurück. »Der wartet draußen.«

Kapitel 34

»KOMMEN SIE GUT WIEDER, MARCEL.«

Ise blieb beinahe vier Wochen lang im Krankenhaus, da sich das Fieber nicht legte. Sie war so schwach, dass sie sich zwingen musste, ihren Tee zu trinken. Und erst recht, mindestens einmal am Tag etwas zu essen.

Frau Zwick ließ das Salzgebäck schicken, das sie so liebte und das seither verführerisch durch den weiterhin leeren Saal duftete. Und jeden Tag noch vor dem Krankenhausabendessen sandte sie ein kleines Überraschungsgericht, einmal geräucherten Lachs, einmal einen zarten Königsberger Klops, einmal ein Forellenfilet, dazu eine kleine Karaffe ihres besten Weißen. Allein der Duft und der Anblick halfen Ise, wieder Appetit zu entwickeln, am Leben teilzunehmen, auch wenn die Nächte lang waren, teuflisch heiß – und so endlos traurig.

»Dessau! Willkommen in der Provinz!«‹, hatte sich Manon Gropius ereifert, als sie Ise am dritten Tag besuchen kam. Irene hatte sie mitgebracht, ihr versichernd, dass Ise das guttun und sie nicht, wie die alte Dame befürchtete, noch trauriger machen werde.

Das Zusammenleben von Manon Gropius und ihrem Sohn in der Junkers-Villa schien gut zu funktionieren. Die kleine Manon würden sie, wie sie erzählten, in Anbetracht der Umstände aber heute nach Wien zurückschicken, Breuer chauffiere sie im Alfa Romeo und sei erleichtert, dem Dessauer Trauer-Szenario für ein paar Tage zu entkommen.

»Der arme Breuer liebt Sie, Ise! Und das können wir beide …«, Manon strich Irene über den rotblonden Pagenkopf und die wehrte sich nicht, »nur allzu gut verstehen! Er ist so besorgt um Sie! Wie könne man die Frau Bauhaus in eine Dschungel-Klinik legen, in der nichts funktioniere, wundert er in der Schule herum … wo eine ganze Intensivstation bereitstehe aber kein Mensch zur Hand, der sie zu bedienen wisse? Und so weiter …, aber lassen wir das, Kindchen.«

Ise musste lächeln. Oder besser: Sie brachte schon wieder die Kraft auf, ein Gefühl in eine Muskelregung zu verwandeln.

Wie sie diese Geburt mitgenommen hatte!

Und gleich nach der Geburt dieser Verlust.

Sie ließ die Schwester rufen, die sie aufsetzte und ihr ihre Schreibpapiere und den Füller aus der Handtasche reichte.

Sie schrieb an Breuer: »Kommen Sie gut wieder, Marcel, und ich verspreche …«

Was versprach sie?

Sie versprach, dass ihr erster Weg von hier in die neue Schule führen werde.

Doch dafür müsse er versprechen, dass er seinen neuen Clubsessel, den B3er, endlich fertig habe, schön geschweißt, ohne Noppen und Schwülste. Mit Leder bezogen, bitte, nicht mit Transportkarton. Und so präzise geschraubt, dass er nicht wackle und zittere.

Denn wackeln und zittern dürfe hier nur sie!

Sie werde Schlemmer bitten, ihr den lustigsten Pappmachékopf aufzusetzen, den er erfinden könne, und Irene, vom B3 und ihr ein Foto zu machen.

Das gehe dann als Weihnachtskarte an alle Bauhausfreunde.

Bis dahin sei das Wrack, das sie sei, so Gott wolle, Geschichte.

Kapitel 35

KEINE EINZIGE MINUTE

Es war Freitag, der 25. September, als Breuer sie nachmittags gegen 16 Uhr mit dem Alfa Romeo vor der Pforte des Zentralkrankenhauses erwartete. Bis zur Baustelle waren es nicht mehr als siebzig Schritte zu gehen, doch auch diese mochte er der Frau Bauhaus nicht zumuten, zumal es ein schier endloser Sommer war und es nachmittags um den Rohbau herum, wo weit und breit noch kein Baum und Strauch stand, weiterhin an die 30 Grad hatte.

Ise war zwar geheilt, aber immer noch schwach. Und auch ernüchtert. In diesem übertechnisierten, doch notorisch unterbesetzten Krankenhaus hatte sie ihr Kind verloren. Und ebenso erfahren, dass sie keines mehr bekommen würde. Nie mehr.

Das war gestern gewesen, nach einer schier ewig währenden Enduntersuchung und dem Entlassungsgespräch mit dem Gynäkologen. Das Wundfieber war schuld. Es habe »irreparable Folgeschäden« bedingt, wie der Gynäkologe sagte. Ise hatte gefragt, warum dieses Wundfieber überhaupt entstanden sei, worauf er ihr versicherte, sich mit Professorenkollegen an der

Charité in Berlin beraten und in den vergangenen Wochen alles Denkbare versucht zu haben, diese Folgeschäden medikamentös zu kurieren. Ohne Erfolg. Auf ihre nochmalige Frage nach dem Auslöser des Wundfiebers gab er keine Antwort.

Man hatte vor lauter Bemühungen, diese wichtige Patientin vom Verlust ihres Kindes abzulenken, ihren Gesundheitszustand selbst vernachlässigt!

Bevor der Gynäkologe sie mit einem Bouquet weißer Rosen und mehrfachen Handküssen aus seinem Oberarztzimmer verabschiedet hatte, hatte sich noch eine qualvolle Situation ergeben.

»Letzthin, meine Gnädigste, bräuchte ich bitte noch Ihre Unterschrift für die Entlassungspapiere. Und zwei weitere für die Geburtsurkunde und den Sterbevermerk bezüglich der Totgeburt.«

»Totgeburt?«, hatte Ise die Kraft aufgebracht, nachzufragen.

»Ja, die kleine … wie hatten Sie sie genannt?« Er blätterte seine Papiere durch. »Paula betreffend.«

»Sie war ja nicht tot. Sie hat gelebt!«

»Keineswegs, gnädige Frau, ich bin untröstlich.«

»Keine paar Stunden? Eine Stunde? … Eine halbe …?«

»Es tut mir leid. Die Bürokraten nennen es gern ›ungeboren‹, was natürlich ein Widersinn ist, das Kind hat in Ihnen ja gelebt! Und Ihre kleine Paula war …«, jetzt durchblätterte er ein gebundenes Dossier, das unter den zu unterschreibenden Papieren lag, »… doch immerhin an die 600 Gramm schwer. Da bevorzuge ich schon ›tot geboren‹, zwar geboren, aber tot.«

Er sah Ise über die Ränder seiner Lesebrille direkt an.

»Gnädige Frau, es macht keinen Unterschied. Für Sie hat Ihre kleine Paula gelebt, alles andere ist nebensächlich. Ihr Gatte, der Herr Professor, hatte ja die Freundlichkeit, die bürokratischen Formalitäten unmittelbar am Tag darauf zu erledigen. Den Meldezettel, das Bestattungsansuchen, das Mutterschutzansuchen … Ich bräuchte jetzt bitte nur noch Ihre drei Unterschriften, gleich hier, bitte jeweils unten rechts.«

Die kleine Paula hatte also nicht gelebt. Keine einzige Minute.

Ise hatte sie aber *erlebt*! Zwar nur in ihrer Vorstellung anscheinend, oder man könnte vielleicht gleich sagen: in ihrer Seele … doch waren dies nicht die *Erlebnisse*, die im Dasein zählten?

Auf dem Weg von der Gynäkologie zurück in ihr Einzelzimmer mit dem Blick auf Junkers' Landebahn war Ise mit ihren weißen Rosen in Arm ganz langsam gegangen und hatte sich an jedes winzigste Detail dieser Seelen-Momente zurückerinnert. An das Häwelmannbettchen auf seinen langen Beinen, an die Nachtschwester, die nicht ging, sondern schwebte, an das kleine Paula-Köpfchen, das nach Sonne roch.

An den Morgen danach und die wie immer souveräne Irene.

Sie hatte sich beim Gehen verlaufen und war in der Cafeteria des Krankenhauses gelandet, deren gläserne Schwingtür weit offen stand.

»Ein Glas Sekt, Frau Gropius, an Ihrem letzten Tag hier?«, hatte die Hilfsschwester, die sonst das Frühstück und das Abendessen servierte, sie gleich an der Tür gefragt.

»Unbedingt«, hatte Ise gesagt und dabei über sich selbst lächeln müssen.

Dies war der Beginn ihres kinderlosen Lebens!

Zu dem dennoch ein Kind gehörte, das nach Sonne roch. Und das kein »Sterbevermerk« der Welt mehr für sie löschen konnte.

Kapitel 36

»EIN KONSTRUKT. EIN VAKUUM.«

Gropius war am Abend vorbeigekommen, wie jeden Abend seit einem Monat, und Ise hatte ihm die fatale Diagnose des Gynäkologen, ihre definitive Kinderlosigkeit betreffend, mitgeteilt: »Das war also unser einziger Versuch.«

Er hatte kurz nachgedacht, wahrscheinlich nicht sofort begriffen, doch nachdem Ise ganz ruhig geblieben war, es also nicht um ihre Beziehung *an sich* gehen konnte, sondern nur um ihre nicht mehr möglichen Nachkommen, hatte er gefragt:

»Uns nahe zu sein?«

Ise hatte zunächst nicht geantwortet. Erst musste sie die Frage nachklingen lassen. Dieser Gropius gab nicht auf. Er eroberte ständig, er konnte nicht anders. Seine Kollegen, seine Mäzene, die Politiker, die Studenten, die jungen Frauen, die ihm über den Weg liefen …

Und weiterhin auch Ise, seine »Freundin zum Reden«, die er um jeden Preis hatte heiraten müssen und der er in dieser kurzen Ehe alles zugefügt hatte, was man seinem schlimmsten Feind nicht wünschte.

Warum?

Nicht aus Bosheit, nein, sondern aus dieser ewigen Eile heraus, die ihn Fehler machen ließ, die er sofort bereute. Der Schwung, der ihm eigen war, riss immer mehr mit, als er geplant oder vorausgesehen hatte. Er ließ Gefühle, ja wahrscheinlich sogar Begierden – ein Wort, das Ise nicht ermaß, weil sie Begierde ohne Gefühl nie erlebt hatte – aufkommen, die dann außer Kontrolle gerieten. Er war der Musterschüler im Vielversprechen, doch der Klassenletzte im Versprechenhalten. So war er sicherlich gerade anderswo, wenn eine richtungweisende Entscheidung anstand, mit anderem, sehr Dringendem beschäftigt, wenn sich eine Schwierigkeit, eine fatale Wendung anbahnte.

Ise hatten seine Fehltritte getroffen, das war wahr. Doch er hatte sich für jeden Fehltritt entschuldigt. Auch dieses Mal. Mit der gleichen Ernsthaftigkeit und Wärme wie im letzten Herbst in Biarritz. Er war genauso glaubhaft wie vor einem Jahr.

Doch – konnte er ihren Schmerz ermessen? Und die Unsicherheit, die er in ihr zurückließ?

Konnte er Ise nachfühlen, er, der ständig im Außen lebte, einen täglichen Hochseilakt vollzog, um alle seine Protagonisten bei der Stange und im Lebenszirkus, der das Bauhaus ja war, zu halten? Ihre Wunden ertasten, die ja auch Ängste waren?

Ängste, wieder allein dazustehen wie beim Tod ihres Vaters, beim Tod ihrer Mutter? Sich auf jemanden verlassen zu haben, der einen verließ?

Wahrscheinlich nicht.

Er wollte alles in Ordnung wissen, um frei zu sein für seinen Vielfrontenkrieg. Er wollte Ise stark und in sich ruhend, konstruktiv, kritisch, komisch und in gewisser Weise unantastbar sehen, so, wie er sie in Hannover und in München erlebt hatte, und so, wie er sie sich jetzt, nach diesem Verlust, nach diesem wohl auch für ihn sehr großen Verlust, wieder wünschte.

Doch diese Ise konnte sie nicht mehr sein. Vielleicht nie mehr.

Sie hatte ihm vertraut, sich auf ihn eingelassen. In Biarritz hatte sie ihm seine Berliner Eskapade verziehen. Eigentlich dank Irene, die Ordnung geschaffen und Bedingungen diktiert hatte. Sie hatte ihm dann während der letzten Wochen auch Tag um Tag mehr den Eklat im Café Sieben Säulen verziehen. Es war sicher wahr, dass er dieses Miststück von Schauspielerin nicht nach Dessau bestellt hatte. Und dass er sie auch vorher nicht mehr in Berlin besucht hatte.

Aber war sie inzwischen zu ihm nach Dessau gekommen? Oder sonst wohin?

Hatte er sein Versprechen gehalten, sich von ihr fernzuhalten?

Und warum hatte er nicht verhindern können, dass sie vor versammelter Presse und versammelter Familie bei ihm aufgetaucht war, im »Ich-bin-die-große-Diva«-Look?

Blöde Kuh!

Hätte sie Gropius' betagter Mutter diese Demütigung nicht ersparen können, in der ihr Sohn sich zum herumschwirrenden, sich in Irrwegen verfliegenden Narren machte?

Lustig – während Ise sich das fragte, kamen ihr die Zeilen des Cole-Porter-Songs in den Sinn, den Irene in Paris gesummt hatte, als sie Gropius vor der Wohnungstür hatten warten lassen: »*Birds do it, bees do it, even educated fleas do it …*«

Gropius hatte sich natürlich entschuldigt. Gleich am Abend nach dem Tod der kleinen Paula. Er werde sich um alles kümmern, alles nach Ises Wünschen erledigen. Irene solle ihm Ises Entscheidungen bekannt geben und er werde sie ausführen. Das war glaubhaft, im Organisieren war er gut, geradezu unübertrefflich, und vor Irene hatte er seit dem Gespräch auf ihrer Pariser Terrasse den größten Respekt.

Doch seit dieser neuerlichen Generalentschuldigung war er, wenn er jeden Abend sehr aufgeräumt und betont leise sprechend an Ises Bett saß, zur Tagesordnung übergegangen. Er hatte in einem knappen halben Jahrhundert Leben wohl eines gelernt: Man kann Fehler machen, Hauptsache, man macht sie wieder gut!

Das gab ihm, zugegeben, einen gewissen Ewiger-Kronprinz-Charme, der bei den Frauen, vornehmlich bei den viel jüngeren und den viel älteren, so glänzend ankam. Allein Ise, die ja zu den viel jüngeren zählte, fühlte sich jetzt nicht mehr so. Die vierzehn Jahre Altersunterschied zwischen Gropius und ihr hatten sich in den letzten Wochen hier im Zentralkrankenhaus von Tag zu Tag reduziert. In ihrem Gefühl waren es nur mehr Monate, keine Jahre.

Oder sogar noch weniger. Beinahe fühlte sich Ise jetzt älter und abgeklärter als er.

Und da war noch etwas ganz Neues: Sie hatte mit dem Leben der kleinen Paula abgeschlossen. Und eigentlich auch mit ihrem eigenen. Deswegen fühlte sie sich frei. Sie war frei wie noch nie.

Sie hatte ihr Kind verloren. Und sie wusste seit der Abschlussvisite und der Generalentschuldigung, die der Gynäkologe ihr, man konnte sagen: nach Gropius-Manier, aufgesagt hatte, dass das, was sie so genau gefühlt hatte, als sie aus ihrer Ohnmacht erwacht war, der Wahrheit entsprach. Auch ihr eigenes Leben hatte seit der Schockblutung auf der Terrasse des Cafés Sieben Säulen für einige Tage am seidenen Faden gehangen.

Wäre da nicht diese Nachtschwester gewesen, die wahrscheinlich gar nicht existierte, sondern ein Engel war, eine dieser schwebenden Gestalten, die Lebewesen heimsuchten, wenn sie drauf und dran waren, aufzugeben, und die dann die ein, zwei ausschlaggebenden Sätze sagten, die keiner sonst zu formulieren vermochte – wäre da also nicht diese Nachtschwester gewesen, die sagte, sie heiße Paula, und wörtlich: »Sie haben eine Tochter geboren, sie ist ganz zauberhaft«, wäre Ise vielleicht schon tot.

Sie wäre mit ihrem Kind von dieser Erde abgereist. Keine unangenehme Vorstellung. Sie wäre mit der kleinen Paula-Häwelmännin dahin zurückgekehrt, wo sie beide herkamen. Und Ise hätte die Menschen wiedergetroffen, die sie im Leben so früh verloren hatte.

Ihren Vater. Ihre Mutter.

Die hätten sich so sehr gefreut, dieses winzige blonde Kind in die Arme zu schließen, dass gar keine Zeit gewesen wäre, über den Tod nachzudenken, der sie von der Erde weggeholt hätte. Kein einziger Augenblick. Denn vielleicht gab es gar keinen

Tod. Sondern nur eine klitzekleine Bewegung, ein minimales Sich-nach-vorne-Neigen, ohne Angst, und alles begann und sortierte sich neu, wie jeden Morgen beim Erwachen.

Womöglich aber hätte sie ihr Vater nach der ersten Freude über das Wiedersehen beiseitegenommen und ihr gestanden, wie froh er sei, dass sie sich nicht weiter in dieser Idee verloren habe, in dieser Idee Bauhaus.

Denn was sei diese Idee denn wirklich? Und was beinhalte sie?

Sei sie nicht, wie alle großen Ideen, abstrakt und immens, ungreifbar und ohne Grenzen?

»Großes Theater«, hätte er durch die Zähne gezischt, »eine leere Bühne, in deren Scheinwerfern sich die sonnen, die gut darin sind, sich zu verkaufen, während die, die tagtäglich an der Umsetzung und Weiterentwicklung arbeiten, namenlos bleiben, von der Geschichte verschluckt!«

Ise wären diese Zeilen bekannt vorgekommen, doch sie hätte nicht nachgefragt, woher, sondern einfach den Kopf an seine Schulter gelehnt, wie so oft bei ihren langen Fahrten über Land, wenn sie vom Tag müde geworden war und der Müdigkeit doch hatte widerstehen wollen, so schön waren die Abende über den endlosen Rapsfeldern und unter den nachtschwarzen Alleen der weiten Ebenen des Ostens gewesen, die Wege und Schluchten und Flussläufe um Marienburg oder Allenstein oder Königsberg, vom Kutschbock aus betrachtet, dass man die Lider nicht hatte schließen können und mit offenen Augen eingenickt war.

Sie hätte ein paar Minuten lang so ins Land hineingeschaut, und dann hätte sie sich ganz von allein erinnert, wo sie diese Zeilen schon einmal gedacht hatte. Sie hätte die Situation wieder vor sich gesehen, ganz nah und bunt, den Moment, in dem sie sich im Festsaal des Welfenschlosses von Hannover vorgenommen hatte, sich nie, aber auch niemals einer immensen Idee unterzuordnen.

Es war der Abend gewesen, an dem sie Gropius begegnet war.

»Hannover …«, hätte der Vater gelächelt, der schon immer ihre Gedanken lesen konnte, »ausgerechnet! Die Heimatstadt deiner Mutter.«

Er habe schon einmal einen geliebten Menschen an eine Idee verloren, wäre er dann ernst geworden, »und auch du, mein Kind, hast das. Denselben geliebten Menschen nämlich, deine Mutter.«

Es sei damals nichts zu machen gewesen, »sie wurde süchtig, geradezu unmenschlich. Sie war nicht mehr für uns erreichbar.«

Dabei hätte er den Arm um Ises Schultern gelegt.

»Bei deiner Mutter war es die Idee der Rolle, des Rollenspiels, das das echte Leben erst überspielte, dann schönlog, schließlich … ersetzte.«

Er hätte dazu zornig mit dem Kopf gewackelt wie immer, wenn er sich etwas nicht wirklich erklären konnte, und Ise wäre das Bild aus ihrer Kindheit eingefallen, auf dem Kutschbock, wie sein hoher Zylinder mit seinem Kopf mitgewackelt hatte und im schräg einfallenden Abendlicht die lustigsten Schatten auf die Kruppen der Pferde geworfen hatte.

»Was hat dein Herr Gropius mit seinen hochfliegenden Ideen denn wirklich erreicht?«, hätte er abschließend gefragt.

»Das Bauhaus«, hätte sie geantwortet.

»Ein Konstrukt. Ein Vakuum, Kind! Das dich täglich dazu verführt hat, gegen dich selbst zu entscheiden.«

Kapitel 37

AUF DER BAUHAUS-BAUSTELLE

»Ich brauche Sie, Ise.«

Die vier Worte, beinahe unhörbar leise geflüstert und durch die Maske echohaft verzerrt, waren nur für Ise zu verstehen.

Der Mann im Leinenanzug mit Fliege, der ihr auf der Bühne entgegengekommen war, hatte einen großen, eiförmigen Pappmachékopf auf. Er war einen Schritt von ihr entfernt stehen geblieben, ihre Hand zum Handkuss erwartend.

Ise zögerte, ihm die Hand zu reichen, stattdessen trat sie, überrascht, wie sie war, einen Schritt zurück. Das konnte nicht Gropius sein, der es hasste, sich zu verkleiden!

Doch wer sonst kannte ihre gemeinsame Formel?

Sie sah sich mit der Ruhe um, die einem eigen ist, wenn man wochenlang außerhalb eines normalen Alltagsrhythmus gelebt hat, und machte sich ein Bild von der gesamten Szene. Hier vor ihr am Bühnenrand stand dieser schlanke Herr – viel zu schlank für Gropius. Er trug einen übergroßen, blassorangefarbenen Eierkopf, der unverkennbar die Handschrift von Schlemmer trug und dessen aufgeklebte Züge, Stirnfalten, zugekniffene Augen, ein schmaler, ja messerscharfer Mund, der Inbegriff von *sorgenvoll* waren.

Hinter ihm, in der Tiefe der Bühne, stand eine Gruppe weiterer Herren in Leinenanzügen von Dunkelbraun bis Schwarz, alle mit übergroßen Eierköpfen in verschiedenen Rosa- und Orangetönen. Sie musterten sich gegenseitig, sichtbar belustigt. Wahrscheinlich hatte Schlemmer ihnen die Köpfe gerade erst aufgesetzt und sie dann durch die beiden Flügeltüren, die im Hintergrund zu erkennen waren, auf die Bühne geschickt. Breuer hatte Ise beim Hereinkommen in die Bauhaus-Aula-Magna, die auch ihr Theater war, erklärt, diese beiden Ausgänge führten in die Mensaküche und zum Atelierturm der Studenten.

Die Gruppe von Eierköpfen mit den verschiedensten Gesichtsausdrücken, von »konzentriert« bis zu »kurz entschlossen« oder zu »weltentfernt« – Ise war erstaunt, wie viel man durch drei auf ein Mondgesicht aufgeklebte Linien ausdrücken konnte –, verdeckte ein lackschwarzes Klavier, dem man drei Fliesen hoffnungsgrünen Triolins unterlegt hatte, denn das ganze Gebäude hier war noch eine Baustelle. Sie standen auf dem rohen Bühnenboden, die Wände waren erst einmal geweißt, und noch nirgendwo waren Sockel- oder Deckenleisten angebracht. Nur die endlosen Fensterwände mit ihren schmalen, quer laufenden Eisenrahmen waren fertig, und Ise sah, dass der Großteil der Fensterelemente durch ein lustiges Kurbelsystem zu öffnen war, was dem Raum jede Stickigkeit nahm. Draußen auf dem Vorplatz war es drückend heiß gewesen in der Nachmittagssonne, hier war es angenehm kühl und trotz der Glasfassaden beinahe schattig.

Vor der Bühne füllte sich jetzt das Parkett, das noch keine Bestuhlung hatte, sondern nur aus dem nackten Steinholzestrich bestand. Weitere Figuren mit Pappmachéköpfen traten ein, sie hatten den Einzug der Frau Bauhaus ins Theater ihrer Schule respektvoll erwartet. Der kleine Saal war bald gefüllt, und eine erwartungsvolle Stimmung machte sich breit, als ob es hier nicht nur eine Baustellenbegehung, sondern eine echte erste Theatervorstellung gäbe. Die Studenten, das war an der Kleidung sofort sichtbar, waren alle in ihren schmalen Sonntagshosen oder ihren hübschen, schwingenden Ausgeh-Röcken gekommen.

Beinahe kam sich Ise in all dieser Förmlichkeit deplatziert vor. Sie war ja nur zu einem kurzen ersten Besuch hierhergekommen, wie sie es im Brief an Breuer versprochen hatte. Von diesem Besuch wusste inzwischen aber, wie es schien, die ganze Schule. Sie schaute kurz an sich herunter. Sie hatte nur ihren grauen Chiffonrock mit den feinen weißen Querstreifen an und eine banale weiße Bluse dazu, war nach all diesen Wochen Krankenhaus sicher nicht gut frisiert, und auch an einen Lippenstift musste sie sich erst wieder gewöhnen.

Aber egal, sie war hier! Sie konnte stehen. Sie konnte gehen. Sie hatte es ohne Mühen die Eingangsstufen vom Vorplatz über die weite Treppe ins Bauhaus-Foyer hinaufgeschafft und auch die Stufen vom Parkett zur Bühne hinauf.

Wahrscheinlich wankte sie etwas, als sie jetzt reflexartig abwehrend beide Hände hob und die eben gehörten vier Worte des Herrn vor ihr, wie es zu ihrem Ritual mit Gropius gehörte, in die Luft dirigierte.

Sie musste wanken, denn die Gruppe im Hintergrund der Bühne verharrte plötzlich bewegungslos, als ob gleich etwas Erschreckendes geschehen würde. Über den ganzen Saal legte sich Schweigen.

Gropius – es musste doch Gropius sein, wer denn sonst? – kam einen Schritt auf sie zu und nahm ihre beiden Hände. Und da war es klar, es waren seine Hände, warm und vertrauenerweckend, wie immer.

Er richtete den Rücken gerade, wie immer bei seinen formvollendeten Begrüßungen oder Abschieden, und der Sommerabend vor zwei Jahren schoss Ise durch den Kopf, als sie im Hof der Reitschule im Englischen Garten zwei kühle Bier getrunken hatten, er das erste Mal von seiner Mutter und seiner Tochter erzählt und dann zum Abschied statt seiner Lippen die Stirn auf ihren Handrücken gebeugt hatte. Dieses rührende Ein-Leben-in-die-Hände-eines-anderen-Legen.

Und genau diese Bewegung, den Kopf weit nach unten zu beugen und ihn anlegen zu wollen, ohne Gewicht, aber mit der gesamten Wucht des bedingungslosen Vertrauens, führte er jetzt wieder aus.

Ise schaute sich um, die Menschen hier konnten die Geschichte dieser Geste nicht kennen, und doch verfolgten sie sie allesamt gespannt. Sie zog ihre Hände nicht weg, im Gegenteil, sie drückte Gropius' Fingerspitzen, sodass dieser erschrocken zurückfuhr und den Eierkopf schief hielt. Die Sorgenmiene war noch da, doch durch die abrupte Drehung hatte sie den Schmiss eines Abenteurerblicks bekommen.

Ise musste lachen, und Gropius lachte mit. Es war ein sonores Lachen wie das seiner Mutter, selbt durch die Maske war es durch den ganzen Saal zu hören. Aus einem berührenden Moment war eine komische Szene geworden. Und da kam der Applaus. Die Gruppe hinter Gropius – sicherlich der Meisterrat, wer denn sonst? – kam klatschend an den Bühnenrand auf sie beide zu, die Studenten erhoben sich aus ihrem Schneidersitz, in der Tiefe der Bühne öffneten sich die zwei Flügeltüren, und die Küchenmädchen, die Servierfrauen und die Werkstatthelfer, alle mit Eierköpfen versehen, kamen herein.

Hier stand sie, Ise Frank, die einen Herrn Gropius geheiratet hatte, der einer großen Idee folgte. Hier stand sie inmitten von Menschen, die an diese Idee glaubten und, genau wie sie selbst, entschieden hatten, für diese Idee zu leben. War das Bauhaus also doch mehr als ein seelenloses Konstrukt?

Ise musste an ihren Vater denken, sie dachte wörtlich: Bitte verzeih!, löste ihre Hände aus Gropius' Händen und trat einen Schritt auf ihn zu. Sie nahm seinen übergroßen Sorgenkopf in beide Hände und zog ihn zu sich her. Alles Eis, das sich in den letzten Wochen zwischen ihnen geformt und zu monumentalen Türmen aufgebaut hatte, alle Trauer, alles Verzagen und aller Verlust brachen in diesem Moment in sich zusammen. Aus tonnenschweren Gletschern waren kleine, in der Sonne glänzende Kristallinseln geworden, die zügig die Elbe hinabflossen, zum Meer. Vor ihnen beiden lag keine unwegsame Arktis mehr, sondern eine gemeinsame, eine vielleicht sogar lange gemeinsame Zukunft.

Da bewegten sich die Werkstatthelfer und die Küchenbesatzung in der Tiefe der Bühne, das Piano wurde zu ihnen vorgeschoben, Klappsesselchen wurden hereingetragen und im Halbrund darum herum platziert. Der Meisterrat setzte sich. Es war, Ise musste schmunzeln, ein komisches Bild, diese Reihe von sitzenden Schlemmerfiguren um ein verwaistes Klavier!

Das Zuschauerparkett voller gespannter Schlemmerkopf-Studenten!

Bisher war in diesem Festsaal außer Gropius' Flüstern kein Wort gefallen. Und doch war so vieles gesagt.

Durch die Tür zum Atelierturm kam jetzt Breuer herein, noch ohne Pappmachékopf. Er trug ein riesiges, in ein weißes Leintuch gehülltes Paket in den Armen, es schien nicht schwer zu sein, denn der schlaksige Breuer hatte keine Mühe, es ausgestreckt vor sich herzutragen und vor Ise und Gropius in die Mitte der Bühne zu platzieren, sozusagen in die Logenposition vor dem Klavier.

Da stand das Paket. Breuer machte einen kleinen Diener und zog das Leintuch weg. Es war sein neuer Clubsessel. Cognacfarbenes Rindsleder war in breiten Riemen auf ein makelloses Chromrohrgestell gespannt. Ise schaute genauer hin, die Schweißnähte, Breuers ewige Schwachstelle, waren schier unsichtbar ausgeführt, die Halterungsschrauben perfekt symmetrisch gesetzt.

Ein kleines Meisterwerk, er musste Tag und Nacht daran gearbeitet haben!

Ise war für einen Augenblick starr vor Rührung. Doch dann überkam sie die Neugier: Wie würde dieses Meisterwerk sich anfühlen?

Gropius schob ihr im selben Moment den Sessel zurecht, und

sie setzte sich. Er war kühl. Und er war elastisch. Ihr Rücken konnte sich in die Lehne schwingen, und das Leder gab nach. Es war eine ganz neue Sensation, wie Schweben. Und doch wie ganz und gar Angekommensein.

»Erwartetwerden«, schoss es Ise durch den Kopf, da stand einer aus der Meisterratsrunde auf, der gedrungenen Statur nach musste es Schlemmer selbst sein, holte hinter der Bühne zwei weitere Pappmachéköpfe hervor und reichte sie Ise und Breuer.

Noch nicht einmal richtig aufgesetzt, stieg eine Gestalt ganz in Schwarz die Bühnentreppe herauf, die zierliche Bauhaus-Leica in Händen. Noch ehe Ise sich richtig in Position setzen konnte, war das Foto gemacht. Irene, natürlich war sie es, Ise erkannte sie sofort an ihrem Duft, stellte sich hinter den Breuer-Sessel und legte die Hand auf ihre Schulter. Was würde jetzt noch geschehen?

Ise hatte das Bauhaus betreten, die Bühne erklommen, Gropius hatte ihr vor versammelter Bauhausfamilie seine Verehrung gezollt, sie hatte ihn umarmt und vielleicht durch diese Umarmung erlöst.

Breuer hatte ein weiteres Meisterstück vollbracht, in dem Ise jetzt saß, das Foto für die Weihnachtskarte war gemacht, der Meisterrat klatschte.

Genug also für einen ersten Besuch! Sie könnte sich von Irene in die Junkers-Villa fahren lassen, wo sie auf ihre Genesung anstoßen würden …

Doch da kam Bewegung in den Raum, denn die Bühnentüren öffneten sich erneut und Instrumente wurden hereingetragen, ein Kontrabass, ein Banjo, eine Stehtrommel und eine Klarinette. Ihre Spieler trugen hellrosa Köpfe, deren Augen aus Noten bestanden und deren Münder zu Os verzückt waren. Sie platzierten sich um das Piano und warteten.

Im Saal kam derweil ein Flüstern auf, und nach wenigen Augenblicken betrat ein weiterer junger Mann, diesmal einer ohne Schlemmerkopf, die Bühne. Er setzte sich so schnell an sein Piano, dass Ise sein Gesicht nicht erkennen konnte. Als wolle er die Spannung vor den ersten Akkorden umgehend loswerden, begann er zu singen, kaum dass er saß, dazu hielt er beide Hände in Schwebeposition ausgebreitet ein paar Zentimeter über den Tasten:

»*Birds do it, bees do it …*«,

hörte man seine hohe, etwas metallische Stimme.

»*Even educated fleas do it …*«

Diese Stimme kam Ise doch bekannt vor! Er machte jemanden nach …

Da brach er ab, drehte sich von seiner Pianobank zu Ise um und sah ihr direkt in die Augen. Und jetzt war es Ise klar, wer dieses Lied ausgewählt hatte. Irene musste dahinterstecken! Sie hatte erst letzte Woche im Krankenhaus erzählt, dass Jean und die de Noailles Cole Porter ins Pariser Bricktop's Cabaret eingeladen hätten und dass Porter dort erstmals eine Jazzband-Version seines neuen Ohrwurms gespielt habe … Daher musste die Partitur kommen! Jean musste sie per Expressbrief nach Dessau geschickt haben!

Der Pianospieler strahlte über das ganze Gesicht, zwinkerte der Frau Bauhaus grüßend zu und drehte sich wieder zu seinem Instrument um. Dann lud er seine Bandkollegen zum gemeinsamen Spiel ein:

»*Let's do it, let's fall in love.*«

Instrument nach Instrument setzte ein, und statt selbst weiter zu singen, überließ er den Gesang erst einmal der Klarinette. Als sie die erste Strophe gespielt hatten, schwieg die Klarinette, und der Pianospieler begann wieder zu singen. Es war ein fabelhafter Song!

Beim Singen machte er die komischsten gewundenen Bewegungen, wie ein Seiltänzer, den man vom Seil genommen hatte. Und der Text war für die, die einigermaßen Englisch verstanden, an Humor kaum zu überbieten.

Das Publikum war begeistert!

Als er kurz vor seinem letzten »*Let's do it …*« angekommen war, drehte er sich erneut zu Ise um, das Zeichen für die Studenten in Ises Rücken, mitzusingen:

»*Let's do it, let's fall in love!*«

Ise spürte Irenes Hand, die ihr kühl über den Nacken fuhr. Es war doch ganz schön, noch am Leben zu sein.

Kapitel 38

HEIMFAHRT

Das erste Bauhaus-Fest hatte den ganzen Abend gedauert und würde sicher noch weitergehen, doch Ise war von einem Moment auf den anderen todmüde geworden.

So war das wohl nach einer längeren Abwesenheit von der Welt. Man wurde plötzlich todmüde oder sterbenshungrig, schrecklich albern oder noch schrecklicher sentimental. Wie ein Kleinkind. Alle rationalen Kontrollfunktionen waren ausgelöscht.

Ise genoss diesen Zustand, denn sie wusste, er würde nicht anhalten. Sie sagte dem Meisterrat und Gropius Gute Nacht, denn die würden hierbleiben bis zum Morgengrauen, und war froh, dass Irene sie nach Hause begleitete.

Sie bogen aus dem Bauhaus-Hof auf die Straße zum Zentralkrankenhaus und Ise blickte sich um. Jetzt, bei wachsendem Abstand, konnte sie den Gesamteindruck der Anlage erfassen. Und da war sie, die Überraschung, von der Gropius an den langen Abenden im Krankenhaus gesprochen hatte: Vor dem weiten Abendhimmel waren nicht nur die Brücke, die die beiden Schultrakte verband und in der Gropius sein Direktorenbüro, sein Bauatelier und die Schulverwaltung untergebracht hatte, sondern auch die beiden enormen Schulgebäude vollkommen … *transluzent*!

Am Ende der Bauhausstraße ging über dem Fernbahnhof gerade der Mond auf und man konnte ihn durch die Fassaden hindurchsehen, genau wie beim Meisterhaus!

So war dieser Schulcampus tatsächlich eine Lernfabrik geworden, in die man hinein- und durch die man hindurchsehen konnte. Ein Fallbeispiel pädagogischer Transparenz, ein Rahmen um hoffentlich große hier entstehende Inhalte.

Die Gebäude sahen zwar spröde aus und kantig, ein wenig wie Riesen-Lagerhäuser, doch eine gewisse Schönheit wohnte ihnen inne, die Schönheit der Silos und Maschinenhallen und Hafendocks, die Irene in Chicago, New York und Detroit fotografiert hatte. Gropius träumte von Amerika, seit er ihre Arbeiten kannte.

Wenn Irene den Alfa Romeo fuhr, wurde aus dem Kolonialtraktor eine schnurrende Raubkatze. Sie konnte Kurven nehmen, die man nicht spürte, und schaltete geschmeidig, als glitte man auf Wolken.

Ise war beschwipst, obwohl sie eigentlich nichts getrunken hatte. Ein guter Monat in nahezu Totalabstinenz hatte in jeder Beziehung ihre Unschuld wiederhergestellt. Während der ganzen Party hatte sie sich zu nicht mehr als zwei Gläsern Weißwein hinreißen lassen, dafür aber, zugegeben, zu mindestens vier Muratti-Zigaretten.

Breuer war entzückend gewesen wie immer und auch ein wenig beschwipst. Genau wie Bayer, mit dem er sich jetzt schlussendlich doch angefreundet hatte. Der hatte den ganzen Abend bei ihnen herumgestanden, unentschieden, wem er den Hof machen sollte, Irene, seiner Fotografenfreundin, oder doch eher Ise selbst?

Ise lehnte sich in die Sitzbank des Alfa Romeo zurück, die nach Tabak roch, nach Salz und, eigenartig, irgendwie auch nach Sonne.

Kapitel 39

»ES GEHT DOCH NUR UM … MÄNNER!«

Irene sei »ein wenig verliebt«.

Ise wusste darauf nichts zu sagen. Es war der Morgen des dritten Samstags im Oktober. Gropius war noch nicht vom Bauhaus-Baustellenumtrunk für die Dessauer Politiker heimgekommen, von dem Irene sie wie üblich nach Hause begleitet hatte. Sie saßen auf der verglasten Veranda der Junkers-Villa und tranken ihren ersten Kaffee im Morgengrauen. Ise liebte den frühen Morgen genau wie Irene. Sie liebten jeden neuen Tag mit Hingabe. Dies verband sie wahrscheinlich noch mehr als ihr alle Abwesenheiten überdauerndes und im Lauf der Zeit kontinuierlich wachsendes Einandergefallen.

»Diese ewigen Abende, die du im Krankenhaus warst, und Gropius saß bei dir herum«, sagte sie.

»Ich verstehe«, sagte Ise.

»Gar nichts verstehst du! Genauso wenig wie ich!«

»Also?«

»Ach … Bayer und ich arbeiteten in der Grafikwerkstatt die Nächte durch. Alle Bauhaus-Drucksachen müssen ja jetzt nach den neuen DIN-Normen formatiert werden, das heißt, die *Universal*-Schrift wird neu gezeichnet, gesetzt, gedruckt und registriert. Das ist eine Wahnsinnsarbeit, und die Studenten müssen ständig überwacht werden, denn jeder feinste Tintenklecks oder Korrekturkratzer macht die Arbeit von ganzen Wochen zunichte.«

»Und ich dachte, wenn du mich besuchen kamst mit deinen übernächtigten Augen … du hättest um die kleine Paula getrauert?«

»Ich trauere um die kleine Paula!«

»Und machst mit Bayer die Nächte durch?«

»Und mit Breuer.«

»Auch noch mit Breuer?«

Ise schwieg. Man musste sich das vorstellen!

»Du liebst ihn?«

»Wen?«

»Bayer.«

»Ach woher! Es waren endlos lange Abende, und wir picknickten bei Bayer oder bei Breuer im Zimmer, um früh wieder in die Werkstatt zu kommen. Glaube mir, die wochenlangen Sorgen um dich waren kein … Vergnügen.«

»Was war also? Was genau?«

»Ich denke, die beiden sind in uns beide vernarrt, das ist die Wahrheit. Nur ist Breuer keiner, der das je zu sagen wagt. Bayer hingegen schon! Und während wir Tag und Nacht zusammen arbeiteten, diskutierten, verwarfen, wieder neu begannen …«

»War wenigstens eine von uns beiden … präsent.«

»*Voilà*.«

»Interessant.«

»Sagen wir … anregend. Das Kontrastprogramm zu deinem *gropiusfriedlich*.«

Ise holte aus, um Irene mit der Serviette zu erwischen. Die entkam geschmeidig, floh ein paar Schritte bis zur Tür und deklamierte wie für großes Publikum ins Treppenhaus:

»Aber bitte, *Mesdames*! Es geht doch nur um … Männer!«

Man konnte es sicher bis unten in die Küche hören.

Nach ein paar Augenblicken Stille im Haus kam Herta, die Junkers-Köchin, prompt die ersten Stufen der Treppe herauf und rief verhalten: »Die Damen haben gerufen?«

»Danke, nein, Herta!«, gab Ise mit weicher Stimme zurück. »Irene hier erzählt mir ihre neuesten Pläne!«

»Wie schön, gnädige Frau, ich bringe dann später frischen Kaffee.« Damit entfernten sich die Schritte der Köchin wieder.

»Und was machen wir jetzt?«, fragte Ise betont leise, als im Treppenhaus wieder Stille herrschte.

»Heiraten?« Irene setzte ihren grünen Verführerblick auf.

»Zum Beispiel mich? Das wäre die Lösung! Dann könntest du dir alle beide als Spielgefährten halten!«, hatte Ise ihren Humor wieder gefunden.

»Allerdings hast du schon einen Gropius, du erinnerst dich?«

»Dann heirate inzwischen eben einen von den beiden Jungs.«

»Nicht Breuer, den macht man unglücklich«, wurde Irene ernst.

»Ich weiß. Also Bayer.«

»Gut. Solange es hält, hält es.«

Kapitel 40

AUF WOLKENTEPPICHEN

Die Trauung ging gleich am nächsten Samstagnachmittag über die Bauhaus-Bühne, denn Bruno Taut war über das erste Novemberwochenende aus Berlin für die Konzeption von Ises Meisterhausküche gekommen und hocherfreut, auch gleich an der ersten »Bauhaus-Hochzeit« teilnehmen zu dürfen.

Diese Ehe war eine verrückte Idee. Jeder wusste das, und Irene machte, frei von allen Konventionen, wie sie war, keine betuliche Zeremonie, sondern eine Party daraus. Alle Studenten zogen die Schlemmerköpfe von Ises Begrüßungsfest wieder auf, die Bauhaus-Band spielte Cole Porter sowie das restliche Bricktop's-Cabaret-Repertoire, und die aus Ungarn angekarrten Fässer Hecht-Pils machten den Abend zu einem der fröhlichsten, die der Meisterrat je erlebt hatte.

Vielleicht lag es auch an der Konstellation. Jetzt, nachdem Itten endgültig in die Schweiz zurückgekehrt war und Moholy-Nagy die Werkstatt für das neu erfundene Handwerk *Werbegrafik* eröffnet hatte, das die Techniken Foto, Film, Schrift und Werbung vereinte, wehte ein frischer Wind, ja geradezu ein

Sturmwind durch die Studentenreihen. Es gab am Bauhaus selbst, an seiner Ausstattung, aber auch für die Folgeaufträge der Industrie und die entsprechende Produktvermarktung, so endlos viel zu tun, dass überhaupt keine Zeit mehr war für interne Streitereien.

Breuer hatte Ise stolz die Auftragslisten seiner Metaller gezeigt: Er müsse die gesamten Möbel der Studentenateliers, des Festsaals und der Werkstätten gestalten und produzieren, neben den Lampen und Außenleuchten, die »Fräulein Brandt«, wie er seine junge Kollegin respektvoll nannte, entworfen habe. Die habe sich inzwischen wirklich einen Namen gemacht, ihre Entwürfe gefielen der Industrie und verkauften sich blendend!

Die Weberei-Assistentin, die auf die Anrede »Fräulein« sichtlich keinen Wert legte und nur »Gunta« genannt werden wollte, sei mit ihren Schülerinnen für alle Vorhang- und Teppichstoffe verantwortlich.

Und Bayer schuftete mit seinen Werbegrafikern am ersten Bauhaus-Buch, das Moholy-Nagy *Internationale Architektur* nennen und noch in diesem Jahr herausbringen wollte.

Gute Aussichten also. Und während in Locarno der dringend notwendige Friedenspakt geschlossen wurde, wurde in Dessau eben … geheiratet.

Taut, dem an bürgerlichen Korsetts wie Heiraten wenig lag – jeder wusste, dass er mit seiner Freundin Erica und ihrer gemeinsamen Tochter in Berlin zusammenlebte, obwohl er in Chorin eine Frau und weitere Kinder hatte – und dafür umso mehr an wahrhaft gelebten und gefühlten Beziehungen, hatte Ise vor seiner Ankunft ein Bouquet weißer Lilien in die Junkers-Villa schicken lassen. Dazu ein in helle Birke gerahmtes Aquarell von einem kleinen Mädchen. Es schritt auf Wolkenteppichen über eine Welt aus endlosen, in der Sonne strahlenden Gipfelketten.

Die Häwelmännin!

Dieses Bild hatte Ise zu Tränen gerührt. Als Taut im Bauhaus ankam, konnte Ise ihm kaum in die Augen sehen. Und ihm schien es genauso zu gehen.

Mit diesem schmächtigen, fast unscheinbaren Mann war es ein Einanderverstehen auf den ersten Blick. Und auch ein Sich-aufgehoben-Fühlen. Nicht nur war Taut ein Schöngeist und entsprechend schüchtern, er war noch dazu so kurzsichtig, dass er sich wohl immer nur für einen einzigen Gesprächspartner interessieren konnte, weil er die anderen Figuren im Raum schlichtweg nicht sah!

Er hatte sein neues Buch, *Die Frau als Schöpferin*, mitgebracht, nach dessen Erkenntnissen sie die Innenausbauten und die Küche des Meisterhauses gestalten wollten. Bis Dienstag wäre Zeit dazu …

Vielleicht nicht Zeit genug. Vielleicht könnten sie nicht einmal einen Bruchteil der Fragen erörtern, die in Ise anstanden?

Sie musste sich beruhigen, wie er da zur Begrüßung zum Handkuss vor ihr stand, ihr wurde heiß und kalt, wie jedes Mal seit ihrem Krankenhausaufenthalt, wenn sie wusste, dass sie genaue Termine einhalten musste. Sie war einfach noch nicht belastbar.

Körperlich fehlte ihr nichts, sie ging viel spazieren, aß gesund und rauchte weniger, sie hatte den Weißwein eingeschränkt und trank stattdessen viel Wasser. Doch ihre Seele war schwach. Und sie würde es wohl noch eine Weile bleiben.

Es kostete sie zum Beispiel enorme Kraft, sich zu konzentrieren. Und noch mehr Kraft, sich gegen die Hast zur Wehr zu setzen, die die Menschen um sie herum beim Arbeiten – und auch in ihrer sogenannten »freien« Zeit – entwickelten und die ihr früher nie aufgefallen war. Wohl, weil sie sich einfach nicht von ihr hatte berühren lassen. Jetzt berührte sie alles. Alles ging ihr *unter die Haut.*

Sie hatte mit der kleinen Häwelmännin auch den natürlichen Schutz vor der Außenwelt verloren, und der musste wohl erst nachwachsen, über Monate …

Anscheinend schüttelte sich Ise bei dieser Vorstellung, denn Taut, der sich mit seiner kleinen Statur und seinem im Verhältnis dazu viel zu groß geratenen Bubenkopf dicht neben ihr platziert hatte, als wollte er sich irgendwo festhalten, nahm ihren Arm und fragte:

»Sie frösteln, meine Liebe?«

»Etwas ja. Es ist plötzlich Herbst, nicht?«

»Der dauert nicht lange«, tätschelte er ihre tatsächlich kalten Hände. Eine väterliche Geste. Ise musste schlagartig an ihren Vater denken und an ihre Vision von seinen Zweifeln am letzten Abend im Zentralkrankenhaus.

»Was hat dein Herr Gropius mit seinen hochfliegenden Ideen denn wirklich erreicht?«, hatte er sie gefragt. Und Ise hatte eine fast schon standardisierte, eine fast schon hohl klingende Antwort gegeben: »Das Bauhaus.«

Wie lange würde das wirklich leben? Und ihr einen echten Lebenssinn geben können?

Unsinn, sie musste sich zusammenreißen, ihr Meisterhaus war beinahe vollendet, und Taut war extra dafür zu ihr gereist!

»Da haben Sie recht. Im Frühling ist unser Haus fertig«, sagte sie, beinahe im Flüsterton.

»Ihr Kiefernhain erwartet Sie schon, das ist offensichtlich!«, flüsterte Taut zurück. Er war zwar ein Schöngeist, aber einer mit *Verve*!

»Breuer hat uns eben beim Herfahren«, flüsterte er weiter, immer noch ihre beiden Hände haltend, »den Baugrund und Ihr Haus gezeigt. Ein Haus ganz wie Sie, meine Liebe. Ganz und gar offen. Und doch ganz und gar geheimnisvoll.«

»Ich?« Ise war geschmeichelt, und das tat unerwartet gut! Ihr erschien ein Bild vor Augen, ihre eigene aufrechte Silhouette neben der der hüftschwingenden Diva … und sie konnte innerlich darüber lächeln!

»Ich habe doch gar kein Talent zu … *geheimnisvoll*.«

»Wie bitte?« Taut drehte sich frontal zu ihr, etwas, das er, zurückhaltend wie er war, sonst sicher nie tat.

»So was …«, er machte aus dem Stand ein paar derart gekonnte Hüftschwünge nach Art einer Rumba-Einlage, dass Ise und die um sie herumstehenden Gäste spontan lachen mussten, »… nennt man nicht ›geheimnisvoll‹. Das nennt man …«, er drückte vergnügt Ises Hände, »ach, das Wort ist mir entfallen!«

Dieser Taut hatte nicht nur *Verve*, sondern auch den trockensten, den feinsten Humor, der Ise je untergekommen war, und in diesem Moment kam Irene mit Bayer und Breuer bei ihnen an, fünf Kelche mit frisch gezapftem Pils dabei. Sie stellten sich alle dem vielverehrten Meister vor und stießen mit ihm an.

»Wie wird die modernste aller Küchen werden, Professor?«, fragte Breuer, ehrlich neugierig.

»Ganz und gar offen«, schmunzelte Ise.

»Und ganz und gar geheimnisvoll«, ergänzte Taut mit einem bubenhaften Kichern.

Keiner hatte ihn je so gut gelaunt gesehen.

Kapitel 41

EINE FRAGE DER ERGONOMIE

Zum Pfingstwochenende 1926 waren die Küche, die damit verbundene Anrichte und Ises »Gerätefabrik«, in der alle elektrisch betriebenen Service-Maschinen, der Eier-, Kaffee- und Teekocher, der Tellerwärmer, der Heißluftspüler, der Toaster, der Tischgrill und so weiter, verstaut waren, fertig und auch sämtliche Einbauschränke und -möbel der Wohn- und Schlafzimmer des Meisterhauses.

Pünktlich zu Gropius' dreiundvierzigstem Geburtstag zogen sie in ein Interieur, das sich wie ein perfekt gefütterter Mantel anfühlte. Das Futter war eine zweite Haut aus Tischlerarbeiten, die man beliebig in den Wänden verstecken oder aber ausklappen und entfalten konnte.

Taut hatte alle Tricks der amerikanischen *Efficiency*-Studien eingesetzt, die er für sein Buch recherchiert hatte und die den Taylorismus der Automobil-Industrie diesmal nicht auf Materialherstellung oder Baustellenorganisation, sondern auf die Gestaltung von häuslichen Arbeitsabläufen anwandten. »Ergonomie« hieß diese neue Disziplin, und es war überraschend, wie viele »leere Wege« eine Hausfrau bisher am Tag zurückgelegt hatte! Wie viele »leere Griffe« sie ausgeführt hatte!

Alle bürgerlich-verkrusteten Raumschemata aus nie genutzten Repräsentationsräumen und so elend unterbelichteten wie muffigen Arbeitsräumen waren in Ises Meisterhaus abgelegt worden. Das »Haus der emanzipierten Frau« war erfunden, das durch funktionell durchdachte, doch gleichwohl ästhetische Raumkombinationen bestach.

Die Küche zum Beispiel, zu jeder Jahreszeit natürlich belichtet und durchlüftet, ging durch Trennmöbel, die den Zubereitungs- und Servierwegen folgten, in die Anrichte und das Esszimmer über, ohne dass man das eine vor dem anderen verstecken musste. Die Haushaltsgeräte waren von der Hotellerie-Industrie zugekauft, auf den Maßstab der Küche angepasst, in der Metallwerkstatt erprobt und dann hier eingebaut worden: automatische Spritzbrausen, Hebelgriffe, 180-Grad-Scharniere, mobile Lampen, auszieh- und drehbare, mit abwischbaren Oberflächen versehene Stellebenen und Regale …

Als die ersten Neugierigen zu Besuch kamen, allen voran natürlich die Meisterrats-Frauen, deren Häuser gleich anschließend an Ises Haus jetzt beinahe bezugsfertig im Kiefernhain standen, wurde Ise kaum mit dem Herzeigen und Ausprobieren fertig. Herta, die Köchin, die in ihrer pragmatischen Art die ideale Assistentin für Taut gewesen war und die für die betulichen Rückfragen der Meisterrats-Frauen keine wirkliche Geduld aufbringen konnte, fragte Ise später, was »Fließband-Design«, ein Begriff, den die Damen mehrfach mit abfälligem Kichern gebraucht hatten, denn wohl bedeute.

Auch unter den Meisterhaus-Besucherinnen, die sich nach den Meisterrats-Frauen beinahe täglich einstellten, Frauenvereinigungen, Kochvereine oder Lesezirkel aus dem Städtchen Dessau, wurde viel getuschelt, doch keine der Damen ließ es sich nehmen, die zu- und abschaltbaren Steckdosen unter dem Esstisch, die den Toaster und den Tellerwärmer und die Filterkaffeemaschine versorgten, zu testen. Ebenso wenig das Sofa Probe zu sitzen, auf dem man den Tee aus einem elektrischen Teekocher serviert bekam und das im Handumdrehen zum Arbeitstisch mit Leselampe und Bücherablage wurde. Keine konnte glauben, dass Herta, die Ise aus der Junkers-Villa gefolgt war, nur vier Minuten für den Abwasch brauchte, weil er nur aus Vorspülen bestand! Und dass den Rest eine Spül- und Trockenmaschine mit Spritzdüsen der Firma AEG erledigen konnte, ohne Ises blendendweißes KPM-Porzellan zu zerkratzen oder den schwarzen Lackrand abzunutzen!

Im Bad des Gästezimmers im Obergeschoss ging es beim eingebauten Haarfön und dem versteckten Wäscherohr, das die Nachtwäsche über zwei Etagen direkt in die Waschküche im Keller warf, weiter, und Ise gewöhnte sich bald ab, die Hausführungen dorthin auszudehnen, zu dumm wurden ihr die Fragen zu diesem Gästeschlafzimmer, das doch vielleicht bald das Kinderzimmer werde?

Hingegen hatte sie schon Standardsätze bereit, mit denen sie ihre Erdgeschoss-Führungen beschloss: Hier hätten Architekten und Künstler einmal nicht gearbeitet, um sich selbst zu gefallen, sondern um der Frau im Beruf und im Haushalt »ein leichteres Leben zu bauen, ein Leben nämlich, in dem alle öde Arbeit entfällt«. Mit dieser Zeile wurde sie sogar in der Dessauer *Volksstimme* zitiert, von der dann sämtliche regionalen Medien abschrieben.

Kurz: Ise hatte in ihrem Meisterhaus, wie die Zeitungen titelten, das »Haushaltslabor der modernen Frau« erschaffen. Die bislang nur theoretisierte »Griff- und Schrittersparnis« war für den Alltag berechnet und umgesetzt worden – und jeder Hausherrin galt jetzt der Aufruf, weitere Lösungen der Ergonomie als Feldforscherin ihres *neuen Hauses* am eigenen Leib und im eigenen Alltag zu entdecken.

Kapitel 42

GRUNEWALD, BERLIN, JUNI 1926

Tanta Hannah erwartete Irene und Bayer für ein langes, »verspätetes Flitter-Wochenende«, wie sie es genannt hatte, in der Villa in der Erdener Straße. Die beiden waren aber nicht allein nach Berlin gekommen, sondern hatten Ise, Breuer und die junge Martha, eine von Breuers Studentinnen, die ihm nicht mehr von der Seite wich, mitgebracht.

Das Semester war beinahe zu Ende, sie hatten sich zwei Tage vom Bauhaus freigenommen und lebten im Garten und am Halensee. Auf den schattigen Bänken des Pavillons gab es ein allmorgendliches Frühstück mit Butterzopf, einen Nachmittagstee und ein von Irene gekochtes ungarisches Abendessen. Ansonsten wurde im Garten Federball gespielt, im See geschwommen und, die Trabener Straße hinauf, zum Markt und zum Zeitungskiosk spaziert. Weiter geschah nichts.

Wie schön das war, wieder einmal »Kind« zu sein!

Beim Betrachten der Jungs beim Federballspiel im Garten, beim Betrachten von Tante Hannahs jugendlichem Schwung, wenn sie morgens zum Training das Haus verließ und die Pavillon-Gäste einen nach dem anderen umarmte, beim Betrachten von Irene, deren *Ein-wenig-Verliebtsein* sich gefestigt hatte, ohne ihren freien Geist auch nur im Mindesten zu verändern, wurde Ise eines klar: Sie würde alles tun, um diese Nähe zu Irene, dieses feine Sich-gegenseitig-Halt-Sein, dieses rückhaltlose Vertrauen zu schützen. Sie könnte alles aufgeben dafür. Wirklich alles. Ihre Häuser, ihre Kleider, ihre Bücher. Nur das Schreiben nicht.

Doch das Schreiben konnte warten. Es wartete jetzt schon seit zwei ganzen Jahren, geduldig, unaufdringlich, man verlernte es nicht. Man verlernte auch nicht, auf sein Rufen zu hören. Ise wusste, dass es jetzt wieder ganz nah vor ihr stand, wo das Bauhaus gebaut war, ausfinanziert und voll ausgelastet.

Sie würde wieder Zeit für sich selbst finden. Sie musste sich emanzipieren von der Idee Bauhaus, denn wer wusste, wie es auf Dauer mit Deutschland weitergehen würde?

Hier in Berlin las Ise wieder die Zeitungen und erfuhr von der beunruhigenden Rückkehr der NSDAP, Hitlers »Führerpartei«, Nachrichten, die für sie in der Abgeschiedenheit der Klinik und der darauf folgenden intensiven Arbeit an ihrem Meisterhaus in weite Ferne gerückt waren.

Jetzt waren sie wieder nah. Hautnah.

Kein Tag verging, an dem man der Nazibande nicht begegnete, Lieder singend, marschierend, halbtrunken pöbelnd oder sportlich auftrumpfend, immer gleich machthungrig und eitel wie die Dummheit selbst.

Beim Spazieren, die Trabener Straße hinauf bis zum Grunewalder Bahnhof, selbst beim abendlichen Baden im Halensee, der neuerdings von wettschwimmender »Hitlerjugend« belagert war, rückten sie einem auf den Leib, ganz zu schweigen von ihrem Ausflug in die Stadtmitte, die durch die jetzt überall herumwehenden Hakenkreuz-Fahnen kaum wiederzuerkennen war.

Das neue im Bauhaus ausgerufene Werbegrafik-Handwerk hatte schneller Schule gemacht, als man in Dessau zu träumen gewagt hatte.

Kapitel 43

»DAS BESTE IST IMMER EINFACH.«

Mit der feierlichen Eröffnung der Bauhaus-Gebäude am 4. Dezember 1926 neigte sich ein Ise endlos scheinendes Jahr doch dem Ende zu.

Im Herbst war Deutschland in den Völkerbund aufgenommen worden, eine Leistung des Außenministers Gustav Stresemann, der dafür in den kommenden Tagen mit dem Friedensnobelpreis ausgezeichnet würde.

Ise hatte sich, um diese Geschichte, aber auch die deutsche Politik allgemein, vor allem den erneuten Aufstieg der Nationalsozialisten aus der Nähe verfolgen zu können, eine Anschaffung geleistet: Sie besaß jetzt ein eigenes Radio!

Diese Anschaffung hatte sie mit dem Honorar für ihre erste Artikelreihe finanziert, die sie über den Sommer geschrieben hatte. Von Berlin nach Dessau zurückgekehrt, hatte sie sich in den langen Nachmittagsstunden in ihrem neuen, herrlich leeren Meisterhaus einfach an die Schreibmaschine gesetzt und die Schritte seiner Innenraumgestaltung von Anfang an nacherzählt. Eigentlich ohne Ziel. Nur um die schöne Zusammenarbeit mit Taut und Breuer, mit der kleinen Brandt und mit Gunta, die inzwischen zur Meisterin der Weberinnen aufgestiegen war, nicht zu vergessen. Und um die Begeisterung zu beschreiben, von der sie alle in der Ausführungszeit beseelt gewesen waren!

Was sie nicht beschrieb, doch was jeder Beteiligte zwischen den Zeilen lesen konnte, war der Beitrag, den Frau Zwick und ihre über die Straße gelieferten Baustellen-Picknicks sowie Hertas immer warm servierter Apfelkuchen dazu geleistet hatten.

Als Ise die so gut wie in einem Schwung entstandenen 40 Seiten zum ersten Mal Korrektur las, fiel ihr auf, dass Irene nicht vorkam.

Umso besser. Irene blieb, wie es ihre Art war, zwischen den Zeilen. Man konnte sie entdecken oder auch nicht. Man würde eines Tages sagen, sie habe hinter diesem ganzen Projekt gestanden. Oder, noch präziser, hinter dieser ganzen Ise Frank …

Ise hatte die 40 Seiten Moholy-Nagy zum Lesen gegeben. Der hatte sie an Schlemmer weitergereicht. Und der wiederum hatte sie ohne ihr Wissen an den Stuttgarter Thiemanns Verlag gesandt. Der erste Artikel einer kleinen Serie, *Die Gebrauchswohnung: Teil 1*, war zu Ises vollkommener Überraschung für eine Herausgabe im kommenden Jahr angekauft worden. Die Münchner *Neuesten Nachrichten*, deren Chefredakteur Ise ja noch persönlich kannte, sprachen in einer Vorab-Rezension von der Geburt des Frauenjournalismus, was Ise natürlich maßlos übertrieben fand. Nichtsdestotrotz lagen die elegant aufgemachten Bändchen der Thiemanns-Schriftenreihe, in hoher

Auflage gedruckt, in sämtlichen Frisiersalons, Schneiderwerkstätten und Arztpraxen des Landes aus. Da würde also bald auch Ises *Gebrauchswohnung* liegen!

Taut sicherte sich die Nachdruckrechte an der akkuraten und doch lustigen Beschreibung der neuen »Wohnfabrik« nach amerikanischen Industrieabläufen gleich auch für seine unter Wohnungsbauern und Städteplanern begehrte *Leipziger Schriftenreihe*. Was für ein Anfangserfolg – für eine Fachfremde wie sie!

Gropius und Moholy-Nagy waren begeistert und hatten sofort gefragt, ob Ise nicht auch weitere Design- und Produktionsabläufe in den Werkstätten beschreiben könnte? Das wiederum nicht. Da sei sie nicht nahe genug am Geschehen, hatte Ise geantwortet. Doch eine neue Aufgabe hatte sich schon angebahnt, und die hatte sie ohne Zögern übernommen. Ganz einfach, weil sie für das Bauhaus notwendig war. Geradezu lebenswichtig.

Im Frühjahr vor der Bauhaus-Eröffnung nämlich hatte sich Gropius absichern, ja politisch positionieren müssen. Grund waren die letzten Volksabstimmungen gewesen, die die sozialdemokratische Mehrheit des Dessauer Stadtsenats zugunsten der bürgerlichen Rechten ins Wanken gebracht hatten.

Natürlich versprach der Bürgermeister dem Meisterrat seine volle weitere Unterstützung, doch Gropius hatte aus den schlechten Erfahrungen in Weimar gelernt – in Zeiten wie diesen konnte selbst in den historisch »linken« Ecken der Republik eine Bürgermeistergarantie von heute auf morgen wertlos sein. Und sah man über die Stadtgrenzen von Dessau hinaus, standen noch dunklere Wolken am Horizont.

Der erste Band von Hitlers *Mein Kampf* war im Juli des Vorjahres erschienen, und der zweite würde zeitgleich zur Bauhaus-Eröffnung im Dezember ausgeliefert. Eine bedenkliche Parallele in einer bedenklichen gesellschaftlichen Gesamtentwicklung: Der Erfolg dieses so irren wie massentauglichen Manifests war Ise genauso unerklärlich wie die Tatsache, dass in jeder nur denkbaren Runde über diesen verhinderten Architekten-Künstler und seine »ordentliche Politik« diskutiert wurde!

Nur die allgemein in Europa herrschende wirtschaftliche Unsicherheit nach den Reparationskosten des Krieges konnte der Grund für eine solche Renaissance der »Ordnungsliebe« sein – kein vernünftig denkender Mensch, vom Arbeiter bis zum Aristokraten, konnte diesen selbstverliebten Spießbürger doch gutheißen! Die Mitgliedschaften seiner regional geschickt durchorganisierten Partei hatten sich im laufenden Jahr 1926 aber verdoppelt …

Ise hatte begonnen zu recherchieren, wie sich dieser Parteiapparat eigentlich finanzierte, und war auf eine durch und durch sozialdemokratische Methode gestoßen, die diese Nationalisten – der Zweck heiligte augenscheinlich jedes Mittel – kaltschnäuzig anwendeten.

Von der Großindustrie, außer vielleicht von dem bekanntermaßen nationalistisch verbohrten Herrn Thyssen, geschmäht, trieben sie ihr Geld bei der mittelständischen Industrie und dem Handwerk ein, und das, indem sie Parteiveranstaltungen organisierten, in denen die Klein- und Mittelunternehmer groß rauskamen, sich mit ihren Frauen und Familien produzieren konnten und so dazu verleitet wurden, beachtliche Beträge zu spenden, die zunächst nicht irgendeinem Inhalt, sondern nur einem pompösen Rahmenprogramm galten. Nach ein, zwei weiteren Parteifeier-Shows mit rotem Teppich und Feuerwerk waren die gebauchpinselten »Spender« schon süchtig geworden. Denn wer sich nicht mehr dort sehen ließ und fotografiert und interviewt wurde, war womöglich ein Geizkragen oder, noch schlimmer, ein »Internationaler«, ein Jude oder Bolschewik – kurzum: ein suspektes Subjekt!

Komplizen in dieser Machtmaschinerie waren selbstverständlich die Medien. Und zwar ganz bestimmte Medien. Der Pressekonzern von Alfred Hugenberg, so hatte Justus Wolff Ise bei ihrem letzten gemeinsamen Tee mit Tante Hannah erzählt, sei aus der feindlichen Übernahme des Berliner Verlagshauses von August Scherl entstanden, der mit dem Berliner *Lokal-Anzeiger*, der *Woche*, der *Abendzeitung*, aber auch mit thematisch klug sortierten Journalen wie dem *Börsenblatt*, der *Gartenlaube* oder der *Filmwelt* die deutschsprachige Medienlandschaft sozusagen erfunden und über Jahre geprägt habe. Hugenberg, ein deklarierter Feind der Weimarer Republik, habe dem weitsichtigen, doch wirtschaftlich unbedachten Scherl den straucheInden Verlag abgekauft und diesen in den letzten Jahren mit dem Zukauf von Presse- und Radioagenturen zum landesweiten Kontrollorgan umfunktioniert.

Der bevorstehende Erwerb der Berliner Filmfirma Ufa, Wolffs größtem Klienten, sei der neueste Coup dieses Hugenberg, denn mit dem wachsenden Erfolg des neuen deutschen Films und der dazu landesweit in den Kinos gezeigten Wochenschauen komme er in den Herzen der Menschen an und könne Ideologie über das optimale Medium, nämlich das Gefühl verkaufen!

Tatsächlich hatte Ise in Berlin, aber auch in Dessau beobachten können, wie die Menschen jetzt scharenweise ins Kino rannten, während Zeitungskioske und Buchläden verwaisten.

In einem so fragilen nationalen Szenario konnte also auch regional alles passieren! Das Bauhaus mit seiner intellektuellen Fauna und seiner libertinen Lebensart könnte den zunehmend rechten Parteiströmungen überraschend schnell zum leidigen Zoo werden, den man gerne zerstreuen, vielleicht sogar verscheuchen würde. In NSDAP-Kreisen, das war Ise zu Ohren gekommen, bezeichnete man den Bauhaus-Lehrkörper schon als »Judenbande« – und es war ein Glück, dass diese Etikettierung bisher an Gropius vorübergegangen war.

Jedoch nicht an den Betroffenen! Wie Irene erzählte, witzelten Moholy-Nagy, Feininger und Breuer, Volljuden, die sie waren, in der Mensa schon mit Albers, Schlemmer und Klee herum, wohin ihre Flucht sie wohl führen würde. Zurück nach Budapest? Gleich bis nach New York? Oder besser erst einmal nach Paris, London oder Amsterdam?

Doch dazu durfte es doch wirklich nicht kommen! Warum das Bauhaus verlassen, das nach jahrelangen Mühen gerade eben all seine Lehr- und Produktionsfunktionen in den neuen Gebäuden aufgenommen hatte?

Irene hatte Ise, Ise hatte Gropius in diese Fluchtgespinste eingeweiht, und gemeinsam hatten sie das Problem erörtert.

»*Show me the big picture*«, hatte Irene gefordert. »Wie denn wäre im Gesetzesrahmen der Weimarer Republik eine offene, liberale politische Positionierung des Architektenstands zu verteidigen?«

Gropius hatte die einzige Liga genannt, die Architekten nach Standesrecht untereinander verband: die Architektenkammern. Da diese politisch aber noch in der Jahrhundertwende feststeckten und von Historismus-Urgestein wie den Herren Muthesius und Riemerschmid dominiert wurden, die von der »Macht der Scholle« schrieben, von der »Heimkehr zum Mutterboden« und ähnlichen gefährlichen Vergangenheitsverbrämungen, müsste man eine neue Interessen-Vereinigung gründen.

Was aus der *Gläsernen Kette* und der *Novembergruppe,* den Vereinigungen der ersten Nachkriegsjahre, denn geworden sei, hatte Ise gefragt.

»Nichts«, hatte Gropius nach kurzem Nachdenken geantwortet. »Wir hatten bald keine Zeit mehr für Träumereien. Wir hatten zu arbeiten.«

Was der *Berliner Ring*, auch *Zehnerring* genannt, denn sei?

»Eine nette Herrenrunde, die ich mit meinen alten Freunden Häring, Taut, Scharoun und Mies initiierte, als ich vorletztes Jahr monatelang in Berlin … verloren ging. Wir nahmen uns vor, in Artikeln und Wettbewerbsprojekten für das Neue Bauen zu kämpfen. Eine gute Idee, sicherlich. Doch das Bauhaus ist besser!«

»Warum also nicht eine kleinere Idee in eine größere investieren?«, hatte Irene abschließend in den Raum gestellt.

So war der *Ring* geboren worden – während des Tischgesprächs eines Abendessens.

Gropius hatte sich dann umgehend in »die Macht der Loge« hineingesteigert, *gemeinsam* könnte man grassierende widerrechtliche Wettbewerbspraktiken stoppen, bei denen Projektzuschläge nach Parteibuch fielen, nicht nach Gestaltungsqualität! *Gemeinsam* könnte man sozialen Druck verhindern, der ethnische Minderheiten verschrecke, ja bis zum Auswandern treibe, weil neuerdings die »Kraft im Brauchtum« liege … et cetera et cetera.

Ise sah ihn vor sich, damals, am Caféhaustisch vor der Münchner Kammerspiele-Bar, wie er die ganze Maximilianstraße in seinen Bann gezogen hatte. Wenn dieser Mann etwas konnte, dann begeistern!

Am 28. Mai 1926 also, auf den Tag genau drei Jahre nach ihrem Kennenlernen in Hannover, riefen Gropius und Ise in Mies' Büro in Berlin den neuen *Ring* ins Leben. Er war kein Verein und hatte keinen Vorstand. Vielmehr besitze er »Ringcharakter, mit allen damit gegebenen Verpflichtungen der Mitglieder untereinander und nach außen«, tippte Ise die Satzung in ihre silbergraue Ideal, die im von Breuer chauffierten Alfa Romeo mit nach Berlin gereist war. Ziel sei eine klare »Stellungnahme zur staatlichen und behördlichen Baupolitik und Bauwirtschaft«, aber auch die »dringend notwendige Neu-Definition des Wettbewerbswesens«.

Man werde gemeinsam und über regionale Grenzen hinweg auf eine unparteiische Reglementierung drängen, »auf die Einsetzung eines Ausschusses zur Aufstellung bindender Richtlinien für Beteiligung und Preisrichteramt«.

Große Ziele. Vielleicht unerreichbare Ziele. Doch den Kampf war es wert.

Innerhalb von nur drei Wochen hatte die Satzung, nach Art der einstigen Streitschriften der *Gläsernen Kette*, mit der Post die Runde gemacht, und die renommiertesten deutschen Architekten hatten unterschrieben.

Ise öffnete die Kuriersendung auf dem Eingangspodest des Meisterhauses. Es war der erste Brief, den der Postbote hierher und nicht mehr in die Junkers-Villa getragen hatte. Bei der Lektüre der Unterschriften stockte ihr der Atem. Auf dem letzten Blatt der Satzung standen, ringförmig alphabetisch angeordnet, die folgenden Namen samt Signatur:

Peter Behrens, Berlin; Richard Döcker, Stuttgart; Walter Gropius, Dessau; Hugo Häring, Berlin; Otto Haesler, Celle; Ludwig Hilberseimer, Berlin; Carl Krayl, Magdeburg; Hans und Wassili Luckhardt, Berlin; Ernst May, Frankfurt am Main; Erich Mendelsohn, Berlin; Ludwig Mies van der Rohe, Berlin; Hans Poelzig, Berlin; Hans Scharoun, Berlin; Karl Schneider, Hamburg; Max und Bruno Taut, Berlin; Martin Wagner, Berlin.

In der Mitte des Rings war noch ein Name mit Signatur zu lesen. Die Signatur war »HT«, wobei das T aus dem rechten senkrechten Schenkel des H's hervorging, die Definition von Rationalität schlechthin. Der Name darunter war aber in Sütterlin und so eng geschrieben, dass Ise ihn nicht gleich entziffern konnte, nur die Stadt, Berlin.

Die Tauts hatten oben links im Ring unterschrieben. Wer also kam noch aus Berlin, dessen Familienname mit T begann?

Tessenow! Der alte Heinrich Tessenow!

Der Mann, der, wie Ise von Gropius, aber auch von Taut und Breuer gelernt hatte, alle deutschen Architekten, egal, welcher Ausbildung und welchen Alters, in Ehrfurcht Haltung annehmen ließ. Er musste ihnen der größte lebende Lehrer und das größte ethische Vorbild sein.

Jeder hatte eine Ausgabe von *Wohnhausbau*, *Zimmermannsarbeiten* oder *Hausbau und dergleichen* im Regal hinter seinem Zeichentisch stehen. Jeder hatte versucht, sich den unvergleichlichen Tessenow-Stil seiner staubtrockenen, schwarz-weißen Tuschzeichnungen anzueignen, deren raschen Schwung der Strichführung, deren Sicherheit der Proportionen, deren gekonnte Minimalität der Formen, deren zauberhaften Einfall von Licht. Jeder hatte versucht, nach seiner Maxime zu denken, zu planen und zu bauen: »Das Einfachste ist nicht immer das Beste; aber das Beste ist immer einfach.« Kaum einem war es gelungen.

Immer wenn Gropius von ihm gesprochen hatte, war seine Stimme leicht brüchig geworden. Ise strich über die Signatur, diese simpel ineinander übergehenden Buchstaben HT in schwarzer Tinte. Das Beste war eben immer … einfach!

Kapitel 44

DIE ARTIKELFABRIK

Gut also, der *Ring* war gegründet und in der Fachpresse, allen voran in der respektablen *Die Form,* mit Vorschusslorbeeren überschüttet worden.

Und was geschah? Im politischen Machtsystem Deutschlands gar nichts. Der *Ring* wurde zur Kenntnis genommen, zunehmend ausgegrenzt und bald sogar verfemt. Doch *Die Form* mobilisierte die Kollegenschaft und organisierte das Kontrastprogramm: eine Vortragsreise, die Gropius noch vor der Bauhaus-Eröffnung im Dezember durch die Landeshauptstädte, dazu auf persönliche Einladung von Sigfried Giedion nach Zürich und auf die von Adolf Loos nach Wien bringen sollte.

Gropius war gerührt gewesen, denn zumindest war seine kollektive Kampfansage nicht ungehört verhallt. Schade nur, dass er mit den Gleichgesinnten aus Journalisten-, Literaten-, Architekten- und Künstlerkreisen eine so vernichtend kleine Minderheit darstellte!

Ise hatte Gropius natürlich allein auf die Reise geschickt. Es gab in Dessau genug zu tun. Sie hatte ihr Leben im Meisterhaus auf eine frisch erfundene Tradition ausgedehnt, die sie jetzt nicht unterbrechen wollte. Seit Semesterbeginn Ende September nämlich bat sie jeden Dienstag und Freitag einen der Form- oder Werkmeister der Ateliers mit einer Auswahl von Studenten und einem dazu geladenen Literaten, Künstler, Verleger oder Kritiker zum Mittagessen.

Herta servierte ihr famoses Kalbsgeschnetzeltes oder das ungarische Huhn, das sie von Irene gelernt hatte, und man probierte davor und danach neue Gebrauchsgeräte oder Möbel-Prototypen aus, besprach Materialerfindungen, plante Artikel, wählte entsprechende Fotos, die grafische Aufmachung und eventuelle künstlerische oder literarische Beiträge dazu aus.

Normalerweise war Bayer dabei, da er inzwischen ja für die Gesamtvermarktung des Bauhauses verantwortlich war, oder Breuer, wenn es um Materialien, Möbel und alle Arten von Produktentwicklung ging.

Als »geliehene zweite Hausherrin« war auch Irene ab und an mit von der Partie. Zum Kaffee erging man sich auf der Wiese, bei Wind auf der Terrasse, bei Regen und Schnee im Atelier des Obergeschosses. Irene blieb, wenn die Gäste gegangen waren, noch für eine »Manöverkritik« zu einem letzten Kaffee und resümierte jedes Mal, dass die *Lunch*-Runde das Haus »mit breitem Lächeln« verlassen habe.

Allein in den Herbstmonaten hatten sie Alfred H. Barr und Joseph F. Hudnut aus New York zu Gast, Victoria Ocampo kam aus Buenos Aires, Jean mit Blaise Cendrars aus Paris, Isaburo Ueno aus Tokio, Ernst Egli aus Wien.

Was für ein verrücktes Leben sie hier führten! Gropius' Mutter hatte das schon bei ihrem ersten Besuch im Meisterhaus vorhergesagt. Und auch Gropius selbst schien von der Harmonie im Haus beflügelt. Was nicht hieß, dass man sich nicht auch über ihn ärgern konnte!

Zum Beispiel hatte Ise ihn auf seine Deutschland-Tour mit einem Vortrag geschickt, den sie selbst verfasst hatte. Ein publikationsreifer Artikel, die Weiterentwicklung seines damaligen Vortrags in Hannover, den sie »Kunst und Technik« genannt hatte und mit einem Zitat beginnen ließ, an das sie sich von einem ihrer allerersten Treffen in der Kammerspiele-Bar erinnerte.

Gropius hatte damals von einer »gemeinsamen Geistigkeit« in einem »kollektiven Prozess des Gestaltens« doziert, und diese sperrige Ausdrucksweise, die Ise schmunzelnd weggewinkt hatte, dann so zu erklären versucht: »Allein das Sich-gegenseitig-Fühlen und Miteinander-Streben von Handwerkern aller Grade ließ doch die gotischen Dome entstehen!«

Das war gut! Dem konnte jeder folgen!

Ise hatte den Vortrag mit Gropius dann auswendig gelernt, und er passte ihm wie maßgeschneidert, vor allem die Stellen, die diesen Gildengeist, diese Lust am gemeinsamen Experimentieren wiedergaben, von der er ja durch und durch beseelt war. Doch schon nach dem ersten Vortrag in Berlin, der ja ein Heimspiel war, war er, nie mit sich selbst zufrieden, auch mit dem Text nicht mehr zufrieden. Und jetzt stand das freidenkerische Hamburg an, dann das erzkatholische Rheinland, dann erst, um Himmels willen, das reaktionäre Bayern!

Ise verbrachte ihre Nachmittage also im Café Sieben Säulen,

das schon einen Telefonanschluss hatte, und Frau Zwick stellte ihr zu Gropius' endlosen Änderungswünschen lebensrettende Karaffen mit prickelndem Mineralwasser auf den Tresen. Sie kam danach wie benommen nach Hause, schrieb die Reden aber noch am selben Abend um, und Breuer oder Bayer holten die Textblätter im Morgengrauen ab, um sie per Schnellpost in die nächste Vortragsstadt zu senden.

Welch ein Aufwand!

Konnte man nicht lernen, ein paar Sätze umzustellen, eine neue Einführung, einen überraschenden Schluss zu erfinden? Ein paar Kollegen zu zitieren, die in der Stadt und Region, in die man reiste, bahnbrechend waren und, wie Gropius selbst, jede Unterstützung, jeden Schulterschluss verdienten? Nein, die Arbeit musste sie tun! Sie, die sie gar nichts von Architektur verstand …

Wenn Irene abends aus dem Grafikatelier vorbeikam, saß Ise oft noch in ihrer »Artikelfabrik« im Wohnzimmer am wandlangen schmalen Sideboard, das sie sich von Taut gewünscht hatte, und grollte.

Denn in diesem Rhythmus kam sie zu keinem eigenen Schreiben. Und dabei hatte die *Deutsche Allgemeine Zeitung* um eine neue Artikelserie zum Thema »Eine Weltreise am Grammophon« angefragt, ein so entzückendes wie – in Zeiten nationalistischer Schimären – dringend notwendiges Thema, dessen erste Sätze Ise schon unter den Nägeln brannten.

Kapitel 45

1927

Das neue Jahr brachte nicht viel Gutes.

Außer der Verleihung des Friedensnobelpreises an Gustav Stresemann, was bestätigte, dass wahre Leistung meist erst außerhalb der eigenen Landesgrenzen anerkannt wurde.

In Berlin nahm hingegen der frisch ernannte Gauleiter von Berlin-Brandenburg einen kometenhaften Aufstieg: ein gewisser Joseph Goebbels. Egal, mit wem Ise korrespondierte, mit Tante Hannah oder mit Wolff oder mit Manon Gropius, keiner war ihm nicht schon bei einem wichtigen Empfang begegnet!

Im Gegensatz zu Hitler, der im Grunde menschenscheu sein musste und, wenn nicht von seinen Schergen gut positioniert, in einer Menge untergehen konnte, schien dieser Goebbels trotz seiner zwergenhaften Gestalt ein Publikums-Blender zu sein. Er konnte jeden Namen und jede Funktion im Gedächtnis behalten, und Ise las in den Feuilletons, von namhaften Kritikern gezeichnet, man könne ihn sogar als »charmant« bezeichnen.

Einer, der Juden in seinen Reden »Bazillen« nannte – charmant?

Vielleicht wurde es tatsächlich bald Zeit, mit Irene und der restlichen Bauhaus-»Judenbande« auszuwandern …

Hinzu kam, dass Gropius die neu gegründete Architekturklasse plötzlich nicht mehr selbst leiten, sondern abgeben wollte. Gegen den Rat von Moholy-Nagy und Breuer hatte er den Namen eines Kandidaten dazu aus Wien mitgebracht. Aus Wien, wo er im Dezember lange zehn Tage bei Loos zu Gast gewesen war.

Warum so lang?

Ise hatte kein einziges Mal danach gefragt, und doch war der überlange Wien-Besuch, den Gropius an den finalen Auftritt seiner Vortragsreise angehängt hatte, im Bauhaus in aller Munde gewesen.

Ob der Kandidat wohl eine Protegé der Diven sei?, hatte Breuer bei der *Lunch*-Runde am Freitag vor Gropius' Rückkehr in den Raum gestellt. Es hatte in allen Gazetten gestanden, dass es zwischen Piscator und dem Volksbühnenvorstand schon im Vorfeld seiner »politisch deformierenden« Inszenierung von Welks *Gewitter über Gottland* heftig gewittert habe und sein Vertrag fristlos gekündigt worden sei. So war Piscators Truppe in alle Winde zerstreut, und wahrscheinlich hatte Breuer recht, waren die Diven in weiser Voraussicht nach Wien zurückgekehrt.

Bei dem Kandidaten handelte sich um einen Schweizer und, wie Breuer besorgt berichtete, einen als Fanatiker bekannten Kommunisten. Eine denkbar schlechte Mischung und die garantierte Fehlbesetzung für das Bauhaus – in Anbetracht des Dessauer Stadtsenats, der von Monat zu Monat mehr nach rechts rutschte!

So befand auch der Meisterrat. Entgegen dessen Mehrheitsbeschluss wurde der Schweizer aber von Gropius als Leiter der Bauabteilung berufen.

Ise lernte ihn beim Begrüßungsmittagessen in der Bauhaus-Mensa kennen, sein Name war Hannes Meyer. Bei diesem Willkommenstreffen, an dem neben Moholy-Nagy auch die direkt betroffenen Lehrassistenten teilnahmen, nämlich Breuer, Bayer und Brandt, erläuterte Gropius die gemeinsam mit Ise definierten Forschungslinien der neuen Architekturklasse.

Ise hatte mit Gropius ganze Nächte zugebracht, um seine allumfassende Architekturlehre auf zwei erste Themengebiete herunterzubrechen. Sie hatte ihm geduldig erklärt, dass man als frischgegründete Architekturklasse nicht gleich eine ganze Architektur-Ethik neu erfinden könne! Man müsse hingegen einen Schritt vor den anderen setzen, um mit präzise formulierten Zielen konkrete Erfolge vorweisen zu können.

Gropius hatte das schließlich eingesehen, sie hatten seine beiden Lieblings-Themen definiert, und er hatte wie üblich sofort begonnen, sich für sie zu begeistern. Entsprechend aufgeregt war er jetzt. Wie immer, wenn eine neue Front zu erstürmen war …

Die Themen, die sie gewählt hatten, waren: »Menschennah konzipierter Siedlungsbau« und »Leichtbau-Hallenbau«. Den industriell vorgefertigten, aber menschennahen Siedlungsbau hatte man in Berlin und Frankfurt, in Celle und Magdeburg ja inzwischen ausreichend erprobt, die erste eigene Bauhaus-Siedlung war in Törten im Bau. Man könnte also Schritt für Schritt zum »Siedlungs-Forschungszentrum« werden, das die Gestaltungskriterien und Realisierungsmethoden leistbaren Wohnbaus in die Welt trüge. Hallenbau hingegen war ein weit neueres Thema, sozusagen der Bedarf der Stunde!

Flughäfen, Bahnhöfe, Messehallen, Börsen, Märkte, Medienzentren ... jede mittelgroße Stadt brauchte heute ihre Hallenbauten, war auf sie angewiesen. Die dazu prädestinierten Leichtbau-Strukturen, in Werften, Lagerhäusern und Hangars aller Art ausprobiert, waren noch dazu, das wusste in Dessau jedes Kind, das Steckenpferd von Hugo Junkers, der ja inzwischen nicht mehr nur der Hauptgönner des Bauhauses, sondern Gropius' Freund geworden war.

Doch dieser ganz von sich eingenommene Meyer hörte Gropius gar nicht zu. Stattdessen bestand die Maxime, die er beim Mittagessen vertrat, aus drei Worten, die er nicht weiter erklärte, sondern als unantastbares Prinzip in den Raum stellte: »Volksbedarf statt Luxusbedarf!«

Komisch, dachte Ise, in seiner Art zu dozieren, ohne auf sein Gegenüber einzugehen oder Fragen zuzulassen, erinnerte er sie an den jungen Muche bei ihrem allerersten Bauhaus-Besuch mit Irene ...

Hallenbau lehnte er schlichtweg als »kommerziellen Tand« ab. Dafür wusste er alles zum Siedlungsbau. Nein, er wusste nicht alles, er wusste alles besser! Er kannte die Heil bringende und alle Probleme lösende Formel: Die Bedürfnisse des Proletariats müssten in schnell und billigst zu errichtenden »Plattenbauten«, wie er sie nannte – Gropius und Breuer blickten sich ratlos über den Tisch hinweg an –, erfüllt werden, nach gleichen Grundrissen, gleicher städtebaulicher Struktur, gleicher infrastruktureller Anbindung.

»Ohne Ansehen der Geschichte, der geografischen Gegebenheiten, der sozialen Muster eines Orts und seines Milieus?«, wagte Moholy-Nagy einen Einwurf.

»Massengerechter Massenbau = Gleichheit für alle«, bekam er eine weitere Maxime zur Antwort.

»Doch Architektur ist ja keine starre Hülle«, insistierte Moholy-Nagy, »keine für alle gleiche, unveränderbare Raumsituation! Im Gegenteil! Wir sehen sie hier als bewegliches Gebilde zur Meisterung des Lebens, als, man könnte sagen, organischen Bestandteil des Lebens selbst ...«

»Massengerechter Massenbau = Gleichheit für alle«, blieb Meyers fragwürdige Gleichung unverändert. Diese hatte er auch in Riesenlettern an die Flügeltür der neuen Architektur-Werkstatt anschlagen lassen.

»Und überhaupt – warum steht dieses Motto nicht wenigstens in unserer Bauhaus-Schrift ans Atelier geschrieben?«, legte Bayer jetzt zu Recht nach. »Sie wissen, wir schreiben hier in *Universal*, nicht in Ihrer Basler *Normal*.«

»Ihr *Universal*-Geschiss? Ist doch für feine Pinkel.«

»Zurück zum Hallenbau«, wurde Gropius jetzt überfallsartig streng, wie Ise ihn noch nie zuvor unter Kollegen erlebt hatte. Er rutschte auf seinem Mensa-Stuhl in die »Auf der Flucht«-Position im Reitersitz, vor Wut kalkweiß im Gesicht.

»Hallenbau?« Meyer spuckte auf den Boden.

Er spuckte hier in der Bauhaus-Mensa auf den Boden! Wie am Viehmarkt!

Hallenbau sei ein weiteres Feine-Pinkel-Geschiss, Luxusbedarf, kein Volksbedarf, er müsse sich wohl nicht wiederholen. Kommerz, das Erfüllen von überflüssigen Bedürfnissen der Gesellschaft, erst recht ihrer Märkte … sei nicht Aufgabe der Architektur.

Daraufhin spuckte er nochmal aus, diesmal knapp am Rücken der kleinen Brandt vorbei. Es war wahrscheinlich die schlimmste Szene, die sich je am Bauhaus abgespielt hatte. Gropius stand auf und ging.

Wie Ise beim Abendessen erfragte, war er schnurstracks zu Hugo Junkers gelaufen und hatte sich in seinem Flugzeugwerk an ein neues Projekt gemacht: Hallenbau-Leichtbau natürlich!

Es würden selbsttragende Lamellenkonstruktionen, ein Baukastensystem aus Stahlblech entwickelt werden, das Junkers gerne »Stahlhaus« oder »Siedlungshaus« oder gar »Tropenhaus« nennen würde, könne man damit in Zukunft doch die Wohnungsnot in Entwicklungsländern bekämpfen!

Junkers sei Feuer und Flamme und Breuer ab sofort mit dem Gesamtprojekt beauftragt.

Kapitel 46

TÖRTEN: »GESTALTEN NACH LEBENSVORGÄNGEN«

Ab jenem ersten April, es klang wie ein Scherz, hatte es dieser aus Wien empfohlene Schweizer sukzessive geschafft, nicht nur seine Bauhaus-Kollegen, sondern auch die Bauhaus-Kunden der Bau-, Möbel- und Leuchtenindustrie vor den Kopf zu stoßen. Eine Situation, die Gropius in seiner inzwischen schon sprichwörtlichen Eile nicht im Voraus bedacht hatte. Denn die Zeit, Meyers Pamphlet *Bauen* zu lesen, hatte er wohl weder in Wien noch zurück in Dessau gefunden.

Ise hingegen fand sie – und ihr wurde kalt bei der Lektüre:

»Alle Dinge dieser Welt«, stand auf den schnoddrig dahingeschriebenen zwei Seiten zu lesen, »sind ein Produkt der Formel: Funktion mal Ökonomie.« Bauen sei schlicht – dieser Sturkopf konnte anscheinend nur in Ingenieur-Gleichungen denken – »Organisation«.

Ise begann sich zu fragen, ob Gropius ihn überhaupt persönlich kennengelernt hatte, bevor er ihn berief.

Und wenn, hatte er diesen messerscharfen Mund, dieses beinharte Kinn nicht bemerkt?

Breuer berichtete, dieser Meyer verhocke seine Abende an der Bar der Bauhaus-Mensa und trinke Braunbier aus der Flasche, das Hecht-Pils vom Fass sei für ihn »Weiberkram« und viel zu süß. Er hause, da er bei Gropius auf eine Gratisunterkunft bestanden habe, im Keller des Ateliertürms, gleich neben den Kühlräumen. Was er dort nachts mit den Waschfrauen und Schreibhilfen treibe, sei keinem im Bauhaus einen Kommentar wert.

Wie war diese Situation zu retten? Welchen Handel war Gropius in Wien eingegangen? Und warum – und das war die Frage, die Ise eigentlich am meisten angehen sollte – fuhr er in diesem Sommer wieder für zwei Wochen dorthin?

Zu seinem Geburtstag hatte Bayer mit einigen Bauhaus-Lehrern und Studenten eine Collage gefertigt, die an Komik nicht zu überbieten war und lauter Diven-Kussmünder abbildete. Sie hatten sie *prospekt: der mund: 44 zärtlichkeiten* genannt, doch Gropius war die subtile Kritik an seinen sich häufenden *Absencen* von Dessau nicht aufgefallen.

Für seine Reise nach Wien gab er Manon, seine Tochter, als Grund an. Die andere Manon, seine Mutter, glaubte ihm kein Wort. Irene ebenso wenig.

Am Bauhaus schien seine Abwesenheit keinen weiter zu interessieren. Die Präsenz dieses Meyer hingegen viel mehr! Der war nämlich außer borniert auch noch kaltschnäuzig und versuchte, sich in die Berliner *Ring*-Kreise ohne Einladung einzuschleichen.

Das verhinderte zum Glück Manon Gropius senior, die die Freundschaften zu den Kollegen ihres Sohnes, Taut, Häring,

Scharoun und Mies, seit deren gemeinsamer Lehrzeit pflegte, gekonnt. Und auch in Dessau grenzten die Kollegen ihn aus. In das erste laufende Bauhaus-Siedlungsprojekt erhielt er keinen Einblick.

In Törten, einem Vorort im Süden von Dessau, entstand seit Februar eine erste Bauhaus-Siedlung, die der Bürgermeister aufgrund der neuen Reichsheimstättenförderung realisieren lassen konnte. In nur vier Monaten waren dank der Mechanisierung der Bauabläufe über einen auf Schienen wandernden Baukran über zweihundert Reihenhäuser samt Siedlergärten entlang des Großrings, des Mittel- und des Kleinrings – die Namensgebung der Straßen war kein Zufall! – im Rohbau entstanden. Die drei leitenden Entwurfsprinzipien, die Gropius mit Breuer und Moholy-Nagy entwickelt und die Ise für die Förderungsansuchen formuliert hatte, waren: die Berücksichtigung der Sonneneinstrahlung zu verschiedenen Tages- und Jahreszeiten, die Lebensabläufe der Familien und Wohngemeinschaften in den Wohnhäusern sowie das Bereitstellen von autarken Gemüsegärten für alle Siedler.

Ise hatte nach Baubeginn, da für Gropius eine weitere Vortragsreise nach Holland und Frankreich anstand, einen Artikel über diese Törten-Siedlung geschrieben, den sie »Gestalten nach Lebensvorgängen« genannt hatte. Irene hatte die Straßenzüge, die diesen Titel geradezu verkörperten, noch in der Rohbauphase fotografiert. Die neuen Straßen bestachen, wie in Tauts Siedlungen, durch die versetzte Anordnung der Baukörper. In den wandbreiten Panoramafenstern der Fassaden, allesamt nach Süden orientiert, spielte das Morgen- wie das Abendlicht.

Das Projekt wurde allein aufgrund dieser Dokumentation schon vor der Fertigstellung von der internationalen Presse gefeiert, wobei die Kritiker einige von Gropius und seinem Bauatelier dahingehuschte Ausführungsdetails gnädig übersahen. Denn solche Details würden in der zweiten Baustufe korrigiert werden, wichtig aber war, dass das Projekt sich wirtschaftlich trug: Es hielt, was Gropius errechnet hatte. Die industrielle Vorfertigungsweise erreichte Niedrigpreise, an die selbst der Bürgermeister nie wirklich geglaubt hatte!

Natürlich blieben auch die Kritiken nicht aus. Der alte Riemerschmid beispielsweise, der bei gewissen Medien jetzt wieder hoch im Kurs stand, schrieb in Anbetracht der Flachdächer von einem »afrikanischen Dorf«, das anmute, als wäre es für »Neger und Nomaden« gebaut, die man »mit Gewalt« auf deutschem Boden ansiedeln wolle. Die rechtsorientierte Presse verglich die Errichtungskosten mit den zeitgleich im Dessauer Stadtteil Ziebigk entstehenden traditionellen Siedlungshäusern, vergaß dabei aber wohlweislich, die reduzierte Wohnfläche von Giebelhäusern mit der voll nutzbaren Wohnfläche von Flachdachhäusern gegenzurechnen.

Und vergaß die Gärten! Dabei hatte Gropius, auf Tauts Drängen hin, den Hamburger Gartenbauexperten Leberecht Migge in das Projekt einbezogen, der Gemüse- und Obstgärten als »Selbstversorger« für die Bewohner entwarf. Jede einzelne Wohneinheit hatte ein Recht auf einen zwar kleinen, doch eigenen Garten, der in den Errichtungskosten inbegriffen war.

Der allseits gemiedene »Genosse Meyer«, wie er inzwischen in ganz Dessau genannt wurde, bekam die Siedlung erstmals im Juni zu Gesicht. Er begleitete keinen Geringeren als Adolf Loos, der sich die Reise aus Wien zugemutet hatte, obwohl sein Nervenleiden schon sehr fortgeschritten war und er kaum mehr gehen konnte.

Da Gropius auf Vortragstour in Den Haag war, reiste Taut aus Berlin an, um den geschätzten Kollegen gemeinsam mit Breuer und Moholy-Nagy persönlich zu empfangen und ihm auch seine weitere »Idee« zu diesem Siedlungsprojekt zu erläutern: die zentrale Anlage der Konsum-Halle. Nach Tauts Ansicht brauchte ja jede Ansammlung menschlichen Lebens ein Zentrum, um, wie er Ise in ihrer Meisterhaus-Entwurfszeit so umsichtig wie einleuchtend erklärt hatte, »sozialen Austausch, gemeinsames Lernen, das Entwickeln einer demokratischen Selbstverantwortung« zu ermöglichen. Er habe, hatte er erzählt, solche Hallenbauten in bisher jeder seiner Siedlungen durchgesetzt. Schließlich auch hier in Törten: »Gropius sagte nur: ›Erzähl mir nichts, mach!‹«

Diese Konsum-Halle, zwei simpel ineinandergeschobene Markthallen um einen gemeinschaftlich genutzten Hof, war zwar noch im Rohbau, doch allein ihr Dorfplatz war inzwischen, die Kollegen waren bei der Besichtigung allesamt verblüfft, das neue Zentrum von Törten. Er war tagsüber wie abends voller Menschen!

Was machte Meyer beim gemeinsamen Rundgang mit Loos, Taut und den Bauhaus-Kollegen? Einer, der, wie Ise ja inzwischen wusste, außer dem Entwurf für einen kleinen Schweizer Siedlungsbau weder selbstgeplante Bauten errichtet noch veröffentlicht hatte, geschweige denn ein Lehrkonzept erarbeitet oder einen Mitarbeiterstab geführt?

Er mäkelte herum.

»Zu großflächige Fenster für den Bedarf der Arbeiterklasse!« Was solle diese »Verbürgerlichung proletarischer Lebensformen«? Daraufhin griff er, wie Taut Ise später berichtete, den abwesenden Gropius vor den Kollegen an: Visionen von der Verbesserung von Lebensumständen seien nicht die Aufgabe der Architektur! Hier irre der Bauhaus-Gründer! Die Aufgabe der Architektur sei überhaupt keine ästhetische oder gestalterische!

Was Architekten dann täten, »wenn schon nicht gestalten?«, hatte da Loos, der sich bisher von dem aus Wien empfohlenen Kollegen merkwürdig ferngehalten hatte, gefragt. In seiner Stimme, die von Krankheit gezeichnet war, lag ein grabestiefes Grollen.

»Organisieren«, hatte Meyer frech zurückgegeben, »Organisieren von Arbeitsprozessen!« Ob man davon in Wien schon gehört habe?

Loos hatte sich um die eigene Achse gedreht und war, auf Taut und Moholy-Nagy gestützt, davongegangen. Den Siedlungsrundgang hatte er aber keinesfalls abgebrochen.

Immer noch sichtlich echauffiert kam er dann im Meisterhaus an, wo Ise ein Herta'sches Gartenpicknick für alle Mitglieder des Meisterrats ausgerichtet hatte.

»Wer hat bloß diesen Trottel zu verantworten?«, so hatte er Ise beinahe mit Schaum vor dem Mund begrüßt. »Hat man dem das Gehirn verkohlt? Und zurück blieb steinerne Marxistenscheiße? Werfen Sie ihn bloß raus hier!«

Nach ein, zwei Gläsern von Frau Zwicks bestem Weißen hatte er sich dann allerdings schnell beruhigt, auch weil ihn das Meisterhaus sichtlich überzeugte. Nach dem Picknick schlief er im Schatten unter den Kiefern ein.

Irenes morgensonnige Törten-Fotos gingen von Hand zu Hand.

Kapitel 47

IM MEISTERHAUS, 26. SEPTEMBER 1927

Hugo Junkers kündigte zu Beginn des Herbstsemesters an, die Bauhaus-Subventionen zum 1. April 1928 auslaufen lassen zu müssen. Es war kein böser Wille. Seine Luftverkehrslinien waren zunehmend subventionsabhängig geworden und steckten seit dem Fall der Reichs-Abrüstungsverordnungen in diesem Frühjahr in der Finanzkrise.

Schon im Vorjahr war die Junkers Luftverkehr AG auf politischen Druck hin mit der Deutschen Aero Lloyd fusioniert und in Deutsche Luft Hansa umbenannt worden. Einer wie Junkers, der die Aufgabe der Luftfahrt darin sah, »Menschen und Nationen einander näher zu bringen«, wurde der Reichswehr hierzulande sichtbar unbequem.

Also war er vor ein Ultimatum gestellt worden: Neben dem Flugzeugbau wurden seine Dessauer Produktionsstätten mit der Entwicklung von Waffen, Kampfgasen und Sprengkörpern beauftragt, eine »Bestellung«, die er nicht angenommen hatte. Postwendend waren ihm daraufhin die laufenden Aufträge der gesamtdeutschen zivilen Luftfahrt per Ministerialdekret entzogen worden. So ging höhere Politik.

Junkers, dieser allseits geschätzte Tüftler, Weltverbesserer und Menschenfreund, musste im Berliner Empfangszimmer des Wirtschaftsministers die Nerven verloren haben, die Boulevardzeitungen schrieben hetzerisch von »Randalieren« und »vorsätzlicher Körperverletzung«, worauf man ihm, zurück in Dessau, in seinen eigenen Werkshallen Hausverbot erteilte. Daraufhin verbarrikadierte er sich in der Junkers-Villa und wurde von einem auf den anderen Tag stocktaub.

Ise war ratlos. Diesen entzückenden Mann, der ihr selbst und Gropius so verlässlich zur Seite gestanden hatte, hatte man aufgrund zu hundert Prozent zu respektierender ethischer Bedenken sprichwörtlich *aus dem Verkehr gezogen*! Die fraglichen Rüstungsaufträge übernahm, ganz ohne ethische Bedenken, die Essener Friedrich Krupp AG.

Ise schickte Breuer zu ihm, der immer angenehm war, nie sprach, ohne gefragt zu werden, und vor allem wunderbar zuhören konnte. Noch dazu hatte Breuer ja schon im April, knapp vor Junkers' Berliner Eklat, von Gropius den Auftrag zum Aufbau der »Leichtbau-Hallenbau«-Forschungslinie erhalten, war also mit der Thematik vertraut. Und tatsächlich entwickelten die beiden an langen Nachmittagen, »eingesperrt« in die Villa, ein im Verhältnis zwar winziges, doch realisierbares Projekt: ein aus wie im Flugzeugbau konkav gewölbten, ultraleichten Paneelen gefügtes Stahlhaus mit flexibel verschiebbaren Innenwänden, das durch Solarkollektoren beheizt und durch eine mit Regenwasser befüllte Dachhaut klimatisiert würde.

Dieses Projekt könnte Junkers zwar nicht retten, doch zumindest beschäftigen. Ise sah ein Thema für einen weiteren Artikel gedeihen …

Junkers lebte kurzzeitig auf, als die ersten Wand-Prototypen eins zu eins in der Metallwerkstatt aufgebaut wurden. Auch Gropius lebte auf, weil ein solches Vorhaben wieder einmal drei seiner Bauhaus-Werkstätten zusammenschweißte und in seine inzwischen zum Begriff gewordenen »offenen Gestaltungs-Dialoge« einband. Die liebte er, die ließen ihn sich neugierig fühlen und gebraucht und wieder … jung! Er ging morgens aus dem Haus wie ein Entdecker! Nach dem Unfrieden durch Meyers Präsenz fasste er neuen Mut. Und in Ises »Artikelfabrik« klapperte die Ideal-Schreibmaschine von morgens bis abends.

Zu Semesterbeginn Ende September fuhr Gropius für die *Bauwelt* auf Vortragsreise, während Breuer zu Hause in Dessau die erste reversible und recycelbare Version des Stahlhauses den Ingenieuren vom Patentamt vorstellte. Da kam die Nachricht von Junkers. Eine handgeschriebene Karte an Ise, datiert vom 21. September 1927. Allein das Schriftbild war beängstigend.

Gleich am Montag darauf folgte der eingeschriebene Brief des Dessauer Bürgermeisters. Ise konnte ihren Augen nicht trauen, als Herta die Post auf den Frühstückstisch legte. Das Arbeitsministerium zu Berlin könne aufgrund »interner Entscheidungsfindungen« keine Ausfallhaftung für die nachweislich ab 1. April offenen Gehalts- und Betriebskosten der von Prof. Gropius geleiteten Staatlichen Lehranstalt Bauhaus zu Dessau übernehmen, und so sehe sich der Stadtsenat gezwungen, den Betrieb mit Ende des akademischen Jahres, also im Frühjahr 1928 einzustellen. Es seien folglich ab dem heutigen Datum keine Neueinschreibungen mehr zulässig. Alle Stadträte hatten mit Angabe ihrer Partei unterschrieben. Eine beängstigende Liste.

Das zuständige Ministerium war also nicht mehr für das Bauhaus zuständig?

Ise musste erst einmal durchatmen. So ging sie, die höhere Politik!

Genau wie der zu ethisch denkende Junkers war das zu wenig völkisch gesinnte Bauhaus den Entscheidungsträgern in Berlin unbequem geworden – wozu leider nicht unwesentlich die Berufung dieses ultralinken Meyer beigetragen haben musste. So schob man politische Ausgrenzung auf finanzielle Engpässe und umgekehrt …

Die genauen Beweggründe hierfür würde Ise bald herausgefunden haben. Doch auch wenn sie das Szenario dann anhand von Namen und Daten rekonstruiert hätte, brauchten sie einen Ausweg. Und zwar bald.

Auf den Bürgermeister der Stadt Dessau war augenscheinlich kein Verlass mehr. Junkers, der jetzt geholfen hätte, war an der Grenze zur Insolvenz. Das Bauhaus war also wieder einmal bankrott.

Kapitel 48

»*THE BIG PICTURE*: DAS BAUHAUS ZIEHT NACH AMERIKA.« Gropius wurde krank darüber. Von einem auf den anderen Tag konnte er kaum mehr sehen. Er hatte, wie er sagte, »Schleier vor den Augen«, haderte mit dem Schicksal, mit den politischen Umständen, mit persönlichen Animositäten. Typisch für ihn erklärte er dem ganzen Land den Krieg.

Ise sprach mit ihm. Irene sprach mit ihm. Die ganze Republik befinde sich doch in wirtschaftlicher Berg- und Talfahrt, die die politische Visionslosigkeit ihrer ständig wechselnden Regierungen nur noch gravierender machte. Da müsse jetzt Stabilität her, ein Schulterschluss mit den europäischen Wirtschaftspartnern, eine gemeinsame außenpolitische Strategie, eine Öffnung zu fachübergreifenden Forschungszielen, ein grenzüberschreitender Sozialvertrag.

Die drohende Bauhaus-Schließung sei doch nur die Spitze dieses Eisbergs, der sich erst in den kommenden Monaten und Jahren in seiner beängstigenden Monumentalität zeigen werde. Dieser Eisberg bilde sich aus völkischer Selbstüberschätzung, aus sozialer Verarmung und kultureller Verrohung, ein als Fortschritt verkaufter Rückschritt ins tiefste Mittelalter …

Gropius hörte nicht zu, sondern bockte. Er schlief schlecht und verwechselte Tag und Nacht. Das Leben im Meisterhaus wurde ungemütlich, denn Gropius hatte keine geregelten Zeiten mehr. Er störte ständig.

Nach Abschluss des Stahlhaus-Prototyps schwänzte er die Schule. Was solle er auch dort?, sagte er beim Abendessen. Meyer habe sein schönes Büro auf der Brücke besetzt, die Verwaltung darunter sei nur mehr verwaist, aus der Architekturklasse drängen Lenin'sche Sprechchöre. Auf den Balkons des Atelierturms zünde man nachts jetzt bengalische Feuer, es werde Braunbier getrunken statt Pils und Wodka statt Wein.

Ise und Irene schauten sich über den Tisch hinweg an. Sie sahen ihn vor sich, wie er am nächsten Morgen, so wie an allen Morgen, das Meisterhaus verlassen, bei den Sieben Säulen in die Allee zum Bauhaus einbiegen, die Straße hinuntergehen und vor seiner Schule stehen bleiben würde, dann jedoch bis zum Georgengarten und zur Junkers-Villa zurückspazieren, wo ein urplötzlich alt und taub gewordener Herr ihm die Tür öffnen und hinter seinen Schultern wieder schließen würde.

Gropius und Junkers sahen sich jetzt täglich. Manchmal blieb Gropius einfach über Nacht dort, sie mochten dann reden bis zum Morgengrauen. Oder besser gesagt: Gropius schrie sich seine Enttäuschung über die Politik im Allgemeinen und die verpatzte Wahl seines Architekturwerkstattleiters im Speziellen aus dem Hals, und Junkers hörte zwar nicht viel, nickte aber versonnen und antwortete mit Zitaten von Sokrates oder Kant.

So konnte man sich diese Nächte vorstellen. Die beiden konnten einem leidtun.

Derweil ging es im Meisterhaus statt um vergangene Fehler aber um kommende Entscheidungen, denn Ise und Irene entwarfen ein neues Leben. So, wie die Stimmung jetzt war, innerlich zerstritten und äußerlich mittellos, konnten sie nicht weitermachen. Schon einmal hatte Ise ihren ganzen Elan, ja ihre ganze Existenz auf diese große Idee Bauhaus gesetzt. Noch einmal würde sie nicht durchhalten. Weder hatte sie die Gesundheit noch die Lust dazu.

Gropius spürte das, wich einer Konfrontation aber aus. Wohl meinte dieses große Kind, das laufende Semester werde in einem Wunder enden, irgendwer vom Arbeitsministerium rufe sicher gleich morgen an, ein riesiges Missverständnis löse sich auf und die bevorstehende Pleite sei vom Tisch. Doch dieses Wunder würde nicht geschehen.

Manon Gropius und Tante Hannah hatten Ise zeitgleich geschrieben. Gegen das Bauhaus war in den Berliner Regierungskreisen tatsächlich massiver Gegenwind aufgekommen, weil dieser neue Professor Meyer – wie man einen Schweizer Steinmetz an eine preußische Lehranstalt holen könne, fragte Manon Gropius mit süffisantem Lächeln zwischen den Zeilen – anscheinend ohne Absprache mit Gropius offizielle Termine wahrgenommen habe, bei denen er kein eigenes Lehrkonzept und keinen Wirtschaftsplan, sondern nur kommunistisches Geschwätz vorgetragen habe. Und man solle nicht meinen … im Ministerium säßen nämlich auch noch ein paar anständige

Menschen, abgesehen von den ständig wechselnden und von Mal zu Mal »verblendeteren«, wie sie es nannte, Parteigesellen. Doch auch die wenigen Anständigen habe man mit diesen extremistischen Parolen nachhaltig vor den Kopf gestoßen.

Was also war der Plan?

Ise und Irene entwickelten mehrere Pläne. Irenes erste Wahl, sie dachte immer gleich mit weitem Horizont, war: Deutschland verlassen und ein neues Bauhaus in Amerika gründen. New York, Harvard oder Chicago, die kämen als Standorte infrage.

»Aber keiner hier am Bauhaus – außer Feininger und uns – spricht doch die Sprache!«, warf Ise ein.

»Sprachen sind zum Lernen da.«

»Sie können auch Grenzen sein«, warnte Ise.

»Grenzen? Worte wären hier am Bauhaus Grenzen? Wir leben doch alle in der Geste! Dein Gropius kritzelt Organigramme, Klee ätzt Fische auf Löschpapier, Kandinsky malt Weiber aus dicken Konturen, unser Breuer verbiegt Lenkräder, Schlemmer lässt die Puppen tanzen, Bayer und ich, wir suchen das Licht …«

»Das reicht nicht. Das funktioniert in der Abgeschiedenheit akademischer Toleranz. Aber nicht dort draußen, im wilden Leben! Jeder Einzelne von uns ist doch, seien wir ehrlich, für sich genommen lebensuntauglich!«

»Wir beide zum Beispiel nicht!«

»Du nicht, das ist wahr. Du könntest von deinen Fotografien leben, würdest du sie nicht immer in den Dienst dieses Bauhauses stellen.«

»Und du? Von deinen Texten! Du *machst* doch das Bauhaus, indem du es beschreibst, Ise. Vom ersten Tag an, den wir in Weimar verbrachten. Ist dir das nicht bewusst?«

»Nein. Allerdings … Manon Gropius sagte das.«

»Eine tolle Frau eben! Szenario Nummer eins also, *the big picture*: Das Bauhaus zieht nach Amerika.«

Dann kamen weitere Szenarien dran:

Einen neuen Bauhaus-Standort in Deutschland suchen?

Nein danke, das hatte Ise jetzt zwei Mal mitgemacht. Nie mehr würde sie Klinken putzen gehen wie damals in Köln und danach einen wertvollen Menschen wie Gussie vor den Kopf stoßen. Zum Glück stand ihre Freundschaft über solchen Dingen und hatte nicht gelitten.

Das Bauhaus auflösen und den *Ring* oder den *Werkbund* als aktive, als produktive Gemeinschaften ausbauen?

Zu eng gestrickt. Man wäre ausschließlich unter ja doch von Haus aus beinhart konkurrierenden Architekten und verlöre damit die Handwerker, Künstler, Theoretiker, den gesamten »offenen Dialog«.

Das Bauhaus auflösen und jeder ginge zurück in sein Büro?

Wie langweilig! Und wie hoffnungslos! Wo die Traditionalisten um Riemerschmid von der neuen politischen Klasse hofiert wurden und sämtliche Wettbewerbe gewannen?

Das Bauhaus noch einmal professionell dokumentieren und dann von der Erinnerung leben?

Das war die Idee!

Kapitel 49

LOSLASSEN

Ein Anruf von Frau Zwicks ausnahmsweise leer gefegtem Bartresen des Cafés Sieben Säulen aus in die Berliner Kanzlei von Justus Wolff genügte. Es war der 11. November, der Martinstag, Kinder und Eltern zogen mit Lampions durch die Straßen.

Ja, die Zeiten seien rauer geworden hier in Babelsberg, sagte er mit seiner angenehm tiefen Stimme, und ein trockenes Schmunzeln war durch den Telefonhörer zu hören. Ob man nicht langsam ans Auswandern denken sollte?

Ise stockte kurz. Irene legte die Hand auf ihren Arm und beugte sich zum Hörer, dass sie mithören konnte. Frau Zwick kam mit den üblichen zwei Gläschen Weißwein, die sie den Damen auf den Tresen gleich neben den Telefonapparat stellte. Sie blieb ein paar Schritte entfernt an der Eingangstür stehen, als personifizierter Schutzschild.

Frau Zwick hatte keine Rassenprobleme, doch als Kriegsflüchtling ein tiefes Verständnis für Menschen in Gefahr. Und sie schien zu spüren, dass es heute Nachmittag für Ise um alles ging.

»Was kann ich für Sie tun, Ise?«, fragte Justus Wolff jetzt direkt, denn ein Telefonanruf war doch eine ungewöhnlich dringliche Form der Kontaktaufnahme für sie, die sonst regelmäßig und mit Freuden mit ihm brieflich korrespondierte.

»Einen Film drehen. Ich will das Bauhaus einfangen, wie es war.«

»Mit Marlene Dietrich? Oder lieber mit Greta Garbo?«

»Wolff ...«

»Ich könnte bei der Ufa anfragen, wenn da noch jemand von der alten Garde sitzt. Eher unwahrscheinlich ... Doch ich könnte Hannah bitten, den neuen Besitzer, Sie wissen ja, den netten Herrn Hugenberg, unser aller *Meinungsmacher*, zum Tee einzuladen.«

»Es ist nicht lustig, Wolff. Wir stehen hier in Dessau vor dem Ende.«

»Ich habe läuten hören, Ise. Mein Beileid. Ich werde mich kümmern, versprochen. Ohnehin ...«, er machte eine kurze Pause, man hörte ihn nachdenken, »... ist da doch dieses Dokumentarfilmprojekt Ihres Freundes Taut, das noch nicht abgeschlossen ist?«

»Ja, *Wie wohnen wir gesund und wirtschaftlich?* hat er es genannt, nicht?«

»Genau. Der erste Teil, *Wohnungsnot*, in dem er die katastrophalen Wohnbedingungen von Berliner Mietskasernen zeigt und sie dann mit den ersten Siedlungen des Neuen Berliner Bauens vergleicht, ist beim breiten Publikum gut angekommen!«

Irene nickte.

»Sehen Sie an!« Ise war sofort klar, worauf er hinauswollte. »Jetzt gerade drehen sie doch Leberecht Migges autarkes Siedlerleben im Sonnenhof in Worpswede ab, nicht? Das Experimentierlabor für die Siedlergärten in unseren Sozialwohnbauten …«

»Genau. Die Humboldt-Film, die das Ganze produziert, ist mir gut bekannt.«

»Wir könnten also die nächste Folge werden.«

»Sie brauchen nur noch einen guten Titel.«

Es entstand eine Pause.

Irene begann, leise zu summen.

»*Das neue Haus* vielleicht?«

»Wunderbar, Ise!«, bestätigte Wolff. »Und noch etwas …«, Er schien jetzt abzuwägen, ob das, was er sagen wollte, zu persönlich war. »Ihre Film-Idee passt ja in jeder Hinsicht. Denn Ellen ist zurück in Grunewald.«

»Ellen, ach …«

Ise wurde still. Über die letzten vier Jahre Bauhaus-Totaltheater hatte sie ihre Schwestern fast vergessen! Ellen, die jüngste, war, seit sie ins Lyzeum gekommen war, vom Schauspiel besessen gewesen wie ihre Mutter.

»Erzählen Sie bitte!«

»Hannah sagt, sie lebt das Leben, von dem Ihre Mutter nur träumen konnte. Sie hat Schauspiel studiert, erst in Stuttgart, dann in Wien, dann hier in Berlin unter Piscator. Und hatte in der letzten Saison ihr erstes Engagement, an der Volksbühne. Als Amalia in Schillers *Die Räuber*.«

»Das freut mich!«

Ausgerechnet unter Piscator …

»Uns auch, Ise. Sie könnte doch in Ihrem Film mitspielen?«

Irene nickte vehement.

»Ich lasse Sie machen, Wolff.«

Ise legte den Telefonhörer auf die Gabel. Im Café war es still, es war Herbst, vor den Fenstern ging der Wind.

Wolff würde agieren, schnell und durch und durch professionell, wie er war. Jetzt würde es allein an ihr liegen, diesen Film auch zu nutzen. Sie müssten erste Bauhaus-Ausstellungen außerhalb von Deutschland organisieren, um die Lehre und ihre Ergebnisse bekannt zu machen und um dann, Schritt für Schritt, Irenes *big picture* zu realisieren.

Paris wäre gut, dann New York, Istanbul, Buenos Aires … die liberalen Zentren der Kontinente! Bayer und Breuer wären mit von der Partie, das war klar, Moholy-Nagy ebenso, womöglich Albers und Feininger, vielleicht sogar Mies.

Sie hatten bewährte Freunde »dort draußen«, Jean kannte die Pariser, Milly Loewi die New Yorker, Irenes Cousins die Chicagoer Szene. Ihre *Lunch*-Runden hatten die Dekane der Architekturschulen von Istanbul, Tokio und New York begrüßt, genau wie den Direktor des sich dort eben gründenden Museum of Modern Art. Und Victoria Ocampo schien derart vom Meisterhaus hingerissen gewesen zu sein, dass sie es, zurück in Buenos Aires, sozusagen 1:1 für ihren Sur-Verlag kopierte.

Alles, was sie brauchten, war der Mut zum Loslassen. Und Zeit.

Kapitel 50

NACHSPIEL

Justus Wolff ließ *Das neue Haus*, den dritten Teil der Dokumentarserie *Wie wohnen wir gesund und wirtschaftlich?* zum Großteil aus eigenen Mitteln produzieren.

Im von Ise initiierten Film begleitet die Kamera Gropius durch die Bauhaus-Werkstätten und die inzwischen beinahe fertiggestellte Siedlung Törten. Daraufhin führt Ise durch ihr Meisterhaus, die »Wohnung der emanzipierten Frau« – eine Sequenz, die ein gutes Drittel der 12 Minuten Gesamtspielzeit einnimmt. Die Schauspielerinnen, die die »hier angewandten Gestaltungsinnovationen« vorführen, sind Ise selbst, Herta, die Köchin, Ellen, Ises Schwester, die den »Gast« spielt, und Lucia Moholy, die man ab und an durchs Haus streifen sieht.

Der Dokumentarfilm kam im Frühjahr 1928 in die Kinos, zu einem Zeitpunkt, als Ises Loslassen von Dessau schon stattgefunden hatte: Gropius hatte die Leitung des Bauhauses zum 1. April 1928 abgegeben und war mit ihr nach Berlin zurückgekehrt, wo sie gemeinsam mit Breuer, Bayer und Moholy-Nagy begannen, eine erste Bauhaus-Gesamtausstellung, *Die*

Wohnung, zu konzipieren. Diese konnte dank der Intervention von Jean-Michel Frank, Ises Cousin, im Frühjahr 1930 als *Werkbund*-Schau im Salon des Artistes im Pariser Grand Palais gezeigt werden.

Zuvor hatten Irene Hecht und Lucia Moholy ihre Bauhaus-Fotos schon auf der *Film-und-Foto-Werkbund*-Schau in Stuttgart ausgestellt.

Mit der Rückkehr der Gropius nach Berlin initiierte der Berliner Stadtbaurat Martin Wagner, Mitglied des *Rings*, eine Reihe von Ideen-Wettbewerben zum *ökologischen* und *sozialen* Bauen: *Wohnung für das Existenzminimum, Das wachsende Haus* oder *Sonne, Luft und Haus für alle!*

Die halbjährlichen Ausstellungen am Berliner Funkturm thematisierten ein Eigenheim, das wenig kostete und dessen Erweiterung und Ausbau die Bewohner später selbst in die Hand nehmen konnten. Gleichzeitig experimentierte man erstmals mit »klimagerechtem Bauen« durch passive Sonnennutzung, Regenwasserkühlung, mechanische Beschattung, klimatische Wintergärten als »Sonnen- und Wärmefallen und Schutz gegen Wind und Lärm«.

Da das NSDAP-Wettbewerbssystem Vergaben öffentlicher Bauvorhaben an Mitglieder des *Rings* aber zu verhindern wusste, wurden diese innovativen Ansätze ab 1932 nicht mehr weiterverfolgt.

Die Wettbewerbsgewinner, unter ihnen die damals renommiertesten Büros der Republik, nämlich die von Taut, Tessenow, May und Mendelsohn sowie die von Häring, Scharoun,

Gropius und Mies van der Rohe, wurden fortschreitend arbeitslos.

Das Bauhaus, dessen Schließung doch noch etwas herausgezögert werden konnte, wurde von Hannes Meyer vom 1. April 1928 bis zum 1. August 1930, Tag seiner fristlosen Entlassung durch den Dessauer Bürgermeister, geleitet. Ihm folgte auf Gropius' dringende Empfehlung Ludwig Mies van der Rohe nach, der das Bauhaus noch durch das Herbstsemester retten konnte, dann aber mitsamt den Studenten nach Berlin fliehen musste. Die NSDAP hatte die absolute Mehrheit im Dessauer Stadtsenat erreicht und ließ das Bauhaus auflösen.

Hannes Meyer versuchte sich als Hochschullehrer in Moskau, kehrte aber schon zwei Jahre später in die Schweiz heim. Seine jüdische Bauhaus-Schreibkraft Margarete Mengel, Mutter seines Sohnes Johannes, die ihn nach Moskau begleitet hatte, ließ der schon seit 1917 in der Schweiz verheiratete Meyer in Russland zurück. Sie wurde verhaftet, ohne Prozess zum Tode verurteilt und am 20. August 1938 erschossen.

Der kleine Johannes überlebte in einem sowjetischen Erziehungsheim und erfuhr erst am Ende seines Lebens von der Identität seines Vaters und dem gewaltsamen Tod seiner Mutter.

Bruno Taut errichtete bis zu seiner Flucht aus Deutschland an die 12.000 Sozialwohnungen in Berlin und Magdeburg und bewies, dass menschenwürdiges Wohnen *für alle* leist- und umsetzbar war. In seinen landesweit ausgeführten reformpädagogischen Schulprojekten vertrat er die Förderung demokratischer Selbstentwicklung durch lebenslanges Lernen. In Deutschland zunehmend ohne Aufträge, nahm er 1932 den Ruf der Stadt Moskau an, für die Stadtverwaltung ein Büro für Wohn- und Schulbau einzurichten. Enttäuscht von der Entwicklung der sowjetischen Architektur, aber auch von der dort herrschenden ideologischen Instrumentalisierung des Architektenberufs, kehrte er bereits Anfang 1933 wieder nach Berlin zurück. Eine Rückkehr, die sich als unhaltbar erwies.

Durch anonyme Schreiben und auf offener Straße als »Kulturbolschewist« bedroht, floh er auf Einladung seines Kollegen Isaburo Ueno nach Japan, 1936 dann weiter nach Istanbul, wo ihn die Mimar-Sinan-Kunstuniversität in Nachfolge von Ernst Egli als Dekan berief und er die Lehre des Bauhauses installieren konnte. Von Staatsgründer Kemal Atatürk hoch verehrt, modernisierte er den Schul- und Siedlungsbau des Landes in den knappen zwei Jahren seiner dortigen Tätigkeit nachhaltig.

Von der Flucht aus Deutschland und der anschließenden Verfolgung durch den NS-Geheimdienst gesundheitlich schwer gezeichnet, starb Taut an Weihnachten 1938, erst achtundfünfzigjährig, an einem Erstickungsanfall.

Manon Gropius senior verstarb acht Tage vor Hitlers Machtergreifung, am 22. Januar 1933, hochbetagt in Hannover.

Gussie Adenauer, Ises Jugendfreundin, kämpfte im Frauenbeirat der Zentrumspartei seit Hitlers Machtübernahme Ende Januar 1933 gegen das NSDAP-Regime und wurde die gesamten folgenden Jahre hindurch Opfer von Diffamierungen und Drohungen.

Als ihr Mann Konrad, Oberbürgermeister von Köln, am 23. August 1944 aufgrund des Verdachts auf Kollaboration mit Widerstandskämpfern verhaftet wurde, ihm aber die Flucht aus dem Kölner Gestapo-Gefängnis gelang und er im Westerwald untertauchen konnte, wurde Gussie festgenommen und einen Monat lang unter Druck gesetzt, sodass sie den Aufenthaltsort ihres Mannes schließlich preisgab. Er wurde daraufhin am 25. September 1944, dem Tag ihrer Silberhochzeit, erneut verhaftet. Gussie verzagte an ihrem Versagen und unternahm einen Selbstmordversuch, von dessen Verletzungen sie sich nie mehr erholte. Sie starb am 3. März 1948.

Jean-Michel Frank, Ises Pariser Cousin, entwickelte sich seit ihrem Kennenlernen in Irenes Wohnung an der Place Saint Médard zu Frankreichs bekanntestem Innenarchitekten und Designer. Die »Frank'sche Leere« ging von Paris aus um die Welt. Seine kahl gefegten Wände, sein »Geräusch der Stille«, seine alle Sinne frappierenden Lichtstimmungen und Oberflächen wurden zum Design der *Neuen Sachlichkeit* und eroberten dank seiner Bauherren, den Grafen de Noailles, Nancy Cunard, Elsa Schiaparelli oder Tristan Tzara, aber auch den New Yorker Rockefellers oder den argentinischen Borns die Kontinente.

Als bekennender Sozialdemokrat und Fluchthelfer zahlloser jüdischer Handwerker und Kollegen verließ er im Juni 1940 das besetzte Paris. Über Lissabon und Buenos Aires gelang ihm eine abenteuerliche Flucht nach New York, wo er sich mithilfe seiner Cousine Milly Loewi und seiner inzwischen internationalen Klientel eine neue Existenz aufbauen wollte. Am Tag seiner Ankunft, dem 8. März 1941, nahm der Sechsundvierzigjährige sich jedoch aus bis heute ungeklärten Gründen in Milly Loewis Appartementhaus in der 63sten Straße das Leben.

Ise Frank sowie Gropius und Breuer setzten sich 1934 aus Deutschland nach England ab. Der Plan war, sich gemäß jeweiliger Visa-Genehmigungen in den Vereinigten Staaten wiederzutreffen. Dies gelang. Ise, Gropius und Breuer erreichten New York 1937. Bayer folgte ihrem Ruf im Folgejahr, um mit ihnen die Retrospektive *Bauhaus 1919–1928* zu kuratieren, die am 7. Dezember 1938 als die laut Fachpresse, »bisher außerordentlichste Schau« des Museum of Modern Art unter der Direktion von Alfred H. Barr eröffnet wurde.

Auch Moholy-Nagy, Feininger und Mies emigrierten zwischen 1937 und 1938 in die USA. Albers war hier mit seiner jüdischen Frau Anni schon Ende 1933 angelangt.

Im Exil revolutionierten sie die dortige Architekturlehre, Gropius und Breuer von der Harvard University, Moholy-Nagy und Mies vom Illinois Institute of Technology in Chicago, Albers vom Black Mountain College in Asheville aus.

In Harvard gründete Gropius mit Breuer 1937 eine Bürogemeinschaft, die zum Fundament von Breuers weltweiter Architektenkarriere werden sollte.

Gropius starb im Juli 1969, sechsundachtzigjährig und hochgeehrt, nach erfüllten Jahren im *Gropius House*, dem Nachfolger des Meisterhauses in Lincoln, Massachusetts, das er dank der Spenden der amerikanischen Frauenrechtlerin Helen Osborne Storrow 1937 erbauen konnte, im nahen Boston. Die wie schon zuvor gemeinsam mit Ise geplante Einrichtung wurde durch persönlich gewidmete Designobjekte von Marcel Breuer, Eero Saarinen, Joan Miró, Herbert Bayer, Gunta Stölzl und Jean-Michel Frank ergänzt.

Ise, die Gropius' Lehre in Harvard tagtäglich begleitete, musste bei ihrer Ankunft in den USA erkennen, dass ihre Artikel nur ein Publikum fanden, wenn sie von ihrem Mann gezeichnet wurden. Ein Beweis dafür, dass allzu emanzipatorische Inhalte hierzulande noch einer – männlichen – Legitimierung bedurften. Entsprechend zeichnete Gropius fortan die Aufsätze, widmete Ise aber jeden einzelnen. Eine Auswahl ihrer gemeinsamen Texte erschien 1956 im Sammelband *Architektur: Wege zu einer optischen Kultur* bei S. Fischer.

Ise überlebte Gropius um 14 Jahre und starb 1983, sechsundachtzigjährig, in Lincoln, Massachusetts.

1935 adoptierten Ise und Gropius die damals neunjährige Beate, Ati genannt. Die kleine Ati, die Tochter von Ises früh verstorbener Schwester Hertha, wuchs bei ihnen in Lincoln auf und besuchte das von Josef Albers gegründete Black Mountain College. Die anerkannte Grafikerin und passionierte Gestaltungslehrerin starb am 7. September 2014.

Irene Hecht kehrte mit ihrer 1929 in Berlin geborenen Tochter Julia, Muci genannt, aber ohne Mann nach New York zurück.

Herbert Bayer hatte während ihrer Ehe seinen unsteten Lebenswandel fortgeführt, doch eine seiner vielen Affären sollte für Irene unverzeihlich werden. In der Sommerfrische 1930, die Irene und Ise gemeinsam mit ihren Männern, der einjährigen Muci und weiteren Bauhausfreunden in Ascona verbrachten, wurde es nämlich für Irene – und auch für Gropius – unübersehbar, dass Ise mit Bayer ein Verhältnis begonnen hatte. Es hielt über viele Jahre an und zerstörte das Vertrauen zwischen den einstigen Weggefährtinnen für immer.

Ihrem Handwerk, der Fotografie, blieb Irene zeitlebens treu, wurde in ihrem späteren Wohnsitz im kalifornischen Santa Monica aber auch als Übersetzerin tätig. Für die epochemachende Ausstellung *Bauhaus 1919–1928* im New Yorker Museum of Modern Art, die Ise mit Gropius und Bayer 1938 kuratierte, stellte sie, ungeachtet der Umstände, den Großteil der Abbildungen zur Verfügung. Sie starb 1991, dreiundneunzigjährig, in Santa Monica.

Nachwort

EIN »KRITISCHER BLICK«

Auf Ise Frank stieß ich, wie es so oft in der Forschung geschieht und was ihren Zauber ausmacht, aus Zufall. Mit meiner Meisterklasse las ich Bruno Tauts *Die neue Wohnung: Die Frau als Schöpferin* von 1924. Wir entdeckten, dass die Erste, die seine damals revolutionären Thesen umsetzte, Ise Frank war, die Frau von Walter Gropius. Ihr Meisterhaus in Dessau, das leider nicht erhalten ist, wurde von ihr nach den Grundsätzen der aus Amerika importierten Ergonomie-Lehre eingerichtet. Bruno Taut stand dazu Pate.

Wer war die Frau, fragte ich mich, die es wagte, das erste »Haus der emanzipierten Frau« umzusetzen? Zwei Jahre vor der Entwicklung von Margarete Schütte-Lihotzkys »Frankfurter Küche«? Wie kam eine höhere Tochter, die mit Hausbediensteten und Biedermeiermobiliar aufgewachsen war, dazu, ausklappbare Schreibtische, Teleskoplampen, elektrische Teekocher und vollautomatische Spülmaschinen auszuprobieren?

Was musste es bedeuten, dass sie diese bahnbrechende Rationalisierung der Hausarbeit für gut, ja für sehr gut befand, da die »moderne Frau« die durch »kluges Bewegen« gewonnene Zeit in ihr eigenes berufliches Tun investieren konnte?

Ise Frank, erfuhr ich, war ausgebildete Buchhändlerin und Rezensentin und hatte den um einiges älteren Walter Gropius im Herbst 1923 geheiratet. Schon im Jahr darauf, als das Weimarer Bauhaus nach seiner ersten Werkschau finanziell wie politisch bankrott war, verstand sie es, eine Neuansiedlung in Konrad Adenauers Köln einzufädeln. Ganz zauberhaft sei es im Rheinland, schrieb sie ihrem Mann im September 1924: »Jeder hier nennt mich ›Frau Bauhaus‹!«

Sie begleitete Gropius zwar dann nicht nach Köln, sondern nach Dessau, schweißte dort aber die aus allen Herren Ländern zusammengewürfelte Bauhaus-*Menagerie* zu einer echten Lebensgemeinschaft zusammen.

In Ise Frank hatte ich eine Zeitzeugin gefunden, die eine Fachfremde war und so einen durch und durch »kritischen Blick« auf die Bauhaus-Idee warf, bevor sie sie zu ihrem »zweiten Ich« machte. Aus ihrer Sicht könnte sich mir ein Stück Zeitgeschichte, das ich seit Jahrzehnten architekturtheoretisch betrachte, in seiner sozialen und politischen Dimension neu erschließen.

Dieses Buch ist demnach kein Geschichtsbuch. Die Protagonisten, die ich nachzeichne, Ise Frank selbst, Gussie Adenauer und Irene Hecht, Gropius und seine Mutter Manon, Jean-Michel Frank[1] und Bruno Taut[2], László Moholy-Nagy und Hugo Junkers, Marcel Breuer[3] und Herbert Bayer, wollen nicht mehr sein als »Figuren, die lebendigen Menschen gleichen«[4]. Und so basieren alle Charaktere und ihre Handlungen auf Fakten, die, besonders in der von mir gewählten Form eines biografischen Romans, niemals dicht und vollständig genug sind.[5] Deshalb können alle Gespräche und Begegnungen, besonders in Bezug auf Ise Franks Jugendjahre und ihre schicksalhafte Beziehung zu Irene Hecht so, aber auch anders verlaufen sein.

Prof. Dr. Jana Revedin,
September 2018

Anmerkungen

1 Für das Quellenmaterial zu Ise Franks Cousin Jean-Michel, Frankreichs Designer der *Neuen Sachlichkeit,* danke ich Dr. Emmanuel Breon, Chefkonservator beim französischen Kultusministerium und Präsident der *Association Art Déco de France.*

2 Für den Zugang zum Archiv der Mimar Sinan Fine Arts University Istanbul, insbesondere zu den Forschungen von Prof. Dr. Bülent Özer und Prof. Dr. Filiz Özer, danke ich meiner Kollegin Prof. Dr. Deniz Incedayi.

3 Für die Beschreibung des Universitätsalltags in Harvard gilt Prof. Dr. Alexander Tzonis ganz besonderer Dank.

4 Alfons Paquet, *Fahnen*, Drei Masken Verlag, München 1923.

5 Für die Einsicht in wertvolles Quellenmaterial zu Ise Frank, Lucia Moholy, Irene Hecht und Herbert Bayer danke ich Prof. Dr. Mercedes Valdivieso von der Universitat de Lleida und Prof. Dr. Patrick Rössler von der Universität Erfurt. Die Rechte am Werk von Ise Frank Gropius liegen beim Bauhaus-Archiv / Museum für Gestaltung Berlin.

April 2020
DuMont Buchverlag, Köln

Umschlaggestaltung: Lübbeke Naumann Thoben, Köln
Umschlagabbildungen: Frau: © Trevillion/Ildiko Neer, Bauhaus: © Alamy Stock Photo/
Iain Masterton, Park-Landschaft: © iStock by Gettyimages/fotolinchen, Baum: © Alamy
Stock Photo/palatiaphoto
Satz: Fagott, Ffm
Gesetzt aus der Adobe Garamond und der Neutra Display
Druck und Verarbeitung: CPI books GmbH, Leck
Gedruckt auf säurefreiem und chlorfrei gebleichtem Papier
Printed in Germany
ISBN 978-3-8321-6536-9

www.dumont-buchverlag.de